Roswaal
로즈월

Carol
캐럴

Pivot
피보트

Sphinx
스핑크스

Valga
발가

Libre
리브레

「어머, 미안해.」

폐허 집단을 넘어
목적한 광장에 도착한 시점에서
느닷없이 그런 목소리가 들렸다.

──아름다운 빨강머리를 길게 기른,
떨릴 만큼 옆얼굴이 고운 소녀였다.

Re: Life in a different world from zero

The only ability I got in a different world "Returns by Death"
I die again and again to save her.

CONTENTS

Re:제로 Ex

Re: Life in a different world from zero

부터 시작하는 이세계 생활

검귀연가(劍鬼戀歌)

2

나가츠키 탓페이 지음

오츠카 신이치로 일러스트

정홍식 옮김

표지 · 본문 일러스트
오츠카 신이치로

『검귀연가──1막』

1

──숨이 턱 막히는 피 냄새가 전장에 자욱했다.

 전장은 몇 시간 전까지 탁 트인 분지였으나, 지금은 이곳저곳에 불길이 번져, 불탄 나무들이 터지는 소리와 노호가 오가고 있다.

 공기에는 나무와 고기가 타는 냄새와 발밑을 적실 정도의 피웅덩이 냄새가 뒤섞여서 인간의 후각을 뒤틀고 있다. 저녁놀, 불길, 바닥까지. 세계는 온통 진홍색으로 물들어 있었다.

 "으, 큭……."

 그 새빨간 세계 속에서 떨리는 다리를 끌고 있던 청년이 그 자리에 무릎을 꿇었다. 고인 핏물에 무릎이 젖지만, 이제 와서는 그런 것도 신경 쓰이지 않았다.

 청년의 몸은 진즉부터 어마어마한 양의 피로 더러워져 있었으므로.

 ──끔찍한, 정말로 끔찍한 몰골이었다.

청년도 자기가 원해 검을 휘두르는 길을 선택한 몸이다. 언젠가는 전장에서 용명을 떨쳐 일개 병졸 신분에서 화려한 영달을 달성하고 싶다고 몽상한 밤도 여러 번 있다.

어설펐다. 생각도, 꿈도, 옆구리도 전부 다.

피든, 상처든, 아픔이든, 원망이든, 창칼이든 시체든, 모든 건 전장의 상례다.

첫 출진이 왕국에서 몇 년씩 이어지고 있는 내전 중에서도 전례가 드물 정도의 격전이었던 것.

이번 전장의 지휘관이 모처의 젊은 귀족으로, 경력에 금칠을 하겠다고 나대던 참에 적군에게 찔려 패주, 그 결과 전선이 모조리 붕괴해버린 것.

피아가 한순간에 뒤섞여 혼란에 빠졌다가, 그 순간에 마법에 날아가 정신을 잃은 것.

여러 불행한 우연이 겹쳐서 청년—— 그림 파우젠은 전장에 홀로 남아 농밀하게 감도는 『죽음』의 기척 속에서 다리를 끌며 걷고 있었다.

"_____."

의식을 하니 몸이 무거워지고, 다리에 난 상처는 더욱더 존재를 주장하며 그림을 괴롭혔다.

——머리 위로 밀어닥친 폭염이 눈앞의 지면까지 포함해 그림을 날려버린 것이다.

화상과 다리의 부상만으로 끝난 자신이 행운아임은 자신 말고 다른 소대원이 숯덩이가 되었다는 점에서 잘 알고 있다. 옆에 있던 소대장은 소대에서 유일한 정기사(正騎士)이기도 했다.

전투가 시작하기 전에 격려를 받은 일은 기억이 생생하다. 존경의 마음을 품었던 것도 사실이다.

그런 인물의 생명조차도, 전쟁의 불길은 어이없을 만큼 쉽사리 불살라버린다.

"윽, ㅇㅇㅇ."

이를 악물어 눈에 들러붙은 기사의 최후를 잊으려 했다. 하지만 결정적인 장면은 눈꺼풀 속에서 몇 번씩 반복되어 그림의 신경을 확실하게 갉아먹었다. 무릎 꿇는 그림의 손에는 아직 한 번도 멀쩡히 휘두르지 못한 검이 있었다. 강철로 된 검은 내던지고 싶을 만큼 무겁다. 그래도 전장에서 검을 놓는 짓은 상상할 수 없었다. 본인이 싸우지 못하는 걸 알아도 그렇다.

검을 놓는 건 생명을 내던지는 거나 매한가지다. 죽는 건 언제나 무서웠다.

"힉——."

가까이서 걸걸한 비명이 터지는 바람에 목을 푸들거리고, 그림은 곧바로 도망쳤다.

들린 비명이 적이 지른 것인지 아군이 지른 것인지, 그림에게는 그걸 확인할 기력조차 없었다.

"헉, 허억."

현재 마주치는 것이 모두 적으로 보였다. 사람만이 아니다. 불길도, 피웅덩이도, 바람 소리조차도, 지금의 그림에게는 자신의 생명을 노리는 적의로 느껴질 따름이다.

아픈 다리를 끌며 연기로 뛰어들었다. 시야는 최악이지만, 그것이 도리어 그림의 혼란을 억제하는 역할을 맡아주었다. 그 소극적 판단이 실제로 연기 밖에서 시력을 집중하는 적병에게서 청년의 모습을 감춘 덕택에 약소하나마 생존 시간을 버는 데 성공했다.

하지만 그 행운도 오래가지 않았다.

"찾았다, 인간!"

"와! 와악! 와아아악!"

연기를 빠져 나온 직후, 그림의 눈앞에 손도끼 같은 칼을 걸머쥔 적이 모습을 드러냈다.

두툼한 근육과 고개를 꺾어야 할 정도의 거구, 바위 같은 질감의 보랏빛 피부를 가진 아인(亞人)이다.

아인은 부상당한 그림을 보고 그 흉악한 면모에 조소를 머금었다. 쉽게 사냥할 수 있는 사냥감을 발견했다며 가학적인 빛깔이 남자의 두 눈에 일렁이는 것을, 그림은 보았다.

뭐가 잘못됐는지는 몰라도, 처음에 다가선 죽음은 극복했다. 하지만 행운은 여러 번 이어지지 않는다. 이럴 거면 자신의 생명 같은 건 시작된 전투 중 어디서 끝나든 똑같지 않은가.

그렇다면 어째서, 약간이라도 더 살게 했단 말인가.

"──끝이다!"

운명을 저주하며 무릎에서 힘을 빼고 무너지는 그림의 정수리에 손도끼가 내리꽂힌다.

이미 몇 명의 생명을 빼앗았는지 손도끼는 들러붙은 혈육으로 거무칙칙하게 물들어 있어서, 아마 편하게는 죽지 못할 거라고, 지독하게 멍한 감개가 그림의 뇌리에 스쳤다.

이런 얼빠진 생각이, 마지막 순간인가.

──그때였다.

"츠아아아!"

찢어지는 기합성이 가로지르고 눈앞에서 강철끼리 맞부딪는 불꽃이 튀었다.

손도끼를 쳐들어 가까스로 일격을 막은 아인이 신음과 함께 물러서고, 그림과 아인 사이에 훌쩍 인영이 날아 내려왔다.

검정에 가까운 다갈색의 머리카락을 휘날리는 그림자였다. 호리호리한 가죽갑옷 복장에 대량의 선혈을 뒤집어썼으며, 손에 들고 있는 훌륭하게 만들어진 검이 불꽃을 반사했다. 처절한 분위기 속에서 그 검의 인상만이 기이하게 두드러져서 유난히 그림의 눈에 단단히 박혔다.

그러나 그 감상은, 이어지는 한순간의 교차로 말미암아 바로 깨져 나갔다.

"시잇!"

강철이 호를 그리고 은빛 섬광이 전화 속에서 한층 더 강하게 빛났다.

날카로운 호흡과 함께 전력으로 내달리는 칼날. 그것은 어떤 의미로 이 자리와 어울리지 않는 아름다움조차 머금고 있었고.

"아?"

얼떨떨한 목소리는 그림의 것이었던가, 아인의 것이었던가.

은광일섬(銀光一閃)━━━. 깨끗한 참격이 아인의 목을 날리고, 피를 뿜는 거구가 땅바닥에 엎어져 있었다.

"━━━━."

그림자는 시체가 된 아인을 내려다보고 날카롭게 검을 휘둘러 피를 털었다. 어찌나 예리했는지 검에는 방금 막 벤 아인의 피가 거의 묻지도 않았다.

"아, 오……."

그림은 그 광경을 지켜보다가 자신이 목숨을 건졌음을 간신히 깨닫고 순간적으로 그 인물에게 말을 걸어야만 한다고 생각했다. 감사, 그렇다. 감사의 말을 해야만 한다.

아인은 적이다. 그 적을 벴다면, 벤 상대는 아군이다. 목숨을 구해준 은인이다.

"저, 저기, 너……."

그림이 떨면서 부르는 목소리에, 그림자가 괴이쩍다는 눈으로 돌아보았다.

그 얼굴을 정면으로 본 그림은 상대가 상상 이상으로 젊다는 사실에 놀랐다. 키가 그다지 크지 않은 이유는 아직 성장기 도중이기 때문이다. 올해 열여덟이 되는 그림보다 두세 살은 더 젊다. 아직 열다섯 살 정도일까? 소년, 그렇게 불러야 마땅하리라.

하지만 그림은 재차 부르기를 주저했다. 공포가 지속되어 목이 굳은 건 아니다. 떨림은 멎었다. 다름 아니라 소년의 눈을 보았기 때문이다.

"━━━━."

공허한 눈이었다. 그러나 그건 소년 속에 아무것도 없다는 의미가 아니다.

그림을 보는 소년의 눈에 아무런 감정도 없다는 의미로 공허한 것이다.

그 사실을 알아챈 그림은 소년에게 감사고 자시고 전할 수가 없었다. 소년은 입을 다문 그림을 잠시 바라보고 있었지만, 이윽고 원래부터 희박하던 흥미를 거둔 얼굴로 걷기 시작했다.

"기다……."

그림은 아무 말도 못했지만 아무것도 없는 이곳에 남겨지는 것만은 거부했다.

뒤도 보지 않고 걷는 소년을 필사적으로 쫓아가, 버림받는 것만은 거부한다. 오로지 생존만이, 지금의 그림이 품은 소원이었다.

피웅덩이와 연기를 빠져 나가, 소년의 발이 멈출 때까지 필사적으로 뒤따라갔다.

이윽고 연기가 걷힌 장소에서 그림은 숨이 턱 막힐 듯한 피비린내와 함께 목격했다.

"이……건……."

그것은 산더미처럼 높이 쌓인, 수많은 아인의 주검이었다.

모두 참격을 받아 스러진 이들로 그 표정은 고통과 공포, 분노로 일그러진 것뿐이었다. 그것들이 대관절 누구 손이 만든 것인지 깨닫고 그림은 떨었다.

"──뭐야. 의외로, 전쟁이란 이런 수준인가."

소년이 하늘을 쳐다보며 나직하게 중얼거린 말이 들렸다.

덩달아 그림도 하늘을 올려다보며, "아아." 하고 쉰 목소리로 허약하게 중얼거렸다.

──하늘에 떠오른 적색과 청색의 원을 그리는 빛은, 왕국군 전체에 승리를 전달하는 통지다.

"왕국군이, 이겼어……."

그림은 너무나도 실감 나지 않는 승리 선언을 목도하고 힘없이 읊조렸다.

소대는 괴멸. 아무것도 못한 채로 전장을 이리 구르고 저리 구르다가, 죽을 기회를 놓치고 목숨을 건지다. ──그런 추한 그림의 몰골로 무엇에 승리했다고 할 수 있단 말인가.

승리를 목청껏 말할 수 있는 사람은, 필시 이 소년처럼──.

"별 볼 일 없었군."

그런 그림의 감상은 아랑곳하지도 않고, 소년은 불만스럽게 고개를 모로 돌렸다.

2

그림이 빌헬름 트리아스의 이름을 들은 것은 가혹하기만 하고 소득이 없었던 첫 출진을 마친 며칠 뒤, 전투의 논공행상이 이루어진 날이었다.

"적의 대장 급 둘의 목을 취했다는 병사, 꽤 젊더라."

논공식이 끝나고 해산한 뒤, 왕국군 병영에서 동료가 그림에게 그렇게 말을 꺼냈다.

칙칙한 금발을 짧게 친 남자는 토르타 위즐리. 그림이 군에 입대한 이래로 친하게 사귀고 있는 인물로, 함께 첫 출진에서 살아남은 전우이기도 했다.

축복받은 체격을 가졌지만, 본인은 활 다루는 쪽에 적성이 있어 오로지 후방 지원 역할에만 전념할 거라고 호언하기를 꺼리지 않았다. 실제로 첫 출진에서도 훌륭히 역할을 다했다고 한다.

"진짜냐. 논공 때도 우리 말단은 완전 구석에 박혀 있어서 아무것도 안 보이잖아."

"당연히 진짜지. 난 활의 명수라고? 눈이 안 좋으면 사수 노릇 해먹겠냐. 그런 내 눈이 봤으니까 틀림없다. 젊기 이전에 완전히 애였어."

동료의 변죽 울리는 말에 토르타가 자기 눈을 과시하듯이 미간을 두드렸다. 그러나 그의 말에 모인 동료들은 도리어 웃긴다는 얼굴로 마주보며 웃었다.

그 반응도 당연할 것이다. 토르타의 연령은 열아홉으로, 열여덟인 그림도 포함해 병사 중에선 최연소 범주에 들어간다. 그 토르타보다 젊다면, 열대여섯 살—— 내전 때문에 국력이 피폐해진 현재, 병사가 되는 거야 가능해도 군공을 세울 수 있을 연령이라고 생각하긴 어렵다.

하물며 그 전과가 적군 대장의 목이라면 더더욱 그렇다.

"나 이거, 아무도 안 믿어주고 그러냐."

"저기, 토르타. 넌 그 젊은 병사, 제대로 본 거 맞지?"

"그렇다고 하잖아. 그림까지 의심하는 거냐. 나 상처받는다—. 내 눈으로 똑똑히 봤지! 분하지만, 어려도 대단한 놈은 대단하단 거겠지."

"아니, 믿어……."

주위 반응에 토르타는 토라진 표정이었지만 그림은 눈을 내리깔고 조용히 중얼거렸다.

고개 숙인 그림의 뇌리에 지나간 기억은 며칠 전의 전장에서 본 최후의 광경—— 산더미처럼 쌓인 아인의 참살 시체와, 그걸 만들어냈을 소년 검사의 모습이었다.

어딘가 틀을 벗어던진 듯한 그 분위기는, 확실히 연령 따위가 일절 관여하지 못할 영역에 있었다.

그 광경을 떠올리자, 그림은 지금도 몸서리가 이는 걸 참지 못했다.

전장에서 꿈꾸던 화려한 활약 따위는 처음 출진한 날 밤에 불길 속에 삼켜져 사라졌다.

그러나 몽상을 불태운 불길에 반사된 그 소년의 모습에, 이런 생각도 드는 것이다.

——만약 정녕 전화 속에서 영웅이 태어난다면, 혹여 그 소년이야말로.

"전체, 차렷!"

"웃——!"

탈의실 문이 확 열리고, 그 너머에서 걸걸한 목소리가 명령을 날렸다.

병사 생활로 완전히 물이 든 습관에 따라, 그림은 등을 곧게 펴고, 발뒤꿈치를 부딪쳐 소리를 내 즉각 문 쪽으로 돌아섰다. 그림만이 아니라 실내에 있는 전원이 그렇다.

　그 규율 잡힌 행동에 만족스럽게 끄덕이는 사람은 가지런히 다듬은 수염을 만지고 있는 남자다.

　낯익은 얼굴은 왕국군의 정기사 라자크다. 연령은 서른 안팎. 선이 굵은 얼굴에 녹색 단발인, 교도대(敎導隊)에서도 특히 엄격하기로 유명한 인물이었다. 그림에게 낯익은 얼굴인 이유는 바로 왕국군에서의 첫 몇 주 동안 그의 지도에 호되게 시달렸기 때문이다.

　"평시여도 긴장을 풀지 않고, 훈련이 잘됐다. 그 마음가짐, 결코 잊지 마라."

　"옛, 감사합니다!"

　라자크의 훈시에 소대장이 소리 높여 외치고, 그림과 토르타도 따라서 입을 모아 외쳤다.

　일종의 뻔한 전개 같은 대화다. 첫 출진 전과 첫 출진 후로 교도대 기사에 대한 인상은 확 바뀐다. 전에는 토할 만큼 시달렸다고 원망했지만, 첫 출진에서 살아남은 지금은 감사밖에 없다. 무엇 때문에 그렇게 엄격했는지 이 자리의 전원이 통감하고 있었다.

　"좋다. 그렇다고는 해도 일반 업무 도중에 기사 얼굴을 보고 싶지는 않겠지. 미안하군. 시급하게 정리해야 할 용건이 생겨서 그렇다."

"무엇인지요. 저희 소대도 재편된 직후라 기대에 부응할 수 있을지 불안합니다만."

"그렇게 경계할 것 없어. 재편을 마치고 서로 안면을 익힌 직후라 미안하지만, 이리로 한 명 더 보내고 싶다. 제반 수속은 끝났으니 받아만 줘도 된다."

"그건 상관없습니다만, 우수한 병사입니까? 짐짝은 사양하고 싶습니다만."

"안심하도록. 약간 젊지만 실력은 있다. 지난번 전투가 첫 출진이었음에도 불구하고 적 대장의 수급을 들고 논공식에서도 이름이 불렸을 정도야."

라자크의 대답에 그림만이 아니라 주위 병사도 일제히 숨을 집어삼켰다.

바야흐로 방금 화제에 오른 인물상과 일치한다. 그 분위기의 변화를 민감하게 알아챈 라자크는 "자질구레한 설명은 필요 없겠군." 하고 끄덕였다.

"들어와라. 이곳이 네가 새로 소속될 부대다."

라자크가 말을 건네자 탈의실 문을 열고 한 인물이 얼굴을 비쳤다.

다갈색 머리의, 눈매가 날카로운 소년이었다. 병사에게 지급되는 제복이 왠지 어울리지 않지만 분위기는 신병이라거나 그런 귀염성하고는 일절 무관. 착각할 리 없는 바로 그 소년이다.

"빌헬름 트리아스다. 나이는 열다섯으로, 검은 독학. 다만 제법 눈여겨 볼 구석이 있지. 너희 쪽에서 잘 대해줘라."

등을 곧게 펴고 말없이 병사들의 시선을 받고 있는 소년——
빌헬름.

소년을 소개한 라자크는 긴장감으로 팽팽해진 탈의실을 둘러
보고 만족스럽게 끄덕였다.

부대원의 풀어진 각오를 다잡고 의식을 고쳤다. 그런 노림수
가 있었던 것이리라.

첫 출진을 넘어섰어도 신병은 신병. 정기사의 눈으로 보면 아
직 한참 햇병아리나 마찬가지인 법이다.

그러나 이날의 만남은 왕국에 라자크의 노림수를 훨씬 웃도는
영향을 초래했다.

그 사실은 아직 당사자인 두 사람은 알아채지도 못했다.

3

친룡왕국 루그니카의 내전, 통칭 『아인전쟁』의 발단은 벌써 2
년이나 전의 일이다.

『마녀』의 존재가 원인이 되어 400년 이상의 세월에 걸쳐 남은
아인족에 대한 차별 의식. 이는 루그니카도 예외가 아니어서 인
간족과 아인족의 관계는 냉랭했고, 암묵적으로 쌍방이 깊이 관
련되지 않음으로써 균형이 유지되고 있었다.

그 위태로운 균형이 무너진 건, 아인족의 상단(商團)과 국경
경비대의 충돌이 원인이었다.

남쪽 볼라키아 제국과의 국경 주변을 통과한 상단에 밀수 목

적의 월경 의혹이 떠올랐다고 하지만, 실태는 분명하지 않다. 확실한 내용은 상단과 경비대의 격돌로 상단이 괴멸. 각지의 아인족과 긴밀한 연결고리가 있던 상단을 인간족이 해침으로써 아인족이 무기를 들고 봉기한 것이 진흙탕 내전의 발단이라는 얘기다.

그 이래로 2년에 걸쳐 소득 없는 내전은 이어지고, 국민도 병사도 피폐해지고 있는 실상이었다.

"하기야 그 전쟁이 있는 덕분에 병사가 될 수 있었던 거지. 전쟁 너무 좋아—라는 말이야 안 해도, 밥값 걱정 없이 넘어가는 것만은 고마운 노릇이지 뭐야."

단숨에 들이마신 술잔을 카운터에 내리친 토르타가 입에 거품을 달고 웃었다.

얼큰하게 취한 토르타 옆에서 그림은 찔끔찔끔 술을 홀짝이면서 끄덕였다.

"뭐, 그건 나도 토르타와 동감이야. 내전이 없었으면 나 같은 게 병사가 될 수 있단 생각은 도저히 안들어. 지원해도 문전박대나 당했을 테니까 말이야."

"내전 전에는 볼라키아와 알렉이야 있어도 대개는 평화 그 자체였으니. 때때로 마수(魔獸)가 말썽이나 부리는 정도고…… 나나 너나 평민 출신이 출세하려든다면 역시 전쟁이지. 무명(武名)을 떨쳐야 남자인 법이라고."

"무명을 떨쳐야 한다, 라……."

그림은 속 편하게 에일을 한 잔 더 요구하는 토르타 옆에서 통절하게 중얼거렸다.

어딘가 음울한 그 옆얼굴에 토르타가 못 말리겠다며 고개를 저었다.

"모처럼 첫 싸움에서 살아남았는데 요즘 낯짝이 당최 시무룩하셔. 슬슬 마음 정리해도 될 때 아냐? 죽은 놈들에게 미안하다 그거야?"

"그런 게 아니야. 매정할지도 모르겠지만 첫 출진은 다 소화했다고 생각해. 지금은 그냥, 더는 예전 같은 꿈을 꿀 수도 없겠구나 하고 생각하고 있을 뿐이야."

"뭔 꿈?"

"아까 토르타가 말하던 것 같은 꿈 말이야. 무명을 떨쳐 화려하게 활약하고 영웅이 된다. 나도 그런 입맛에 맞는 미래를 상상하기는 했었지만……."

그림은 술잔에서 손을 떼고 자기 손을 슬쩍 내려다보았다.

가늘게 떠는 오른손. 그 손바닥과 손목에는 하얀 화상 자국이 남아 있었다. 첫 출진의 흔적이다. 그것은 그림의 몸과 마음에 뚜렷하게 각인돼 결코 놓아주질 않았다.

"동경만 가지곤 못 해먹어. 머리에 그리던 미래는 깨져 나간 거지."

"그럼 병사질 그만둘 거냐. 영웅이 될 수 없다고 포기했다면."

"안타깝게도 현실을 받아들여도 뱃속은 꺼진단 말이지. 오히려 꿈을 꾸지 않게 된 만큼 더 선명하게 뱃속의 거지가 느껴져.

그러니 병사는 그만둘 수 없어. 견실하게 해야지."

그림은 술잔을 움켜쥐어 떨리는 손을 숨기고 토르타에게 웃어 보였다. 눈을 동그랗게 뜨고 있던 토르타는 그 웃음을 받고 거칠게 머리를 긁었다.

"……나 참, 폼 안 살게. 그래도 너답게 정리한 것 같다. 뭐 어때, 그래라. 영웅이 되는 건 나한테 맡겨두라고. 넌 그 뒤에서 영웅보좌관이나 해."

"근데 토르타는 사수잖아. 검을 들고 앞에 있는 건 나라고."

"이럴 때는 고분고분 고개나 끄덕여라. 쪽 팔리잖냐."

운반된 새 술잔을 토르타가 그림에게 과시하듯이 쳐들었다. 그 의도를 짐작해 그림도 술잔을 들었다. 두 도기(陶器)가 카랑카랑한 소리와 함께 부딪친다.

그림은 왕도 근교에 있는 플뢰르라는 마을 출신이다. 가도를 통해 왕도와 연결된 작은 마을이지만, 주막거리로는 그럭저럭 지명도가 있는 마을이었다. 그러나 그림은 전통을 중시하는 마을의 기질이 성질에 맞지 않아 열다섯 살에 고향을 떠나 왕도로 상경했다.

그리고 몇 년은 상점과 술집의 허드레꾼으로서 하루하루를 보냈지만, 딱 반년 전에 내전이 확대되면서 지원병을 급거 모집한다는 소식이 그림의 귀에도 날아들었다.

——지원한 이유는 애국심이 아니라 영웅선망. 원래 지루한 게 싫어 마을에서 뛰쳐나온 그림에게, 왕국군에 지원할 이유는 그 수준의 것이었다.

거기서 라자크의 지도하에 엄격한 훈련을 받고 첫 출진에 임한 뒤, 현재에 이른다.

　토르타도 비슷한 경력이라고 들었다. 장사꾼 집안의 둘째 아들로 태어난 토르타도 자유와 미래를 찾아 군에 지원해 그림과 만난 것이다.

　"그나저나 현실을 깨달은 너와 그런데도 영웅을 뜻하는 나. 첫 출진은 명암을 나누는 경험이 된 바인데…… 그 신입은 어떨런가."

　"──신입이면, 빌헬름 말인가."

　문득 토르타가 꺼낸 화제는 그 소년 검사의 얘기였다. 그 화제를 알아챈 순간, 그림에게 싹튼 희미한 망설임은 토르타에게 들키고 싶지 않았다.

　다름 아닌 빌헬름이 바로 그림이 영웅을 포기하게 만든 장본인이기에.

　"그 나이에 무식하게 실력이 있단 건 알겠어. 논공도 거짓부렁이 아니겠고, 실제로 연병장에선 정기사가 아니면 씨알도 안 먹힐 정도니까."

　"신병이 받는 교련도 패스했다나 보더라. 필요가 없다고 라자크 교관이 인정할 정도의 인재야. 솔직히 열다섯 살이라고 들으니 오싹하더군."

　본심이다. 지금도 완성되지 않은 그 소년이 미래에 어떤 사람이 될지 불안이 스쳤다.

　영웅──. 검으로 온갖 적을 베고 왕국을 승리로 이끌면, 머잖아 소년은 그렇게 불릴 것이다.

하지만 아군 미만의 관계라고는 해도 전장에서 그림을 보던 그 눈초리는 잊기 어려웠다. 그것이 과연 『영웅』의 자리를 내주기에 합당한 모습이라고 할 수 있을까.

그와 다른, 뭔가 끔찍한 존재가 되는 게 아닌가. 그 불안이 가시지 않는다.

"그러게. 확실히 오싹해. 열다섯이라는데 귀염성 없는 그 태도라니."

"……야, 어이."

"아니 그렇잖아? 그 녀석, 언제 불러도 몇 번 불러도, 밥이든 술이든 어울리려 들질 않는다고. 틈만 나면 허구한 날 검만 휘두르고 앉아서. 그것도 아침부터 밤까지 마냥 질리지도 않고. 그러다 병 걸릴걸. 아니 벌써 걸렸어!"

"병……. 절묘한 표현일지도 모르겠는데."

토르타의 말투는 고약하지만, 그림은 무심코 동의하고 말았다. "그치?"라며 흥이 오른 토르타에게는 그림의 심각한 기분은 눈곱만큼도 전달되지 않은 눈치였다.

"다만 어느 쪽이 옳은지는 모를 노릇이지. 빈 시간도 훈련에 쓰는 빌헬름과, 정시 땡 치면 술집에 물려가는 우리하고."

"그 소린 하지 마라. 그리고 인생은 즐기는 사람이 이기는 거야! 초대 검성(劍聖) 레이드도 검만 휘두르진 않고, 술도 여자도 즐겼다고 그러잖아. 영웅은 누구보다 인생을 즐기고 있어! 그럼 그걸 본받는 우리도 영웅의 그릇이라 이거지!"

토르타가 목청 높여 궤변을 외치자 주위의 취객들도 "옳소옳소!" 하고 변죽을 울렸다. 가게 안 분위기가 들뜨니 토르타는 의자 위에 요령 좋게 서서 술잔을 쳐들었다.

"오오, 벗이여, 전우여! 이 술집에서, 미래의 영웅이 태어날 것에 건배!"

"――건배!"

토르타의 선창에 맞추어 남자들이 일제히 잔을 맞부딪치고 거나하게 웃었다.

날아다니는 술과 연거푸 이어지는 쨍쨍 소리를 들으면서 그림도 토르타가 끈질기게 밀어대는 잔에 잔을 맞대고, 웃음과 함께 분위기에 휩쓸렸다.

왠지 이날 마신 술은 묘하게 받지를 않는다고, 그렇게 느끼면서.

4

술집에서 토르타와 헤어진 그림은 차가운 밤바람을 받으면서 숙사로 가고 있었다.

내일은 비번이라고 오늘 밤은 밤새워 마시겠다는 토르타에게는 미안하지만, 그림은 술을 즐길 기분일 수가 없어서 달아오른 몸을 식히며 달빛 아래를 비틀비틀 걷고 있었다.

"오늘은 예쁜 초승달이군……. 마치 검 같은데."

영락없는 병사의 사고방식이라고 해야 할지, 밤하늘의 달에 아름다움보다 날카로움을 느끼는 것 같아서는 풍류가 없다. 좌우간 전시 중에는 인간의 마음에서 여유라는 것이 사라진다.

이전처럼 술을 즐기지 못하는 것도 첫 출진을 넘어선 뒤에 얻은 그림의 고민이었다.

"토르타는 담이 커. 확실히 영웅의 그릇일지도 모르겠어."

매일 밤처럼 술집에 몰려가고 얼굴도 모르는 많은 사람들과 술을 마시고 다니는 악우.

그림의 속내에는 그 소행을 나무라면서도 부럽게 여기는 마음이 있었다. 적어도 토르타는 전장에서 첫 출진이 떠올라 멀거니 굳어버릴 일은 틀림없이 없을 것이다.

──한편, 자신은 어떨까. 다음 전장에서 만족스럽게 활약할 수 있을까.

그 불안은 줄기차게 그림의 마음속을 괴롭히고 있었다. 눈을 감으면 불길이 번지는 광경을, 잠에 빠지면 숯덩이가 된 동료들을, 정적 속에서는 단말마와 통곡을 아직껏 느낄 수 있다.

"그런데 병사를 포기할 각오도 없지. 포기하면 아무것도 안 남아. 난 그게 무서운 걸까."

말리는 가족을 뿌리치며 고향을 버리고 왕도로 나왔다. 변하지 않는 하루하루가 지긋지긋해서 병사에 지원했다가 죽음의 공포를 배워 다시 그 시간에서 도망치려 하고 있다.

변한 게 없다. 여전히 약한 그대로다. 어딘가에 자신이 인정받을 수 있는 장소가 있지 않을까, 어린애 같은 꿈을 품고 노력하는 것도 팽개친 채, 생떼만 쓰고 있다.

필시 그것이, 현재 자신의 모습인 것이다.

"——?"

병영으로 돌아가는 도중, 자기혐오에 잠겨 있던 그림의 발이 멈추었다.

원인은 소리였다. 병영 건물 뒤쪽에서, 뭔가 희미한 소음과 목소리가 들린 느낌이 든 것이었다.

설마 왕국군의 병영에 도둑질하러 들어가는 바보는 없겠지만 지금은 전시 중이다. 아인족이 극비 잠입 임무—— 같은 건 지나친 생각이리라 싶지만, 확인하지 않을 수도 없다.

그림은 휴대하고 있던 검의 칼자루를 만지고, 발소리를 죽이면서 병영 뒤로 돌아갔다. 그리고 살그머니 건물 그늘에서 얼굴을 내밀어 지금도 끊임없이 들리는 소리의 정체를 확인하려고 했다.

그리고 그림은 밤의 병영 뒤에서, 일심불란하게 검을 휘두르고 있는 소년의 모습을 발견했다.

"……빌헬름?"

흙을 밟고 바람을 가르는 검이 은빛 섬광이 되어 춤춘다. 달빛 속에서 놀랄 만큼 명징한 검무를 추는 소년이 그림의 한마디에 알아채고 돌아보았다. 날카로운 눈에 꿰뚫려 숨이 턱 막혔다.

"아……."

"뭐야, 그림이냐. 방해하지 말라고."

심드렁한 소년의 말투에 그림은 한 박자 띄우고 쭈뼛쭈뼛 말을 꺼냈다.

"내······ 이름을 알고 있었어?"

"같은 소대니까 당연하지. 너도 내 이름을 알고 있구만. 아니면 이름도 못 외우는 바보인 줄로만 알았냐?"

"그, 그렇지 않고······ 네가 다른 사람에게 관심이 있으리란 생각은 못해서."

"관심 유무가 아니라 필요하면 외워. 같은 부대 인간의 이름쯤이야, 외우지 않는 편이 나중에 훨씬 더 귀찮아질 거 아냐. 싱거운 소리 좀 시키지 마라."

정론이지만, 빌헬름에게 정론을 들었단 사실에 그림은 얼떨떨했다.

그림에게는 이렇게 빌헬름과 멀쩡히 대화하는 것조차 처음 겪는 일이었다. 평소에는 잡담도 받아주질 않아 필요 최저한의 전달사항을 주고받는 정도였다.

솔직히 그림은 같은 인간이라고는 여기지 못할 만큼 그에게서 인간성을 느끼지 못했다.

"너도 그런 인간 같은 사고방식을 할 수 있구나."

"아앙?"

"으아, 미안! 아냐, 그 소리가 아니고······ 아니, 그 소리가 맞을지도 몰라."

말을 고치려 해도 변변한 말이 나오질 않았다.

빌헬름은 눈을 내리까는 그림을 수상쩍게 보다가 금세 흥미를 잃은 표정을 짓더니 내린 검을 치켜들고 다시 검무로 복귀했다.

"훈련이 끝난 뒤에도 줄곧 그렇게 검을 휘둘렀던 거야?"

"그래. 그리고 말 걸지 마. 정신 산만해져."

"우리는 훈련이 끝나고, 술집에서 마시고 있었어. 토르타는 지금도 마시고 있을 거야."

"그러냐. 술 냄새 난다 했다. 그리고 말 걸지 마."

쌀쌀맞은 대답을 하면서도 빌헬름은 검에 몰두하듯이 속도를 높였다. 눈으로는 좇지 못할 수준인 그 검무를 보고, 그림은 병영 건물 벽에 기대면서 망연해졌다.

"어떻게 그토록 검에 빠질 수 있어? 그것 말고도 낙은 있을 거 아냐?"

"전쟁 중이 아니면 그럴지도 모르지. 하지만 지금은 전쟁 중이지. 술을 마시거나 여자를 안는 것보다 검을 휘두르고 있는 편이 살아남을 가능성이 늘잖아."

"그럼 살아남고 싶어서 자신을 단련하고 있는 거야?"

"아냐. 지금 그건 내가 너희를 이상하게 여기는 점이지. 너희야말로 왜 검을 휘두르지 않고 술과 여자에 시간을 쓰는 거지? 내가 틀린 말 하고 있냐."

무시무시하게도 빌헬름의 검에서는 바람을 가르는 소리가 들리지 않았다. 숫제 대기마저도 자신이 베인 것을 깨닫지 못했나 싶을 만큼 검이 날카로운 것이다.

짧은 호흡과 땅바닥을 신발이 파헤치는 소리. 검무를 장식하는 효과음은 그저 그것뿐이다.

"틀리진, 않았다고 봐. 하지만 누구나 너처럼 검을 다루는 재능이 있는 게 아니야. 검에 모든 것을 내맡기면 마음이 도저히 버텨내지 못해. 술이나 여자에 기대고 싶어지기도 하지."

"너희는 언제나 변명만 근사하군."

그림의 지고도 억지 부리는 듯한 말에 빌헬름이 매서운 말을 내던졌다.

왜, 이렇게 입씨름을 하고 있는지 그림은 알 수 없었다. 그냥 자신은 줄곧 빌헬름에게 묻고 싶었을지도 모른다.

첫 출진에서 시체더미를 쌓고 그만한 참상을 당연한 것처럼 보고 있던, 검이 점지한 아이에게.

"주위를 내버리고 가는 방식으로만 살다가는, 넌 전장에서 혼자가 되고 말아. 혼자서 뭘 할 수 있어?"

"검을 한 번 휘두르면 한 명 죽일 수 있지. 두 번 휘두르면 두 명. 그걸 반복할 뿐이야. 내게는 네가 말을 치장해 자신을 지키고 싶어하는 걸로밖에 안 보여."

"―――――."

"그리고 그 눈을 보고 생각났다. ――그림, 요전의 전장에서 나랑 만났었지?"

빌헬름이 검무를 중단하고 우두커니 서 있는 그림을 보고 있었다.

그 안광에 그림의 목이 얼어붙었다. ――생각해냈다는, 그 사실에.

"혼자가 된다는 말도 네 경험담인가. 그런데, 알잖아? 그 전장에서 나도 혼자였어. 그런데도 논공에 오를 만큼 적을 벴지. 그게 전부 아냐. 어처구니가 없군."

"나…는……."

"타이르는 척하면서 도망치고 싶은 너 자신을 숨기는 거 아니다. 불안해서 한 패거리를 원한다면 사람 잘못 봤어. 약골은 약골끼리 뭉치라고. 아니면 안 그렇다고 증명해보겠냐?"

빌헬름이 뺨을 일그러뜨리며 목소리를 떠는 그림에게 검 끝을 겨누었다.

뽑아라. 그렇게 말하는 건 알 수 있었다. 빌헬름은 허리에 찬 검을 뽑아서 자신에게 기개를 보여보라고 말하고 있다. 하지만.

"————."

"검도 못 뽑냐. 겁쟁이."

고개 숙인 그림은 검을 뽑기는커녕 칼자루를 잡지도, 일어서지도 못했다.

실망한 얼굴로 빌헬름이 내뱉고 바로 등을 돌려 다시 검무에 임했다.

빌헬름의 의식이 자신에게서 벗어난 것을 깨달은 그림은 길게 숨을 내뱉고는, 떨리는 다리를 질타해 병영 건물 뒤에서 도망치듯이 떠났다.

병영 건물로 들어가 자기 방으로 돌아가 좁은 침대에 머리부터 처박았다. 모포를 머리부터 뒤집어쓰고 덜덜 추위를 느끼듯이 떨면서 어금니를 필사적으로 앙다물었다.

분한지 슬픈지, 아무것도 알 수 없었다.

그저 약한 자신이 한심스러웠다. 그 소년의 강한 모습이 지금은 무턱대고 부러웠다.

5

그런 밤이 있어도 이튿날이 되면 표면상으론 아무렇지도 않은 얼굴로 직무에 복귀할 수 있다.

어쩌면 그것도 그림의 좋지 못한 특기였을지도 모른다.

소대의 일반 업무 및 훈련에서 여태까지와 마찬가지로 빌헬름과도 얼굴을 맞댄다. 그런데도 그림은 대응을 바꾸지 않았고, 빌헬름도 그날 밤에 있었던 일 따위 까맣게 잊은 듯한 태도로 평소처럼 소대의 화합을 어지럽히는 개인주의를 관철하고 있었다.

따라서 소대는 보이는 폭탄과 보이지 않는 폭탄 둘을 떠안는 꼴이 되었다.

그리고 그 폭탄이 불발탄이 아니었다는 것은, 그림의 소대를 포함한 왕국군이 아인족과 대규모로 격돌하고 다시 전화가 타오를 때에 밝혀졌다.

──결전은 일몰 직후에 포문을 열었다.

맨 처음 평원에서 전투가 시작되었을 때, 전황은 왕국군이 우위에 서 있었다. 수적 우위를 살려 움직임이 매끄럽지 않은 아인 연합군을 단번에 도로 몰아내고 전선을 크게 후퇴시킨 형국이다.

돌격부대에 편입되었던 그림의 부대도 단숨에 적을 몰아세우는 아군의 기세를 타고 아인들을 잇달아 격파해갔다.

"지난번 난전은 뭐였던 거야. 이거 낙승인걸!"

적병 중 한 명을 활로 쏜 토르타가 다음 화살을 시위에 메기면서 흥분한 기색으로 목소리를 높였다. 그 목소리를 등으로 듣고 있는 그림은 검과 방패를 정면에 내세우면서 아군의 돌격에 끼어 있었다.

사기는 높다. 후퇴하는 적의 저항은 허약하며, 왕국군의 우위는 명명백백하다. 그런 압도적인 전장임에도 그림의 손발은 마음대로 움직여주질 않았다.

"제길, 이래선 난 뭘 위해서……!"

그림은 분한 듯 중얼거리고 자신의 약한 마음을 저주했다.

아군의 분전에 구원받은 모양새로, 그림은 아직 적병 하나도 쓰러뜨리지 못했다. 필사적으로 적의 공격을 방패로 막기만 할 뿐이다. 아군에게 공헌하지 못하는 건 아니지만 위안거리가 되지 않는다.

왜냐하면——.

"뭐, 뭐야, 저놈?!"

경악성이 우군에서 터지고, 그 광경에 누구나 눈이 못 박혔다.

전장을 내달리며 바람이 연상되는 재빠르고 날카로운 몸놀림이 잇달아 아인족의 목을 베어냈다. 피보라와 손발이 날아다니고 강철이 고기를 베는 소리와 단말마가 끊임없이 터지고 있었다.

"흐으으으아아아!"

이를 이루는 건 쏜 화살처럼 질주하는 검은 소년의 참격이었다.

자세를 낮춰 적진에 뛰어들고, 휘몰아치는 칼날이 아인을 베어버리고 찔러서 고깃덩어리로 바꾸어갔다. 그 기세는 적아군 관계없이 어안이 벙벙하게 만들 정도.

"빌헬름……."

빌헬름이 사자분신의 활약을 보이지만 소대장은 뒤를 따르라고는 외치지 않았다. 기세가 올랐다면 그렇게 지시해야 할 상황이다. 그러나 소대장도, 다른 병사들도, 모두가 이렇게 생각하고 있었다.

──지금의 빌헬름에게 접근하면, 아군이든 뭐든 상관없이 베이는 게 아닐까 하고.

"대장님! 이 주변은 제압해냈수다! 진행합시다!"

빌헬름이 싸우는 모습에 시선을 빼앗긴 자리에 토르타의 위세 등등한 목소리가 쏟아졌다.

그 목소리에 소대장이 제정신을 차리고, 빌헬름이 열어젖힌 돌파구를 향해 전원이 진군하라는 지시가 날아왔다.

"빌헬름 녀석이 분발 좀 한 덕분이지만, 이거라면 우리도 웬만큼 공훈을 세울 수 있는 거 아니야?"

우세한 흐름에 토르타가 호쾌하게 웃으면서 말을 걸었다. 그러나 그림의 마음은 아군의 우세에 열광하지 않았다. 목 뒷덜미가 공연히 오싹오싹 한기를 느끼고 있었다.

"어쩐지 이상한 느낌이 안 들어?"

"어엉? 이상한 느낌이라니 뭐가. 잘 나가잖아, 우리 다."

"지난번에 그만큼 크게 손해를 봤는데, 어째서 이번에는 이렇게 갑자기……."

"그 반성을 살렸다는 거 아냐? 아니면 지난번에 지휘관질하던 장교가 무능했던 거겠지. 그놈이 죽어서 교대했기 때문 아닐까?"

상관모욕죄 그 자체인 발언과 함께 토르타가 잇달아 화살을 시위에 메기고 적을 쏘았다. 그림은 그 모습을 본체만체하며 방패를 잡지만, 그래도 불안을 떨쳐내지 못했다.

그 직후, 눈앞에서 환성이 터지고 남다른 거체의 아인이 빌헬름에게 베여 쓰러졌다. 아마도 이 또한 대장격, 논공에 오르는 건 확실시될 전과다.

"제법이잖아, 빌헬름!"

모두가 멀찍이서 에워싸고 있는 가운데, 토르타가 평소처럼 빌헬름을 칭찬했다. 그러나 온몸에 적의 피를 뒤집어쓴 빌헬름은 그 찬사에 아랑곳 않고 별안간 위를 쳐다보며 뇌까렸다.

"……냄새가 나."

"그야 그만큼 피를 뒤집어쓰면 냄새도 날 만하지."

"아냐. 그게 아니다. 소대장, 꺼림칙한 예감이 들어. 놈들, 뭔가 꾸미고……."

뒤돌아본 빌헬름이 뭔가를 진언하려던 순간, 충격이 땅을 뒤흔들었다.

시야가 세로로 흔들리는 감각에, 그림은 균형을 무너뜨리고 옆으로 나동그라졌다. 주위 병사들도 여러 명 땅바닥에 쓰러져서, 창졸간에 버틴 건 빌헬름을 포함한 몇 명뿐이다.

"바, 방금 그건 무슨 일이……."

일어난 거야…… 하고 말을 이을 필요는 없었다.

충격보다 늦게, 열기를 띤 바람이 느닷없이 그림이 속한 부대 쪽으로 밀어닥쳤다. 흙먼지를 동반한 열풍이 눈과 입을 침범하는 통에 기침하면서 일어서자, 노호가 일제히 날아다니기 시작했다.

"물러나 물러나 물러나! 함정이다! 아인족 놈들의 함정이다! 놈들, 지면에 마법진을 깔고 매복하고 있었어! 몰려서 섬멸당한다!"

"발가다! 발가 크롬웰이 있었어! 놈의 목을……. 아니, 퇴각이다!!"

"불이이! 불이 온다! 내, 내 다리가아! 기다려, 기다려어어!"

전방에서 좌우 정신없이 들려오는, 갑작스런 열세를 전하는 비명.

자욱하게 낀 흙먼지에 시야가 어두워져 패닉에 빠진 주위 병사들이 서로 밀어내면서 일제히 후퇴하기 시작하는 바람에 그림도 하마터면 떠밀릴 뻔했다.

"그림!"

토르타가 쓰러지려던 그림의 팔을 잡아주어서 가까스로 넘어지지 않고 버텼다. 하지만 혼돈의 극치에 달한 상황은 시시각각 심각해지고 있었다. 그곳에 조금 전까지 감돌던 승리 분위기는 티끌만큼도 없었다.

"하, 함정……. 포위라니, 왜 갑자기……?!"

"주변이 안 보여! 빌어먹을! 소대장님! 어떻게 합니까!"

얽히고설킨 노호 속에서 위험한 단어를 포착한 그림은 불어나는 공포에 어금니를 떨었다. 토르타도 험악한 표정을 지으면서 소대장에게 다음 행동 지시를 청하고 있었다.

토르타의 그 외침에 눈을 희번덕거리고 있던 소대장이 입술을 떨며 대꾸했다.

"퇴, 퇴각이다! 우리도 물러나서 다른 부대와 합류를……!"

"아니야! 그러면 안 돼! 전진이다!"

"웃──?!"

소대장이 다른 부대와 마찬가지로 퇴각하려 하자 빌헬름이 이를 드러내며 물어뜯었다.

피로 물든 검을 치켜들고 지금까지 진군하던 방향에 칼끝을 겨누었다.

"물러나는 것이 적이 바라는 바야! 왜 그걸 몰라! 활로는 앞밖에 없어!"

"어떻게 그런 말을 할 수 있나! 적을 베고 싶을 뿐이라면 닥치고 있어!"

"적은 마법진을 깔고 함정을 쳤다고! 열세를 꾸미고 일부러 물러나서, 이쪽 군을 끌어들여 단숨에 피해를 주기 위해서야! 함정에 걸려 겁먹은 놈들이 거품 물고 도망치는 것도 당연히 고려했겠지!"

상상 이상으로 고려된 반론에 소대장은 순간적으로 받아내지 못했다. 빌헬름은 입을 다문 소대장에게 바싹 다가서서 피로 물든 안면에 귀기를 띠고 연거푸 외쳤다.

"전진이다! 길은 앞밖에 없어! 물러나도 포위될 뿐이야! 포위망이 모이고 두터워지기 전에, 정면의 포위를 돌파해 길을 만든다! 그것밖에 없어!"

"──큭! 아, 안 돼 안 돼! 퇴각한다! 전진해도 아군은 없어! 적진에서 고립되면 둘러싸여 살해당하는 건 똑같아!"

하지만 소대장은 귀기가 도는 빌헬름의 말을 이를 앙다물고 내쳤다.

그 대답에 빌헬름이 입술을 깨물어 입 끝에서 피를 흘리면서 뒷걸음질 쳤다. 그리고 그는 손아귀의 검을 돌리고 소대 전원에게 등을 보였다.

"빌헬름, 서라! 멋대로 행동하면……."

"도망치고 싶으면 그렇게 해라. 도망치고 도망쳐서, 도망친 끝에 죽어. 난 싸울 거다. 싸우고 싸워서, 싸운 끝에 살아남는다. ──겁쟁이 놈들."

빌헬름은 말리는 소대장의 말도 듣지 않고 증오가 어린 듯한 목소리로 말을 남겼다.

그 목소리에 소대 모두가 말문을 잃었지만, 그림만은 주위와 다른 감상을 느꼈다.

아마 그건, 그림만은 빌헬름의 그 노염을 산 것이 두 번째이기 때문에──.

"빌헬름!"

이름이 불려도 멈추지 않고, 빌헬름이 단숨에 정면으로 달리기 시작했다.

소대장의 명령을 어기고 적진에 단독으로 돌입──. 틀림없이 살아나지 못할 선택이다.

그렇다고 깨달은 순간, 그림은 떨리는 다리를 질타하며 뛰어서 그를 쫓아가고 있었다.

"그림! 너까지 뭘……!"

"저 녀석을! 빌헬름을 데리고 돌아오겠습니다! 죽어선 곤란해! 저 녀석은 아직 왕국군에 필요한 남자일 겁니다!"

흙을 짓밟으며 무겁게 느껴지는 몸을 들어 올려 앞으로 발을 내딛었다. 그림을 만류하려고 팔이 뻗어오지만 그건 스치기만 하고 아슬아슬하게 닿지 않았다.

"그림! 죽지 마라! 이 바보 자식!"

"죽을까 보냐! 난 겁쟁이라고!"

달리는 그림의 등에 바보 토르타의 호쾌한 격려의 목소리가 닿았다.

악우의 외침에 힘을 받은 그림은 스스로도 못 알아먹을 소리를 지르고 가슴속에서 열을 내는 감정대로 빌헬름의 등을 쫓아 달렸다.

"────."

숨을 헐떡인다. 흙먼지에 시선을 집중한다. 쓰러진 아군의 시체를 밟고 넘어서자마자 바로 후회했다.

늘 그렇다. 그림은 후회밖에 안 한다. 달리든 달리지 않든, 필시 선택한 것을 후회했으리라. 하지만 지금만은 후회를 팽개치고 달렸다.

방패는 들고 있지만 어느 틈에 검은 떨어뜨렸다. 아마도 첫 충격으로 넘어졌을 때일 것이다. 상관없다. 검이라면 앞에서 달리는 소년이 자신보다 열 배는 더 잘 쓴다.

선혈이 분출되고 단말마가 터졌다.

놓칠락 말락 한 빌헬름을 찾는 건, 굉음이 오가는 전장 중에서도 쉬웠다.

비탈을 달려 올라가 벌어진 땅을 뛰어넘고, 적인지 아군인지도 모를 시체를 피하며 그림은 빌헬름을 쫓아갔다. 이윽고 어렴풋이 빛나는 뭔가를 발견해 숨을 죽였다.

바라보자 눈앞의 지면이 흐릿하게 빛나고, 빛나는 선이 기하학적인 무늬를 그리고 있었다.

"혹시, 이게 마법진······?"

마법 적성이 없는 그림에게, 마나의 빛은 친근한 것이 아니다.

결정등(結晶燈) 등의 마석 세공 기술은 왕도에도 일부밖에 보급되지 않았고, 하물며 개인이 마법을 다루는 재능은 극히 한정된 천재만의 특권이라고 들었다.

인간족은 종족적으로 마법의 재능에서 아인족에 뒤떨어지며, 그 결과가 이번 마법진을 이용한 함정이 불러온 왕국군의 열세 ──. 들려온 정보의 단편으로 그렇게 추측할 수 있었다.

그리고 마법진의 흐릿한 빛에 그림은 여태까지 중에서 최대급의 공포를 목덜미에서 느꼈다.

"으, 윽…… 뭐냐고, 이 감각……. 싫어, 싫다고. 사라져, 사라져……!"

느끼는 공포를 떨쳐내듯이, 그림은 목 뒤를 손바닥으로 문질렀다.

첫 출진 이래로 겁먹는 버릇이 든 자신의 몸은 수도 없이 이렇게 공포를 부추겨대고 있었다. 그게 진저리 나서, 그림은 눈앞의 마법진을 난폭하게 발로 짓밟았다.

그 즉시 눈앞의 빛이 천천히 흐려지다가 이윽고 단순한 낙서로 탈바꿈했다.

"뭐지? 이걸로 사라져……."

"야, 그림."

뒤에서 부르는 목소리에 그림은 입에서 심장을 뱉어낼 듯 놀라 돌아보았다. 그쪽에는 빌헬름이 서 있었다. 조금 전보다도 뒤집어쓴 피의 색깔이 더 진해진 빌헬름은 그림을 머리부터 발끝까지 바라보다가 입매를 일그러뜨렸다.

"너는 어째서 이런 곳에 있는 거야. 부대는 뒤로 물러났을 텐데."

"네, 네가 맘대로 행동하니까 말리러 온 거야! 자, 돌아가자! 이런 곳에서 고립되면, 아무리 네 실력이 뛰어나다고 해도……."

"오지랖도 넓으셔. ……그래도 넌 살아남을 힘이 있어. 겁쟁이인 값은 하는군."

만류하려는 그림에게, 빌헬름은 언젠가의 밤과 같은 조롱을 보냈다. 무심코 입을 다물자 그림의 발밑을 들여다본 빌헬름이 눈살을 좁혔다.

"그럼, 그 마법진은 어떻게 된 거지?"

"……아까 빛나고 있어서, 싫은 예감이 들어서 발로 지운 거야. 이게 함정이었던 건가?"

"아아, 그래. 함정이었다……. 그렇다는 소리는, 발동 준비 중이던 걸 네가 지웠다는 거지."

빌헬름의 눈매가 날카로워지고, 직후에 그림은 뒷덜미에 공포심을 느껴 눈을 부릅떴다.

순간, 흙먼지를 뚫고 오른편에서 붉은 광탄(光彈)이 일직선으로 두 사람을 노리고 날아왔다.

"머리 숙이고 있어!"

떠밀린 그림이 그 자리에 엉덩방아를 찧었다. 눈앞에선 빌헬름이 칼날을 휘둘러 직격하는 광탄을 쳐내고 빛이 발사된 방향으로 매섭게 돌격하는 참이었다.

세로로 휘둘린 검이 흙먼지를 베어재끼고, 그 건너편에서 녹색 피부의 아인이 나타났다. 머리까지 로브로 쑥 뒤집어쓰고 긴 혀를 내민, 파충류 같은 겉모습을 한 아인이다.

몸집이 작은 아인이 뒤로 뛰고, 손가락이 세 개뿐인 두 손에서 다시금 광탄이 빌헬름을 노렸다. 하지만 사각에서 쏜 기습으로 맞지 않는 공격이, 정면으로 쏴서 통할 턱이 없다.

빌헬름은 몸을 뒤집어 스치는 듯한 최저한의 몸놀림으로 광탄을 피하고 단숨에 아인에게 접근, 그대로 몸통을 베어버리고 거두는 칼로 목을 쳤다.

"빌헬름! 방금 그 아인은……!"

"이놈이 아마 이곳 마법진의 기동 담당이야. 이놈을 죽여서 마법진을 못 쓰게 한 이상, 이곳의 함정은 발동하지 않을 거다. 이곳을 기점 삼아 건너편까지 단숨에 돌파한다!"

빌헬름이 아인의 시체를 걷어차고 피를 닦으면서도 여전히 앞을 응시했다. 소대를 남기고 온 것과는 정반대 방향이다. 그림은 그 어깨를 뒤에서 붙들었다.

"기다려줘! 이 함정을 없앴다면, 다들 다시 불러도 될 텐데!"

"말 같은 소리를 해! 돌아가면 다른 함정의 기동에 말려들어. 오히려 왕국군이 다 모여서 퇴각한 중앙 쪽에 일망타진하기 위한 함정이 쳐 있을걸. 돌아가봤자 아무도 못 구해. 나랑 너, 시체가 괜히 두 구 늘어날 뿐이지. 웃기지도 않아!"

붙잡은 팔이 흔드는 움직임에 풀려 뒷걸음질 치는 그림의 목에 칼끝이 들어섰다. 그대로 또렷한 검기에 얻어맞아 온몸이 공포심에 지배되었다.

"죽고 싶으면 혼자 돌아가! 죽기 싫으면 죽지 않도록 발버둥 쳐!"

그 말만 남기고, 빌헬름은 망설임 없이 달리기 시작했다.

또다시 멀어지는 등을 앞에 두고, 그림은 한순간에 결정적인 선택에 내몰렸다.

돌아가면 소대와 합류할 수 있을까? 하지만 돌아가도 빌헬름의 말마따나 아인족의 함정에 걸릴지도 모른다. 그러나 소대 쪽에는 왕국군도 다수 돌아가 있어 수적 우위가 굳건하다. 빌헬름의 추측이 틀려서, 적이 전방에서 대기하고 있을 가능성도 있다. 뻔히 알면서 고립되어 생존율을 낮추기만 하는 것 아닌가. 빌헬름도 이만큼 말해서 듣지 않는다면 설사 목숨을 잃더라도 자업자득이 아닌가.

그렇다면 선택은 사느냐 죽느냐. 살고 싶은가, 죽고 싶은가.

그림은——.

"——아아아아아아!!"

못 알아들을 외침소리를 터트리며, 그림은 앞쪽으로 달리기 시작했다.

토르타와 동료들이 있는 후방이 아니라, 빌헬름이 달려간 전방을 향해.

결정적인 이유는 모른다. 그저 본능에 따른 결과다. 이 순간, 그림의 머릿속에는 동료 의식이나 사명감, 왕국에 대한 애국심이나 충성심은 일절 남아 있지 않았다.

그저 돌아가는 것을 생각했을 때와 나아가는 것을 생각했을 때. 어느 쪽이 더 공포를 더 느꼈는가. 그 사실만을 의지해서 자신의 길을 선택했다.

빛이 사라진 마법진을 밟고 넘어가 광란의 절규를 흘리면서 전장을 달린다. 미친 듯이 눈에 띄는 미련한 행위이지만, 다행히도 전장에선 흔해빠진 광란 중 하나에 불과하다.

이윽고 그림은 흙먼지 속을 넘어가 기적적으로 적병과 한 번도 마주치지 않고 언덕 위로 나왔다.

"시이이이잇——!"

찢어지는 기합성이 터지고 눈앞에서 머리부터 가랑이까지 쪼개진 아인이 둘로 나뉘었다.

피를 털어낸 빌헬름은 덤벼드는 아인을 차례차례 베어 어마어마한 양의 피를 뒤집어쓰면서, 경련하는 목소리와 함께 죽음을 쌓아올리고 있었다.

그 경련하는 목소리와 피를 뒤집어쓴 빌헬름의 표정이 웃는 것처럼 보여서, 그림은 전장에서 느낀 최대급의 오한과 함께 문득 떠오른 말을 입에 담았다.

"귀신……."

귀신(鬼). 그렇다. 귀신이다. 검을 휘두르는 귀신이 저기 있다. 전장에서 적을 베어 가르고 웃는 귀신이다.

검을 즐겁게 휘두르고 장난치듯이 죽음을 만들어내는 귀신.

──다시 말해, 검귀(劍鬼).

"와라! 더 와! 더더더! 베어서, 나를 살게 해!!"

검귀가 부르짖고, 그때마다 은빛 섬광이 아인족의 생명을 거두었다.

그 참상을 앞에 둔 그림은 천천히 돌아서서 언덕 위의 광경을 내려다보았다.

연기가 모조리 뒤덮은 전장에 옅은 마법진의 빛만이 선명하게 부각되어 있다. 양손 양발의 손가락 발가락을 다 합쳐도 헤아리지 못할 정도의 마법진이, 전장에 인지를 초월한 힘을 부어넣어 어리석게도 포위당한 왕국군을 파괴의 힘으로 분쇄했다.

열풍, 지진, 멀찍이 붉게 타오르는 하늘에 메아리치는 단말마의 목소리——.

"……이게, 내 선택의 결과?"

등 뒤에는 검귀가 만들어낸 시산혈해(屍山血海).

눈 아래에는 놔두고 온 동료들의 저주하는 듯한 비명과 절규.

어느덧 그림은 무릎을 꿇고 두 손으로 얼굴을 가리며 그저 흐느끼고만 있었다.

"미……안……. 미안, 미안, 미안……."

전투가 끝나 왕국군이 패전의 결과를 받아들이고 우군이 회수할 때까지, 그림의 오열 섞인 사죄와, 검귀의 검무와 홍소는 끊임없이 이어지고 있었다.

——후퇴한 소대와 토르타 위즐리는 돌아오지 않았다.

6

카스툴 평원에서의 결전은, 처음에는 왕국군에 유리하게 흘렀지만, 아인족의 비열한 함정에 걸려 전선이 붕괴. 후퇴한 순간, 마법진을 이용한 포위 공격을 받아 전군이 대타격을 받아 패주——. 오래도록 이어진 내전 중에서도 기록적인 참패를 당했다.

미확인이긴 하지만, 이번 결전에서는 아인연합의 대참모라는 발가 크롬웰의 존재가 보고되었으며, 그 교활한 인물의 책략으로 말미암은 피해였다고 지목되고 있다.

사상자를 다수 내놓은 결전에서는 시신을 회수하지도 못한 병사가 많아, 국왕이 직접 그들 영령의 충성심과 애국심을 칭송하는 성명이 발표되었다.

　덧붙여 이 결전에서 이례의 전과를 올림으로써 왕국군과 아인 연합 양진영에 한 인물의 이름과 그 이명이 널리 퍼지게 된다.

　검귀, 빌헬름 트리아스라고 불린 열다섯 살 소년의 이름과 그 검재다.

　오래도록 이어지는 왕국 내전 『아인전쟁』──그 폐막을 위한, 최초의 한 걸음.

　그것이 겨우 역사에 새겨지게 된 전투였다.

『검귀연가──2막』

1

빌헬름 트리아스의 세상은 매우 심플하게 이루어져 있었다.

마음에 드는 것, 마음에 들지 않는 것. 세상 대부분은 그 두 가지로 싸잡을 수 있다.

그리고 지금, 눈앞의 상황은 그에게 마음에 들지 않는 것 그 자체였다.

"카스툴 평원의 전투에서 아인의 포위망을 가장 빨리 돌파. 단독으로 아인족의 부대와 접전해 이를 섬멸. 대장을 포함해 거둔 목의 수가 여든여덟……. 하하! 딱 나눠떨어지는군!"

"오히려 애매한 숫자다 싶습니다만. 어감이 좋은 건 동의하겠습니다만."

"그럼 그런 의미다. 꼬치꼬치 따지지 마라, 음험한 놈."

"그게 소임이온지라."

자세를 바로잡고 있는 빌헬름 앞에서 두 남자가 그런 대화를 나누고 있다.

호방·호쾌를 그림에 그린 듯한 장신의 대장부와 신경질적인 샌님 2인조다. 양쪽 다 기사단의 제복을 껴입고 있어 정기사의 신분임을 알아볼 수 있었다.

　오늘 아침, 치료원을 퇴원해 병영으로 돌아와 일과를 수행하러 나가는 도중에 붙들린 게 현재 상황이다.

　정기사가 자신에게 무슨 볼일이냐고, 빌헬름은 수상쩍은 낌새에 경계를 하지 않을 수 없었다. 상관에 대한 불신을 숨기지 않는 소년의 태도에 두 남자는 더욱더 흥미진진한 표정을 짓고 있었다.

　"전장에서는 퍽이나 날뛰고 다녔나 보더군. 우군이 찾아낼 때까지 적진 한 귀퉁이를 따먹고 대난동……. 회수되었을 때에는 시체로 산을 쌓았다고 들었다."

　"지나친 참상과 검 솜씨에 본 사람들은 이렇게 수군대고 있습니다. '검귀가 나타났다.' 라고."

　"검귀! 검귀라! 좋군! 허세가 화끈해서 싫지 않아! 그 이름이 널리 퍼지게끔 앞으로도 날뛰어라. 아직 검귀라기보다 검소귀 (劍小鬼) 같은 모습이다마는!"

　샌님의 말에 대장부가 웃으면서 빌헬름의 머리를 거칠게 움켜쥐었다. 몸만 아니라 손바닥까지 큼직하기 때문에 빌헬름의 머리가 대장부에게 쏙 휘어잡히는 모양새였다.

　"아까부터 사람을 빤히 보는 것도 모잘라서, 뭔 작정이야?!"

　빌헬름은 머리를 움켜쥔 손을 떨쳐내고 뒤로 훌쩍 뛰었다. 서슬 퍼런 눈초리로 상대를 찌르자 대장부는 떨쳐진 팔을 흔들고 입꼬리를 올렸다.

"정기사에게 배짱 두둑하군. 젊은 놈은 이렇게 막 나가야지."

"젊은 건 공자께서도 마찬가지건만. 얼굴이 삭았다고는 해도 내면까지 삭으면 실제 연령을 놓쳐서 머잖아 후회하실 겁니다."

"이놈하고 비교하면 누구든 늙은이지. 기록상으론 열다섯 살…… 봐라! 피보트. 네 절반이야! 나이는 절반이고 베어죽인 수는 배의 배다! 한심하게 여겨라!"

"전 두뇌 노동 담당입니다. 공자가 못하는 부분, 전부가 담당이니까요."

침을 튀기는 대장부에, 꺼낸 하얀 손수건으로 자기 얼굴을 닦는 샌님. 변함없이 빌헬름을 방치해둔 대화에 마침내 소년의 정나미가 다 떨어졌다.

"볼일이 없으면 상관하지 마. 나도 한가하지 않다고."

"한가하지 않다고? 지금은 대기 중일 터 아니냐. 무슨 용무가 있다고."

"검을 휘두른다. 하루 땡땡이 치면 만회하는 데 사흘 걸려. 한 번 휘둘러 죽일 수 있는 걸 세 번씩 휘둘러야 하다니, 비효율적인 것도 정도가 있지."

쌀쌀맞게 내뱉고 냉큼 병영 건물 뒤에서 단련하기 위해 떠나려고 했다.

하지만 그런 빌헬름의 대답에 등 뒤에서 대장부의 웃음소리가 터졌다.

"피보트, 들었나! 그 전장을 끝내고 나자빠지길 이틀! 혼절했던 자식이 침대에서 나와 자는 시간도 아까워하며 검을 휘두른다! 검을 휘두른단다!"

"예, 들었습니다. 공자도 상당하시다고 생각했지만, 이건 공자를 넘는 바보 같은 종자."

"댁들, 둘이서 나한테 맞아 나가떨어지고 싶은 거냐?"

정기사든 뭐든 간에 이만큼 우습게보이고 가만 있을 순 없다.

검을 휘두르지 못한 며칠의 울분도 겹쳐서 빌헬름은 서슬 퍼런 태도로 내뱉었다.

"좋지. 그 말을 듣고 싶었다. 한심한 정기사의 망신거리들이 검 좀 쓰는 애한테 맘대로 놀아났다는 이야기는 기사단에서도 나왔거든."

그런데 노려보는 빌헬름의 말을 대장부는 사나운 웃음과 함께 받았다. 그의 옆에서는 샌님이 찬찬히 고개를 가로젓고, 한쪽 눈을 장식하는 단안경이 수상쩍게 빛났다.

"공자도 못 말리는 분이지만, 당신도 잘못했어요. 그 나이에 상당한 수련을 했다고는 해도…… 과하게 으스대고 있습니다."

──사나운 전의와, 예리한 검기.

방금까지와 분위기가 일변한 두 기사를 보고 빌헬름은 입술을 혀로 축였다.

"처음부터, 이게 목적이었던 거냐."

"나쁘게 여기지 마라. 입장이 있으면 이래저래 성가시거든. 하지만 연병장에서는 지위를 믿고 괴롭힐 생각이 없으니 안심해라. 이 보르도 체르게프, 창칼을 나누는 곳에서 망신이 될 만한 행위만은 결코 안 한다.”

“이렇게 올곧은 분이시니 안심해주십시오. 아아, 소개가 늦었습니다. 전 보르도 님의 감찰역을 맡고 있는 피보트 애넌시라는 사람입니다. 잘 부탁합니다.”

대장부 보르도와 샌님 피보트가 연이어 이름을 밝히고, 빌헬름은 고개를 갸웃했다.

목적과 의도를 도무지 파악할 수 없는 두 사람이지만, 당장의 목적은 밝혀졌다.

그리고 그건 빌헬름이 현재 하고 싶은 일과 동떨어지지 않았다.

“후딱 때려눕히고, 난 일과인 단련으로 복귀하도록 하겠어.”

“그렇게는 안 되지. 넌 도로 침대 위로 원상복귀할지도 모르니 말이다!”

빌헬름이 연병장을 향해 석조 통로를 걷기 시작하고 보르도가 그 옆에 섰다.

위세 좋게 불똥을 튀기는 두 사람의 뒤를, 탄식하는 피보트가 천천히 따라갔다.

2

쇳소리를 내며 강철이 부딪치고, 삐걱거리는 감촉에 불똥이 시야 끝에서 붉게 튀었다.

연거푸 속 시원한 소리를 연주하며, 빌헬름은 상반신이 지면에 스칠 만큼 초저공으로 파고들었다. 떨어지는 전투도끼를 바로 옆에 스치며 피해 들어가, 도끼의 자루를 짓밟아 상대의 다음 동작을 막았다.

──한순간의 정체. 직후에 치달은 은빛 섬광이 굵은 목에 칼끝을 들이밀고 있었다.

"──승부 났다."

"……이것 참 놀랍군."

빌헬름의 승리 선언에, 패배 선고를 들은 보르도가 목소리를 깔고 침음했다.

땀에 젖은 이마와 무인다운 호방한 웃음이 입가에 새겨져 있다. 빌헬름은 열기 어린 숨을 깊이 내뱉고 검을 내렸다.

날을 뭉갠 훈련용 검이다. 빌헬름의 발밑, 흙에 박힌 보르도의 무기도 마찬가지로 날을 뭉갠 장대한 도끼창이었다. 양쪽 다 마음먹고 치면 목숨은 남아나지 않는 물건이지만, 무기를 닿기 직전에 세울 정도의 기량은 쌍방 모두 갖추고 있다. 격전을 마친 둘 모두 상처는 입지 않았다.

단, 그 보고에는 『눈에 띄는』이라는 수식을 더할 필요가 있겠지만.

"이로써 모의전, 7승 3패로 내가 더 이겼어. 댁, 주둥아리 값을 못하는걸."

"실력을 시험하려다가 이 결과여선 오기 어린 말도 안 나오는구만. 와하하! 졌다 졌어! 오랜만에 대판 졌어! 상쾌할 지경이야!"

"뭐야 그게……."

도발할 심산이었는데 웃어 넘겨서, 빌헬름 쪽이 얼굴을 찌푸렸다. 보르도는 바닥에 꽂힌 전투도끼를 뽑아 어깨에 메고, 손질한 짙은 푸른 수염을 쥐어뜯으며 말했다.

"네 쪽이야말로 기뻐해라. 감히 나와 싸워서 이긴 거다. 정기사 중에서도 근위대의 상위에 필적하는 기량이라고 자부하고 있었건만. 아무래도 여태껏 네게 진 놈들도 단순히 넋 빠져있던 것만이 이유는 아니었단 말이렷다."

"그 경우, 공자도 넋 빠져있었단 뜻이 되니까 말이죠. 그렇다고는 해도…… 과연, 앞날이 두렵습니다. 이러고 아직 열다섯입니까."

연병장 가장자리에서 두 사람의 격돌을 관전하던 피보트가 다가와 그렇게 중얼거렸다.

귀에 익은 평가지만 그 말의 어감은 귀에 익은 외경과 경탄과는 다르게 들렸다. 어쨌든 그러한 잡상들도 빌헬름에게는 아무래도 상관없는 일이었다.

"건방진 애송이를 손봐주지 못해서 안되셨군. 이제, 다음으론 댁도 더 위쪽에 울며 매달려서 다른 자객을 보내는 거냐?"

"그것도 좋겠지만, 내 덩치로 매달리자면 남은 건 신룡(神龍) 볼카니카 정도밖에 후보가 없다. 하찮은 용무로 불러냈다면 내 쪽이 숯덩이가 될지도 모르겠군."

"그렇게 되기 전에 본론으로 들어가도록 하지요. 빌헬름 트리아스. 우리가 당신에게 접촉한 이유는 이 실력 시험이라고 칭한 사적 제재가 목적이 아닙니다. 하기야 사적 제재로서의 측면은 공자의 패배 때문에 덧없이 사라졌습니다만."

"이 시종, 봐주는 법이 없는데! 와하하하!"

이죽거림을 이해하지 않는 주종에게 빌헬름이 불쾌한 내색으로 눈썹을 좁혔다.

"한판 뜨는 게 목적이 아니라 하면……."

"예. 이건 그냥, 공자의 울분 해소에 어울려주신 형편이라. 그건 차치하고 본론으로. ──통보합니다, 빌헬름 트리아스. 당신은 앞으로 이쪽에 계시는 보르도 체르게프 님이 이끄는 체르게프 부대에서 검을 휘둘러야겠습니다."

피보트의 발언에 빌헬름은 눈을 가늘게 뜨면서 보르도를 쳐다보았다.

씩씩한 가슴을 펴고 전투도끼를 멘 그 모습은 그야말로 굳센 기사──. 이전에 소속되었던 소대가 괴멸한 이상, 그 결정에 이견은 없다. 다만.

"첫 출진, 두 번째 전장. 전투 때마다 아군이 전멸했어. 댁들도 다음 전투에서 없어지는 건 아니겠지?"

한쪽 눈을 감고 빌헬름은 다른 의문을 제시했다. 그것은 오만으로도, 전사한 우군에 대한 모욕으로도 받아들일 수 있는 언명이었지만, 보르도는 묵직하게 고개를 아래위로 흔들었다.

"레도나스 대지(臺地)와 카스툴 평원, 지난번과 지지난번의 전투는 피해가 너무 많았어. 레도나스의 전투는 그래도 대국적으로 승리라고 할 수 있었지만 카스툴에서는 변명할 여지도 없이 패전. 그만한 인적 피해는 지금까지 유례가 없어서 왕국군도 부득이 대규모 재편을 해야 했을 정도지."

"당신의 소대도, 당신과 다른 한 명을 남기고 괴멸. 그래도 생존자가 나온 만큼 당신들은 운이…… 아니, 판단이 뛰어난 편이었습니다."

이미 널리 퍼진 패전의 내용과 선수를 빼앗긴 왕국군의 꼬락서니.

돌격부대에 편입되어 적군의 마법진이 영향을 미치는 효과 범위에 들어간 부대는 그 태반이 괴멸 상태다. 생존자는 빌헬름과 같은 판단으로 포위를 뚫은 자와, 착란을 일으키면서도 효과 범위에서 달아난 자, 정말로 운 좋게 범위 내에 있었음에도 살아남은 자뿐이라고 들었다.

"그리고 우리 체르게프 부대는 최전선에 있으면서도 부대원 전원을 무사히 생환시켰다."

"공자가 지닌 야성의 감이 활약해서 말이죠. 썩 그렇게 보이진 않지만, 전장에서는 정말로 의지가 되는 분이랍니다. 그러니 당신의 걱정은 필요 없습니다."

으쓱대는 보르도와 그에 호응하는 피보트. 보충하는 말까지 듣고서야 비로소 빌헬름은 지금 말이 에두르게 자신의 이죽거림에 대답한 것이라고 이해했다.

"말해두겠는데, 당연히 운 좋게 살아남은 게 아니다. 적의 포위를 뚫어서 높은 곳에서 구경하는 척 거들먹대는 놈들을 분쇄해서 말이지……."

"딱히 그건 의심 안 해. ……이야기란 건 그뿐이냐?"

침묵을 의심이라고 여겼는지 도끼창을 쳐들고 무용담을 얘기하려는 보르도를 가로막았다.

적어도 무인으로서 보르도의 실력을 의심하는 짓은 하지 않는다. 승수가 더 많기야 했지만 빌헬름을 눕힌 인물은 왕도로 나온 이래로 그가 처음이다. 그리고 보르도라는 남자가 모의전이 아니라 실전에서 진가를 발휘하는 인종인 것도 알고 있다.

단, 그건 자신도 마찬가지지만.

"용건이 그걸로 끝이라면 난 다시 검을 단련하겠어. 병영에서 체르게프 부대에 얼굴을 내밀면 그만이란 소리잖아."

"……과연, 한결같군요. 예, 그렇게 인식해도 상관없습니다. 체르게프 부대는 재편해서 당신과 다른 한 명을 더해 스무 명 살림이 됩니다. 내일 밤에는 부대원과 상견례를 할 테니 빠지지 마시길."

"다른 한 명이라면?"

"당신과 같은 부대의 생존자, 그림 파우젠이에요. 한솥밥 먹던 얼굴이 있는 편이 당신도 지내기 편……할 것 같진 않은가 보군요."

이미 등을 돌리고 흥미를 잃은 얼굴로 검에 몰두하기 시작하는 빌헬름. 그 모습에 피보트는 기막힌 심정과 체념을 더해 둘로 나눈 듯한 한숨을 내쉬고 있었다.

실제로 아는 이름은 아는 이름인 이상의 소감을 주지 못했다. 그림이라는 청년은, 빌헬름의 흥미를 끄는 존재도 아니다.

겁 많은 얼간이──. 그림도 빌헬름에게는 마음에 들지 않는 존재 중 하나다.

"_____."

예의를 상실한 태도로 상관과의 대화를 마친 빌헬름은 단련에 매진했다.

보르도와 피보트 두 사람은 그 단련을 곁눈질하며 얼굴을 마주했다.

"들었던 대로…… 아니, 그 이상의 검술광이야! 나도 일곱 살 아래의 애한테 져서야, 아무래도 도끼질 연습이 부족한 걸지도 모르겠어."

"공자 이상으로 자는 시간을 아끼며 연습에 매진하는 인재가 있다니 세계는 넓군요. 왕도만으로도 이렇습니까. 앞으로 만날 그림 파우젠이 평범하다면 좋겠군요."

어딘가 초점이 어긋난 보르도의 감상과 갖가지 불안에 머리를 부둥켜안는 피보트. 그 모습들을 돌아보지도 않으며 일심불란하게 검을 휘두르는 빌헬름.

옆에서 보이는 체르게프 부대의 세 사람은 충분히 전원 다 괴짜였다.

3

──빌헬름이 체르게프 부대에 소속되고 며칠이 경과했다.

첫날 이루어진 부대원 사이의 상견례를 빌헬름은 지금까지와 같이 무뚝뚝 그 자체로 돌파. 체르게프 부대는 보르도가 자기 영지에서 데리고 온 자기 병사가 태반으로, 보르도에게 경의를 보내지 않는 빌헬름에 대한 눈총이 제법 따가웠다. 그러나.

"빌헬름은 나보다 실력이 있다! 내게 맘대로 휘둘리는 너희로는 건방진 애송이에게 현실을 가르쳐주는 것도 못한다 이거지. 분하지! 아침에 단련하겠나!"

당사자인 보르도의 한마디 덕택에 일단은 사적 제재가 보류되었다.

실제로 이튿날부터 새벽 훈련에 힘쓰는 체르게프 부대가 목격되기 시작하고, 연병장에서는 빌헬름과 보르도의 생사결에 가까운 모의전이 연일의 일과가 되었다.

또, 빌헬름과 같은 날에 입대한 그림은 이전 부대와 똑같이 쓸데없이 눈에 띄지 않는 처세술로 활동해 부대 안에서는 피보트의 들러리 같은 입장을 획득한 모양이다.

전 이상으로 빌헬름을 피하고 때때로 사람이 바뀐 듯이 어두운 눈을 할 때가 있었지만, 그것도 빌헬름의 흥미를 끌 만한 일은 아니었다.

빌헬름에게는 폭탄 취급을 당하던 예전의 부대나 과하게 간섭받는 지금 부대나, 번거로운 데에는 변함이 없다.

본디 빌헬름은 단련이든 뭐든 혼자서 집중하는 걸 좋아하는 것이다.

보르도와의 모의전도 여러 번 도전 받는 중에 그의 호흡과 버릇이 보이기 시작해서, 오히려 전적은 빌헬름의 압승으로 끝나는 경우가 많아지고 있다. 같은 상대와 몇 번씩 칼부림하여 단련을 쌓는 행위에도 빌헬름은 의의를 찾아내지 못하고 있었다.

전장에서 마주치면 결판은 한 번뿐——. 두 번째 따위 있을 리가 없을진대.

훈련이라며 마음 어딘가에 어리광이 생기면, 그 시점에서 한마음으로 집중하기는 불가능에 가깝다. 여력을 남기고 단련에 임하는 상대를 썰어주고 싶어진 적은 한두 번으로 끝나지 않았다. 혼자인 편이 훨씬 더 답답한 기분 없이 끝난다.

"——전장에, 나가고 싶다."

사람을 베고 싶은 건 아니다. 목숨을 빼앗고 싶은 건 아니다. 그저 검을 휘두르고 싶다.

검을 휘두르는 숙원. 그것은 목숨 걸린 전장에서, 다른 이의 목숨을 빼앗는 검에만 깃드는 것이다.

그 답답한 속내를 품은 채로 빌헬름이 왕도에서 지내기를 몇 주일——. 다시, 그 패전의 땅을 밟을 기회가 주어져 검귀는 새로운 적과 해후한다.

4

——카스툴 평원까지는 왕도에서 용차로 약 여덟 시간가량 걸리는 노정이다.

체르게프 부대는 열 명씩 둘로 나뉘어 용차 두 대에 나눠 탔다. 그 두 대의 용차에 앞뒤로 낀 모양새로 요인 호송용 용차가 한 대—— 합계 세 대의 용차가 왕도에서 출발했다.

"기뻐해라! 우리의 용맹함이 평가 받아, 덕분에 얻은 특별한 임무다. 장소는 카스툴 평원! 어느 인물의 호위로서 평원에 동행……. 이건 명예로운 일이로다!"

이 말은 이번 임무가 날아들었을 때, 흥분한 기색으로 얘기한 보르도의 발언이다. 그 설명 부족한 부분을 단안경의 위치를 고친 피보트가 보충했다.

"듣자니 마법 쪽으로 예사롭지 않은 식견을 가진 전문가라고 합니다. 왕국의 지금까지 체질상 나라의 요직에 마법에 정통한 술사의 존재가 없어 마나의 취급에 탁월한 아인과의 싸움에 대한 인식이 치명적으로 부족했습니다. 따끔한 수업료가 지난날의 참패이지요."

"적군이 포위섬멸을 할 때에 이용한 그 마법진이란 걸 조사하고 싶다나 보더군. 이미 효과는 사라졌겠지만, 현지를 조사하고 싶다는 모양이야. 마법사는 방에만 틀어박혀 패기가 없는 것들이라고만 생각했는데, 제법 기개가 있어."

보르도가 묘한 감탄으로 이야기를 매듭지었지만, 웬일로 빌헬름도 그 말에 동감했다.

강철이 아니라 마나에 의지하는 놈들은 삶의 충족이란 무엇인지를 알지도 못할 것이다.

평원으로 향하는 세 대의 용차——. 선두의 용차에 보르도와 피보트 외 8명이 타고, 후방의 용차에는 빌헬름과 그림을 포함한 10명이 타는 형식이다. 중앙의 호송용 용차에는 체르게프 부대가 아닌 정기사가 요인의 측근으로 동승하고 있다고 한다.

한 사람을 호위하기에는 과도한 전력이지만, 그만큼 이번 작전이 중요시되고 있는 것이리라.

그렇더라도 빌헬름에게는 호위 대상도, 작전의 자세한 내용도 별반 중요하지 않다. 그에게 중요한 사항은 전투가 끝난 평원에 검을 겨누기에 충분한 상대가 있느냐 없느냐다.

유감스럽게도 이번 임무에 그걸 기대하기는 어려울 것이라고 빌헬름은 생각 중이었다.

그런 만큼 도통 마음이 내키지 않아 빌헬름의 심사는 뒤틀리기만 할 뿐이다.

"이봐, 그림. 안색이 안 좋다고. 괜찮으냐."

좌석에 깊이 앉아 명상하는 머릿속에서 검을 휘두르고 있던 빌헬름은 별안간 들린 대화에 현실로 도로 끌려왔다. 쳐다보니 정면에, 좁은 차 안에 모여 앉은 부대원들의 줄에서 퍼렇게 질린 얼굴의 그림을, 옆에 있는 부대원이 어깨가 흔들고 있었다.

창백하다. 그것 말고는 달리 표현할 말이 없는 그림의 안색. 이것이 멀미와 상관없다는 것은 지룡이 가진 『바람막이의 가호』 효과가 작용하고 있는 걸로 보아 분명하다.

아마도 정신적인 문제── 그것도 바로 이번 목적지에 관련된 문제일 것이다.

"괘, 괜찮습니다. 잠깐, 속이 울렁거렸을 뿐이라…… 금방 나아질 거라고……."

"모르지. 겁쟁이란 병은 의사도 못 고친다던데. 그런 성가신 병을 넌 혼자 힘으로 고칠 수 있나? 태어나서 이때까지 내내 함께 해온 지병 아냐."

"——윽."

허세를 주워섬기는 모습이 공연히 짜증나서 빌헬름은 그만 끼어들고 말았다.

그 말에 바로 그림이 분한 표정을 지었다. 평소의 얌전한…… 그보다 나약한 표정에 분노를 띠고 물어뜯듯이 빌헬름을 노려보았다.

"너야말로 용케 태연한걸. 지금부터 갈 곳이 어디인지 알고 있을 텐데."

"자기랑 같은 반응을 바라지 말라고. 소변도 친구랑 같이 가야 볼 수 있는 약골은 너뿐이야."

"부대 동료들이 죽은 장소라고! 그걸 애도하는 게 잘못되었다는 거냐!"

"네가 하는 건 다른 사람의 죽음을 애도하는 게 아니라 자기 몸이 소중해서 무릎을 껴안고 있을 뿐이겠지. 죽은 놈들을 떠올리며 그렇게 되지 않은 어제에 안심하고, 그렇게 될지도 모르는 내일에 겁먹고 있을 뿐이야. 말해두겠는데, 아는 얼굴이 죽은 수는 나하고 너랑 큰 차이 없다."

서로 의견을 바꾸지 않는 두 사람의 언쟁은 소득이 없으며, 평행선이다.

곤두선 감정도 거들어서 오늘은 유달리 그림의 태도가 신경을 건드렸다. 그림은 애검을 끌어당기는 빌헬름에게 당장에라도 덤벼들 성싶은 표정이었다.

"작작 해라! 빌헬름은 말이 지나쳤어!"

하지만 눈싸움은 최종적으로 말다툼에 견디다 못한 부대원의 노성으로 끊어졌다.

그림은 자리를 빌헬름의 정면에서 이동하고, 빌헬름은 이번에야말로 방해가 없는 명상의 세계에 몰입했다. 부대원들은 거북한 분위기가 흐르는 용차 속에서 갑갑한 기분을 맛보면서 현지에 도착하기를 이제나 저제나 애타게 기다릴 수밖에 없었다.

뜨기 시작한 직후였던 태양이 하늘의 정점에 도달할 즈음, 곧 세 대의 용차는 큰 문제없이 목적한 카스툴 평원에 도착했다.

"엉덩이가 뭉치는 시간이었던 건 사실이지만, 너흰 또 꽤나 기운 꺾인 얼굴인데."

용차에서 내려와 평원에서 합류하고 정렬하는 부대원의 얼굴을 바라본 보르도가 갸웃거렸다.

앞뒤 용차로 오는 중의 명암은 뚜렷하게 갈린 모양새다. 뒤쪽 용차의 부대원들의 얼굴을 피곤하게 만든 원인인 두 사람은 대열 관계상 이웃하면서도 눈도 마주치지 않고 있다.

"무슨 일 있었는지 모르겠지만 우리의 임무는 지금부터다. 피곤한 얼굴 따위, 상대에게 보이지 마라. 등을 똑바로 펴지 못할까! 지금부터 손님이 납신다! 정중하게 모셔라!"

보르도의 날카로운 호령에 1초 전의 상태를 잊고 부대원이 기민하게 정렬, 등을 곧게 폈다.

소리와 함께 땅을 밟으며 부대원이 전후 2열로 반듯하게 줄 선 모습을 보자 보르도는 만족스럽게 턱을 주억이고 옆에 서 있는 피보트에게 눈짓을 보냈다. 신호를 받은 피보트가 호위 대상이 탄 용차의 문을 열고, 예의 인물이 카스툴 평원의 대지를 밟았다. 그리고──.

"너무 호들갑은 떨지 말아줬으면 좋겠는걸. 이만큼 헌걸찬 사내들에게 일제히 응시 받으면 여자 몸으로서는 사알──짝 막연하게 무서운 게 있으니까."

그 인물은 어딘가 경망스러운 어조로 그렇게 말하고, 장난스럽게 어깨를 으쓱였다.

목 높이에서 친 남색 머리카락에 도자기처럼 하얀 살결. 기장이 긴 로브 옷자락은 땅에 스치기 직전으로, 앞을 튼 로브 안으로는 기복이 풍부한 몸매를 남자용 군복으로 감싸고 있다. 장소를 분별해서 화장은 최저한──이지만, 고혹적으로 다른 이를 매료하는 미모는 남자의 눈을 빼앗고 있다. 개중에서도 가장 매력적인 곳은 좌우의 색깔이 다른, 파랗고 노란색의 빨려들 것만 같은 눈동자다.

호위 대상이 여자라고 듣지 못한 부대원 사이에 놀라는 분위기가 퍼졌다.

그 모습을 보고, 여성은 장난이 성공한 것을 좋아하는 어린애처럼 천진하게 미소 지었다.

"난 로즈월 J. 메이더스. 현재 왕국에서는 희귀한 궁정마도사이자…… 보는 바대로 가녀린 아가씨야. 오늘은 잘 부탁할게요오──."

곱게 웃는 여자── 로즈월이라고 이름을 밝힌 인물 앞에서 빌헬름은 한순간에 그녀에 대한 태도를 결정했다. 요컨대, 마음에 안 들어로.

"아— 보는 바대로 메이더스 여사는 총명하지만 여성이십니다. 우리 부대는 공자를 비롯해 막된 사람이 많으니 실례가 없게끔 유의하기를."

피보트가 소리는 지르지 않더라도 희미하게 동요하는 부대원들에게 그렇게 지시했다. 그런 피보트의 말에 로즈월은 옅게 미소 지은 채로 말했다.

"그으—렇게 말하지만 너무 딱딱해져도 평소의 실력을 발휘할 수 없잖아요? 성별을 감추는 짓을 해놓고 새삼스럽긴 하지만 평소대로 하셔도 상관없답니다. 대대로 당주가 이름을 물려받는지라 남자 이름을 대고 있지만, 그 점만이 특수한 방계 귀족이니까 말이죠오—."

"메이더스 여사는 그처럼 분부하십니다. 제군, 적당하게 부탁드리지요."

로즈월이 태도를 부드럽게 고치기를 요구하자, 피보트는 다시 지시를 전했다. 물론 이 경우의 적당은 『최대한 배려해라.』라는 의미의 적당이다. 한숨밖에 나오질 않는다.

고지식하게 다른 부대원이 대응하는 가운데, 빌헬름은 용차 안에서 다른 기척을 느꼈다. 그 인물은 대화의 종결을 가늠하다가 로즈월 뒤에서 천천히 밖으로 내려섰다.

이 또한 여자다. 여성용 경갑을 몸에 걸치고 허리에 한 자루 장검을 찬 여자. 연령은 10대 후반. 이목구비는 반듯하지만 눈에 떠오른 매서운 감정이 접근하기 어려운 인상을 주고 있다.

아름다운 금색 머리카락을 짧게 다듬고 표독한 검기를 뿌리는 여검사였다.

"그으―리고 이쪽은 저와 동행해준 전속 호위 캐럴 레멘디스 양. 실력이 있는 여성 검사이니, 친하게 지내주세요."

"마음 쓰실 필요 없습니다, 메이더스 경. 어차피 오늘 하루뿐인 관계……. 친해질 필요성도, 이유도 느끼지 못하는 분들이니까요."

소개 받은 캐럴이라는 여성은 로즈월과 대조적으로 여유라는 것이 전혀 없었다. 호기를 부리는지 긴장하고 있는지, 어느 쪽이든 간에 침착성이 결여된 태도다.

"……둘 다 여자냐."

"――큭, 거기 남자!"

넌더리낸 빌헬름의 중얼거림을 주워들은 캐럴이 눈을 곤두세웠다. 그녀는 당장에라도 검을 뽑을 듯한 표정으로 빌헬름에게 다가들었다.

"네놈, 날 성별로 얕잡아봤군? 그 얄팍한 생각, 비싸게 먹힐 거다."

"빽빽거리지 마. 그리고 본인이 제일 신경 쓰니까 그런 반응하는 거면서. 또 내 임무는 그쪽 여자의 호위지, 네 비위 맞추려 꼬리 흔드는 일이 아냐."

"그, 그만해, 빌헬름!"

그림이 눈싸움을 벌이는 두 사람 사이에 끼어들어 떨리는 목

소리로 빌헬름을 제지했다. 그 태도에 빌헬름이 눈썹을 치켜세우자 그림은 분노에 불타는 눈으로 말했다.

"뭐에 짜증을 내고 있는지 모르겠지만, 용차 때도 그렇고 도가 지나쳐. 종국에는 협력자에게 시비까지 걸고…… 대장님과 부관님께 폐가 간다는 걸 모르는 거냐!"

그림이 읊은 정론에 다른 부대원들도 동감이라는 양 빌헬름을 노려보았다. 평소 태도도 있어서, 형세는 빌헬름이 완전히 불리하다.

"……미안하다."

말다툼해봤자 이득이 없다고, 빌헬름이 고개를 돌리며 태도 나쁘게 사죄했다. 그 태도에 그림은 가슴을 쓸어내리고, 그다음 뒤쪽에 서 있는 캐럴에게 고개를 숙였다.

"죄송합니다. 단단히 타이르겠으니……."

"──그래주십시오. 저도 왕국민의 피를 쓸데없이 흘리고 싶지는 않습니다."

캐럴이 물러서고 일촉즉발의 분위기가 어떻게든 수습되었다. 그 뒤에 체르게프 부대를 다시 정렬시키고, 그때까지 사태를 능글능글 지켜보던 보르도가 가슴을 폈다.

"좋아! 그럼 지금부터 부대를 셋으로 나눈다. 하나는 메이더스 여사와 동행해 마법진을 확인하는 여사를 호위한다. 나머지는 양쪽으로 나뉘어 주위의 안전을 확보한다. 시체털이나 아인의 잔당을 조심해라. 여기서 죽어봤자 아무 재미도 없어!"

"아── 한마디만 괜찮을까아──요?"

보르도가 단단히 벼르고 조를 나누기 시작하려던 순간, 거수한 로즈월이 끼어들었다.

　"그 배치에, 한 가지만 염치없는 부탁을 드리고 싶은데요."

　"염치없는 부탁, 말입니까? 들어드릴 수 있는 거라면 상관없습니다만."

　"──아까 저 친구, 저기 있는 소년을 제 동행자로 들이고 싶습니다."

　로즈월이 웃으며 손가락으로 가리킨 것은 다름 아닌 빌헬름이었다.

　그녀는 한쪽 눈을 감고 노란 쪽 눈만으로 빌헬름을 바라보고.

　"그쪽이 분명, 저와 여러분 모두에게 조오──은 결과가 될 거예요."

　모두가 고개를 갸웃거릴 수밖에 없는 요구를 한 것이었다.

5

　모두에게 좋은 결과. 로즈월은 그렇게 운을 뗐지만, 아무래도 그 『모두』인지 뭔지 하는 것에는 자신의 이름은 없었던 모양이다. 그 사실에 빌헬름은 혀를 찼다.

　이번 임무의 최중요 인물인 로즈월의 요망이라면, 체르게프 부대가 따르지 않을 수 없다. 당연한 것처럼 로즈월과 동행하는 멤버에 빌헬름이 선출되고, 덤으로 죽이 안 맞는 그림까지 추가로 들어가는 형국이다.

로즈월과 그 호위인 캐럴. 빌헬름과 그림에 다른 부대원이 두 명, 도합 여섯 명이 평원에 있는 마법진을 찾는 중앙부대의 인원이다. 다른 두 부대는 각각 보르도와 피보트 두 사람이 지휘를 잡아 주위 안전의 확보에 힘쓰고 있다.

"기대가 벗어났다……는 얼굴을 하고 있는데에—."

최소한의 저항으로 부대 선두를 빌헬름이 경계하는 모양새지만, 곤두세우고 있는 경계망에 그럴싸한 기척은 걸려들질 않았다. 덤으로 신경을 곤두세우는 빌헬름에게 로즈월이 즐겁게 말을 걸어오는 게 못마땅하기 짝이 없었다.

"그으—렇게 사람을 베고 싶은가 봐?"

"남을 인격 파탄자처럼 말하지 마. 사람을 베고 싶은 게 아냐. 벨 가치가 있는 상대와 칼을 주고받고 싶은 뿐이지. 댁과 동행하는 조가 아니라면 가능성도 있었건만."

"그 대답도 충분히 인격 파탄자 예비군이야. 그리고 주위 경계 때문에 검을 휘두를 기회가 있어봤자 어차피 구경꾼 쫓는 수준……. 그게 널 만족시킬 것 같진 않은걸."

"안다는 투로 말하지 마시지. 정체를 모를 여자로군, 댁은."

"정직하기도 해라아—. 그런 애, 싫지 않아."

로즈월이 입에 손을 얹고 웃지만, 빌헬름은 얼굴을 찌푸릴 뿐이다.

주위에는 이상이 없지만, 현재 성과도 없다. 카스툴 평원은 지난 결전 때문에 지형이 바뀌어 나무들은 쓰러지고 푸른 대지는 검게 타고 말았다. 파손된 무기와 알맹이가 없는 갑옷이 아무

데나 굴러다니고 있어 전쟁의 상처자국이 짙게 남은 상태다.

"참혹하다고 생각해?"

"딱히."

"그으—렇겠지. 넌, 그런 성질이야."

"……댁도, 그런 성질이군."

"이이—런이런. 요건 한 방 먹었을까아—."

침묵을 싫어하는지 틈만 보면 말을 걸어오는 로즈월에 대한 대응도 불만의 근원이다.

방심 못할 여자라고, 빌헬름은 로즈월을 평가했다. 캐럴도 분위기를 보아 실력 있는 편이라고 알겠지만, 경계해야 할 건 속 모를 로즈월이다.

마법의 전문가라고 설명 받았지만, 그것만으로 끝날 여자라고는 도저히 여겨지지 않았다.

덧붙여서 무례한 빌헬름에게 가장 반발할 성싶은 캐럴이지만, 그녀의 상대는 줄곧 그림이 맡고 있다. 두 사람을 방치하면 언쟁이 시작될 거라고 알아챈 그림이 빌헬름보다는 낫겠다고 캐럴에게 조준을 좁혀 대화를 계속하고 있는 게 일의 진상이었다.

그럭저럭 이야기는 활기를 띠는 낌새여서 빌헬름으로서도 심정은 편했다.

"그럼 오늘 호위도 사실은 캐럴 씨 역할이 아니었던 건가요?"

"예. 원래 이 역할은 제가 섬기는 분의 소임이지만…… 여러 사정 때문에 제가 대신 맡았습니다. 그 때문에 메이더스 경께는 불편을 끼쳐드려서."

"불편이라니, 캐럴 씨로 부족할 만한 일은 없지 않아요?"

"아니요. 본래 소임을 맡으실 분이라면 저 따위 발밑에도 못 미치는지라. 그 사실이 아마 본인께서도 가장 괴로운 일이겠습니다만……."

근심하는 캐럴의 음색에 그림이 어떻게 말을 이어야 할지 고민하는 기척.

열심히 대화를 길게 끌어주면 좋겠다고 생각한다. 빌헬름 쪽에 불똥이 튀지 않는 한, 먼저 관여할 맘은 일절 없었다.

다만 한 가지, 캐럴보다 실력이 있는 인물이라는 내용만은 살짝 궁금했다. 실제로는 상대를 추켜세우며 캐럴이 겸손해하고 있을 가능성이 높겠지만——.

"그런데, 너는 빌헬름 군이라고 했었나아——?"

"……그래, 맞아."

"너, 그만큼 큰소리쳤잖아. 당연히 실력은 있겠지이——?"

"————."

"자랑스런 티는 안 내나. 하아——긴, 대장과 부관이 가장 중요한 역할을 금방 결단했지. 그만큼 신뢰받고 있다는 거겠지이——. 그러니 기대하고 있단다."

입을 다문 빌헬름을 아랑곳 않고 로즈월은 손을 뒷짐 지면서 통통 튀듯 걸었다. 콧노래라도 부르기 시작할 성싶을 만큼 흥이 올라 주위를 내다보고 말을 이었다.

"슬슬, 목적지에 온 것 같거든."

로즈월이 말을 마친 순간에, 빌헬름 일행은 언덕 위에 도착했다. 전방에는 밑으로 내려가는 경사가 졌고, 시력을 집중하자 그곳에 기하학적인 무늬가 흐릿하게 남아 있었다.

발자국으로 어지럽혀져 일부는 흙에 묻혀있지만, 결전 날에 빌헬름도 목격한 마법진의 말로, 쯤 된다.

"자아— 어디, 어떤 연구를 찾아볼 수 있을까요."

그 잔해를 확인하자마자 로즈월이 냉큼 비탈을 미끄러져 내려갔다. 허둥지둥 캐럴이 뒤를 따르고, 그녀를 시종하듯이 그림도 좇아갔다. 빌헬름은 어깨를 으쓱이고는 다른 부대원 두 명과 함께 언덕 위에서 주위를 경계했다.

그렇지만 변함없이 빌헬름의 경계에 생물의 기척이 걸릴 낌새는 없다. 보르도 일행도 이만큼 떨어지면 장소를 알 수 없고 지루하기만 한 시간이다.

"……과연. 이야기로 들은 시점에서 그럴 거라 짚었지만, 이건 상당한 시간을 들여서 구성된 술식이군. 작전을 입안한 사람도 실행한 사람도 마법에 정통하지 않으면 못하겠어—. 이건 어쩌면 왕국도 위태로울지 모르겠는데."

"그, 그런 거예요? 이게 그렇게나 위험한 마법으로……."

"이 마법진 단독의 위험성은 물론이지만, 문제는 적군에 탁월한 마법의 고수가 한 명 넘게 있단 사실이지이—. 전장 전역에 마법진을 깔다니 발상부터 정신이 나갔지만…… 같은 수준의 행위가 다른 곳에서도 있을 수 있단 뜻이거어—든."

"그럴 수가……?!"

눈 아래에서는 그림이 로즈월의 예상에 필요 이상으로 겁먹고 있다. 어디까지나 예상 이야기에 저만큼 겁을 집어먹는 건 이미 재능이리라. 병사에는 철두철미 맞지 않았다.

그림은 오한이 가시지 않는지 목 뒷덜미를 문지르면서 뻗질나게 주위를 둘러보고 있었다. 그리고 급기야는 빌헬름 쪽으로 목소리를 높였다.

"빌헬름! 뭔가 이상한 기척이 안 들어?!"

"뭐가 이상한 기척이야. 네가 맘대로 보이지 않는 것에 쫄고 있을 뿐……."

빌헬름은 필사적인 얼굴의 그림에게 대충 응수하고, 시선을 언덕 밑으로 돌렸다가—— 바람을 가르는 화살이 대기를 뚫고 몸을 숙이고 있는 로즈월에게 일직선으로 짓쳐드는 모습을 보았다.

"큭——!"

판단은 한순간, 그리고 행동은 영점 몇 초 만에 실행되었다.

빌헬름이 허리에 찬 애검을 눈에도 잡히지 않는 속도로 던졌다. 질풍처럼 날아간 검이 로즈월의 발밑에 꽂히고, 검신이 그녀 대신에 화살의 직격을 받았다.

소리와 함께 화살이 튕기고, 전원이 곧장 기습을 받았다고 깨달았다.

하지만 어째서—— 빌헬름의 경계에 아무것도 걸려들진 않았는데.

"적습이다! 자세 잡아!"

외치면서 빌헬름은 언덕 밑으로 뛰어내렸다. 화살을 막은 검을 지면에서 뽑아 자세를 잡자, 캐럴과 그림도 자신의 검을 잡는 모습이 시야 구석에 비쳤다. 뒤늦게 미끄러져 내려오려던 남은 부대원을 위에 머무르게 하고, 빌헬름은 주위에 시선을 돌렸다.

──그리고, 보았다.

"……저건."

언덕 너머에 한쪽 무릎을 꿇고 화살을 잡은 인영이 있다. 그것은 천천히 활에 화살을 메기고 망설임 없이 화살을 쏘았다.

"큭──."

빌헬름이 날아오는 화살을 칼로 쳐내고 상대를 노려보았다. 그 옆에서 그림이 마치 믿을 수 없는 존재를 본 것 같은 얼굴로 입을 열었다.

"토, 토르타……?"

딴판으로 변한 모습으로 전우에게 활을 당기는 토르타 위즐리였던 존재를 불렀다.

──토르타의 모습은 차마 보지 못할 존재로 변모해 있었다.

얼굴 절반의 살점이 떨어져 뼈와 안구가 훤히 드러나 있다. 온몸 이곳저곳의 상처에서 썩은 물과 구더기가 넘치며 썩은 고기가 넝마와 부서진 갑옷을 두르고 있을 뿐인 상태다. 활을 쥐고 있는 손의 손가락도 몇 개 빠졌고, 사람 모양을 가까스로 유지하고 있는 걸로만 보였다.

"시체가, 움직이고 있는 건가요……?"

장검을 뽑아낸 캐럴이 주검으로 변모한 토르타를 올려다보고 얼굴이 파랗게 질렸다. 그로테스크한 겉모습에 더해 상식의 범주 바깥에 있는 사태다. 그래도 캐럴은 그나마 나을 것이다. 그 옆에서 창백한 것을 넘어선 안색으로 당장에라도 쓰러질 듯한 그림과 비교하면.

"이봐, 마법사. ……저것도, 마법의 일종이냐?"

"시체가 움직인다——는데 냉정한걸. 보건대 아는 사이 아니야?"

"죽은 놈과의 인연은 끊어졌어. 그러니까 죽은 사람 중에 아는 사이는 없지."

"과연, 훌륭한 의견이야. 그리고 질문에 대답하자면…… 그렇다고도 할 수 있고, 아니라고도 할 수 있어. 이건 마법의 영역이 아아——냐. ——주술이지."

뜸을 들이는 로즈월의 대답에 빌헬름은 눈썹을 좁혔다. 그러나 그 뒷말을 추궁하기에는 시간이 부족하다. 왜냐하면 적은 토르타만으로 그치지 않았기 때문이다.

"————."

소리와 함께 잇달아 주위 지면이 융기하고, 흙 밑에서 움직이는 송장이 속속 모습을 드러냈다. 왕국군 병사의 송장도 있으면 아인족의 송장도 있어 시체를 가리지는 않는 정황이다.

송장의 병사——송장 병사는 전부 완벽한 상태가 아니지만, 백에 육박하는 기세로 일어나는 그것들은 상상 이상의 폭력이다. 빌헬름은 혀를 차고, 진형 중심에 로즈월을 세운 다음 그 주위를 자신과 캐럴, 그림 세 명으로 둘러싸듯이 위치를 바꾸었다.

"이이——런, 예상 밖의 배려야. 철석같이 혼자서 돌진할 줄로만 알았는데.”

“그러고 싶은데, 댁이 죽어도 곤란해. 뒤쪽은 내가 신경 쓰지 않는다. 힘껏 그쪽 두 사람이 쓸모 있기를 빌기나 해.”

“뭣?! 네, 네놈에게 그런 소리를 들을 까닭은……!”

“캐럴 씨! 옵니다!”

그림의 비명 같은 외침을 계기로 사방에서 일제히 송장 병사가 덮쳐들었다.

정면. 빌헬름에게 짓쳐드는 건 대검을 멘 거구의 송장 병사와 빈손인 채로 두 팔을 뻗는 목 없는 송장 병사다. 시체인 만큼 어디부터 파괴해야 치명상이 될지 불명이지만…

“목만 가지곤 부족하다면——.”

은빛 섬광이 내달려 대검을 치켜든 송장 병사의 두 팔을 절단. 거두는 칼로 몸통을 후려쳐 허물어지는 몸을 한층 더 가랑이부터 집어넣은 참격으로 세로로 가른다. 팔도 포함해 여섯 등분, 흩어지는 송장 병사가 움직이지 않는 것을 확인하면서 빈손의 송장 병사 쪽에 참격을 두 방 먹여 네 등분, 이 또한 분쇄한다.

“살아 있었을 때보다 한 번 더 죽이면 되나.”

“엄청난 판단 기준인거얼——.”

빌헬름의 판정에 배후의 로즈월이 쓰게 웃는 기척.

힐끗 등 뒤를 보니 그쪽에서는 캐럴이 정면의 세 구를 한꺼번에 격파, 방패를 든 그림이 그녀를 원호해 전선은 안정적이었다. 언덕 위에 남은 두 명도 체르게프 부대의 용사. 연계해서 송장 병사를 농락하며 이를 쉽사리 격파하고 있다.

송장 병사의 전투력은 높지 않다. 생전에 아무리 숙련된 병사일지라도 송장이 된 지금은 전투력은 일률적으로 낮은 수준이다. 실로 손맛이 없다.

"검만 더러워질 뿐이군. 마법사, 원흉은 어디에 있지?"

"신뢰를 받는 건 나쁜 기분이 아닌데, 아무우——리 나라도 몰라. 다만 이만한 수를 조종하고 있어. 그리 먼 곳은 아니겠지."

"그러냐. ——그럼."

전장을 바꾸지 않으면 부근에 있는 시체는 언젠가 바닥을 보일 터다. 시체가 없어지면 송장 병사도 보충할 방도가 없다. 하지만 그걸로 끝내서는 배알이 꼴린다.

"————."

덤벼드는 송장 병사의 공격을 튕겨내고 참격을 선사해 침묵시켰다. 썩은 냄새를 풍기며 귀에 거슬리는 축축한 소리와 함께 이리저리 움직이는 송장 병사. 그 움직임을 자세히 관찰하다가, 빌헬름은 깨달았다.

부자연스러운 위치를 선정하고 그 자리에서 움직이지 않는 두 구의 송장 병사——그 중심에 쳐들어가 벤다.

베어드는 빌헬름에게, 마치 뭔가를 지키듯이 송장 병사가 몰려들었다. 하지만 수직으로 쪼개는 일격과 발차기가 두 구의 송장 병사를 송장으로 되돌리고, 거두는 칼이 공간에 꽂혔다.

"——흐읍!"

순간, 눈앞에서 불꽃이 타오르고 빌헬름은 순간적으로 뒤로 뛰어 물러났다.

궁색한 검격으로 날아드는 불꽃을 베어내고 착지한 빌헬름. 직전에 공격한 공간이 왜곡되다가 아무것도 없었을 장소에 작은 인영을 낳았다.

──그 존재가 눈에 들어온 순간, 빌헬름의 모든 신경에 소름이 돋았다.

"……잘 풀리지 않는 법이로군요."

나직이, 작은 소리로 중얼거린 건 하얀 로브를 입은 자그마한 소녀였다.

연홍색 머리카락을 길게 기르고 생김새가 사랑스러운 열 살 안팎 소녀. 맨발에다 맨살에 로브 한 벌뿐인 허름한 행색을 제외하면 괜스레 침착한 태도의 평범한 소녀로 보였다.

그렇기 때문에 소녀의 가죽 속에 터무니없는 괴물이 숨어 있다는 사실이 소름 끼쳤다.

한눈에 비정상이라고 알 수 있을 만큼 압도적인 귀기가 소녀의 몸에 채 수습되지 못하고 넘쳐 나오고 있다.

"뭐야, 저 괴물……?!"

"괴물……. 역시, 저는 불안한 거로군요. 어머니와는 거리가 먼, 불완전."

무심코 뇌까린 빌헬름의 말에 소녀가 눈썹을 찡그리며 서글프게 중얼거렸다. 하지만 그 말에 극적으로 반응한 사람이 있었다.

"──어머니? 농담은 관둬주지 않겠어. 너처럼 보기만 해도 괴로운 결함품이, 일부만이라도 선생님과 비슷하다는 투로 떠드는 게 아아──니지."

한 걸음 앞으로 나선 로즈월이 소녀의 말에 시비를 걸었다. 그녀는 그때까지의, 불성실하게 즐거운 내색이던 태도에서 싹 변화해 그 미모에 분노를 띠며 소녀를 쏘아보고 있다.

그 로즈월의 분노를 받은 소녀는 난감한 듯이 고개를 갸우뚱했다.

"난처합니다. 당신은?"

"널 없앨 사람이지. 내 모든 존재에 걸고, 반드시."

"더욱더 난처합니다. 아무래도 진심이신 모양이군요."

무감정한 소녀에 비해 로즈월의 날카로운 시선은 더욱 매서워지고 있다. 그 모습을 본 소녀는 가볍게 주변을 둘러보고 송장 병사를 손으로 가리켰다.

"다행히 원하던 건 회수할 수 있었습니다. 이 이상은 덤불을 들쑤시다 뱀을 부르는 꼴이 될지 모릅니다. ──이만 실례하겠습니다. 뒷일은 요·숙고입니다."

"가게 둘 줄──!"

소녀가 머리를 숙이고, 그의 몸이 떠올랐다. 순간적으로 빌헬름은 놓치지 않겠다고 덤벼들려 하지만, 그 행동은 주위의 송장 병사에게 방해받고 말았다.

"방해를…… 윽?!"

내갈긴 검을 받아넘기고 그대로 재차 칠 자세로 들어가는 송장 병사에 빌헬름은 희미한 놀람을 느꼈다. 빠르다. 조금 전까지의 꼭두각시 인형과는 격이 다르다.

둘러보니 주위의 송장 병사 움직임도 현격하게 좋아졌다. 빌헬름이라도 일격으로 죽이기에는 지난한 적이다. 그래도 아직 빌헬름의 적수는 못 되지만──.

"으, 으아아아!"

"이 녀석들 갑자기…… 이 수, 버텨내지 못……!"

그림이 비명을 지르고 원호하는데 한계인 캐럴도 상처를 입었는지 움직임이 굼떴다. 이대로 있으면 조만간 빌헬름 말고는 물량에 갈려나간다.

"송장 병사 수가 줄고, 그 몫만큼 남은 개체가 강력해졌다. 아마도 사령탑이라 해야 할 중핵인 송장 병사가 있을 거다. 그걸 쓰러뜨리면 이 상황을 바꿀 수 있겠지."

"어떻게 간파하지?"

"사령탑은 움직임이 다를 테지. 그걸 간파할 수 있으면…… 될걸."

로즈월이 타개책을 제시하지만 한창 난전 중에 사령탑 송장 병사를 찾아내기란 어렵다.

그렇다면 언덕 위의 두 명에게 구원을 청하고자 고개를 드니, 어마어마한 기세로 발사된 화살이 부대원 중 한 명의 무릎을 꿰뚫어 그 몸을 크게 날려버리고 있었다.

그걸 이뤄낸 사수는 생전과 변함없이 적절한 지원에 전념하고 있는 토르타다. 큰 체격이 어울리지 않게 좋은 눈썰미로 장대한 활을 당기는 위력과 명중 정확도는 소대에서도 빼어났었다.

그 모습을 재차 본 순간에 빌헬름의 직감이 이해했다.

생전과 변함없는 탁월한 기량──. 사령탑은, 토르타 위즐리라고.

"당신들이 쓰러뜨리기 힘든 자를 선별했다고 생각합니다. 관찰하고 있었기에."

빌헬름의 결혼을 뒷받침하듯이 멀어지는 소녀가 담담하게 사악한 발언을 남겼다.

이를 간 빌헬름은 토르타까지 가는 거리와 그 사이에 막아서는 송장 병사의 수를 헤아리고, 분노에 불타는 칼날로 눈앞의 송장 병사를 조각냈다.

부족하다. 빌헬름이 토르타에게 치고 들어가면 분명히 토르타는 쓰러뜨릴 수 있다. 그러나 그러기 위해서 이 자리를 벗어나면 그 틈에 남은 세 명이 송장 병사의 먹이가 된다.

전선을 지탱한 채로 토르타를 무찌르려면——.

"그림! 네가 토르타를 해치워! 저 녀석이 사령탑이다!"

현재, 서서히 밀리는 이 전장에서, 전력 면에서 가장 도움이 되지 않는 게 그림이다. 안쪽으로 들어감에 따라 적병의 수가 많은 지금이라면 그림이 빠지는 게 전력비에 가장 영향이 없다.

빌헬름의 노호에 방패를 든 그림이 토르타를 올려다보았다. 하지만 그는 전우의 모습을 빌린 송장 병사을 보고 몇 번씩 거듭거듭 고개를 가로저었다.

"어, 어떻게 해! 무리라고!"

"네가 다다를 때까지 그 여자에게 원호시킨다! 비탈을 달려 올라가 목을 쳐! 호위가 없는 사수야. 접근하면 확실하게 죽일 수 있어!"

"이긴다 못 이긴다 얘기가 아냐! 나더러, 친구를 죽이라는 거냐?!"

필사적인 안색으로 그림은 적의 공격을 버티면서, 울먹이는 목소리로 부르짖었다.

그림과 토르타가 친한 친구였던 사실은 빌헬름도 알고 있다. 소대의 동료가 전멸한 이후로 그림이 제대로 검을 휘두르지 않는 것도. 하지만──.

"그게 어쨌다고!"

"어쨌다고?! 어쩌고 자시고, 그게 전부잖아?! 친구를 벨 수 있을 리 없어! 나는…… 난 너하곤 달라! 못해!"

"저게 어디가 네 친구야. 눈물 때문에 앞이 안 보이냐?! 네 친구는 진즉에 죽었어. 저곳에 있는 건 시체다. 방황하다가 튀어나온, 이곳에 있으면 안 되는 주검이야!"

캐럴이 자세를 무너뜨리는 걸 보고 빌헬름은 그녀를 감싸듯이 송장 병사를 쓸어 베었다. 튀어 날리는 시체조각을 뒤집어쓰면서 무릎 꿇은 그림의 등을 걷어차며 고함쳤다.

"못한다 못한다, 너네는 늘 그래! 죽어라 못하는 이유만 찾고 앉았고! 객소리 할 틈이 있으면 후딱 해! 시답잖은 말이나 하고 있을 바에는 검으로 쓰는 편이 훨씬 빨라!"

"───."

인정사정없는 논리를 내던진 빌헬름은 포효를 지르면서 송장 병사를 베었다.

등 뒤에서 훌쩍 그림이 일어서는 기적.

그는 아래를 보고, 중얼중얼 무슨 말을 주워섬겼다.

"저건, 토르타일지도 몰라."

"그래서 어쨌다고!"

"난 이미, 검을 휘두르는 게 무서워서 미치겠어."

"그래서 어쨌다고!"

"살아남은 것을 줄곧, 모두에게 미안하다고 생각했어!"

"그래서 어쨌다고!"

"──죽고 싶지 않아!!"

등을 맞대고 함께 고함치고, 그림이 방패를 정면으로 잡고 달리기 시작했다. 그 등에 허둥지둥 캐럴이 원호로 들어가고, 빌헬름이 로즈월을 감싸며 사자분신으로 날뛴다.

그림이 비탈을 달려 올라가 송장 병사의 돌격을 방패로 후려치며 단숨에 토르타에게 육박했다.

화살을 메긴 강궁이 발사되었다. 그림은 마치 몇 번이나 봐온 일격인 것처럼 빈틈없이 방패로 막고, 지금껏 한 번도 휘두르지 않았던 검을 치켜들었다.

"나는, 살 거야──!"

엉거주춤한 검격이 내달리고, 그것이 토르타의 목을 후려쳤다.

전장은, 여기서 판가름 났다.

6

"이걸로오, 끝이다──!"

전투도끼가 어마어마한 위력으로 송장 병사를 찍어 뭉개고, 원형이 남지 않은 고깃덩어리로 바꾸었다. 보르도는 튀어 날린, 갑옷에 묻은 살점을 떼어내면서 도끼창을 메고 길게 숨을 내뱉었다.

"좋아! 전투 종료다! 죽은 놈은 대답해라!"

"못합니다. 그리고 다행히, 전원 목숨은 부지했습니다."

보르도의 호령에 부대원 전원의 무사를 확인한 피보트가 그렇게 응답했다.

송장 병사의 습격, 이것을 격파하는데 보르도 부대가 합류한 건 사령탑인 토르타의 송장 병사를 그림이 베어 쓰러뜨려 다른 송장 병사가 약체화하고 바로였다.

사자 같은 활약을 보인 빌헬름과 부상을 입은 캐럴도 무사히 생환. 화살에 당한 부대원도 살아남아 기적적으로 체르게프 부대는 결원 없이 전투를 마친 상황이었다.

"아니아니아아―니, 실로 훌륭해. 너희 덕분에 무사히 살아 남았지 뭐야."

싸움이 끝나고 일단락 지어지자, 그 자리에 내쳐앉은 부대원들을 로즈월이 칭찬했다. 그런 로즈월을 피보트가 돌아보았다. 그는 단안경의 위치를 고치면서 물었다.

"그런데 메이더스 여사. 이 송장 병사는 대관절, 뭐였던 걸까요."

"그 점에 관해서 말인데에―. 이건 묵과하지 못할 사태가 됐어. 왕성에 시급하게 보고를 올려야 할, 최중요 현안이라는 거어―지."

"최중요 현안, 말입니까……?"

호들갑스러운 어감에 피보트가 눈썹을 좁히고, 로즈월이 남색 머리카락을 찰랑이며 끄덕였다. 그 말을 주워들은 보르도도 다가와서 "거창한 얘기로군." 하고 팔짱을 꼈다.

"끽해야 시체가 움직이는 정도, 대단한 적도 아니야. 뭐가 위험하단 거지?"

"송장 병사는 서장. 문제는 시체를 움직인 하수인과, 마법진을 친 술자예요. 이건 아마도 동일 인물이라고 추측하지만요."

사정을 모르는 보르도 일행이 갸우뚱하는 모습을, 애검을 껴안은 빌헬름은 얼굴을 찌푸리며 보고 있었다. 그 하수인이 누구인지, 로즈월의 아는 척하는 얼굴이 신경에 거슬렸다.

빌헬름의 그 속마음을 아랑곳 않고 로즈월은 마법진의 흔적을 손가락으로 가리키고 말했다.

"아인연합에 특수한 술식을 들인 것도, 송장 병사를 조종하는 주술을 사용한 것도, 양쪽 다 같은 인물. 이름은…… 스핑크스라고 자칭하고 있습니다. 옛 마녀의, 어둠의 유산이라고 해야 할까요. 그러는 편이 위협성을 알기 쉽지요."

로즈월의 말에 빌헬름을 포함한 전원이 숨을 집어삼켰다.

마녀의 잔재 스핑크스―. 이 순간 왕국군과 아인연합과의 싸움, 길게 이어진 수렁 속의 내전에 어두운 그림자를 드리우는 끔찍한 괴물의 존재가 밝혀진 것이다.

그리고 이 자리에서 태어난 마녀와의 악연은, 루그니카 왕국에게도, 체르게프 부대에게도, 무엇보다 빌헬름에게도 피할 수 없는 거대한 운명으로 이어진다.

빌헬름 트리아스——. 아직 운명과 만나지 못한 한 명의 검귀.

모든 것이 움직이기 시작하는 건 그가 열여덟이 되는 해—— 지금부터 3년 뒤였다.

『검귀연가──3막』

1

카스툴 평원, 전장 흔적에서 벌어진 『마녀』와의 조우전.

아인연합에 가담한 『마녀』의 존재는 루그니카 왕국 사령부에 거대한 충격을 주었다.

"묵과할 수 없는 사태라고 할 수 있겠지요오─. 스핑크스라고 자칭하는 인물은 송장을 조종하며 실전된 대마법마저 행사합니다. 카스툴에서의 패배, 한 번만으로는 끝나지 않을지도 모릅니다."

왕국군 상층부, 왕국 기사단의 저명한 사관 및 근위기사, 왕국 유수의 상급 귀족 등이 한 자리에서 만나는 대회의장에서 당당하게 설명하는 이는 로즈월 J. 메이더스 여사다.

유창한 말재간 중에도 독특하게 중간을 끄는 버릇이 들어가는 로즈월의 발언. 하지만 그 점은 아무도 지적하지 않고 그녀의 이야기를 듣는 사령부의 높은 분들은 떨떠름한 얼굴을 고수했다.

"스핑크스라. 일부에서는 마녀교와의 관계를 의심하는 의견도 있다던데……."

"사견이긴 합니다만, 마녀교와는 무관하지 않을지. 그들의 행동방침에서 기본은 자신의 욕망에 따르는 것……. 왕국의 전복을 획책해 아인족에게 손을 빌려주리라고 생각하기는 어렵지요."

"그거야말로 놈들에 관해서는 놈들밖에 모른다는 뜻이라고 생각하네만."

마녀교의 이름이 나오고, 회의장에는 가증스러운 존재에게 보내는 불온한 분위기가 만연했다.

『마녀교』란 수백 년 전에 세계를 멸망시킬 뻔한 『질투의 마녀』를 신봉하며 그 부활을 꾀하는 집단──인 모양이라고, 세간에 알려져 있다. 하지만 현실적으로 그 활동이 마녀의 부활로 이어진다고는 생각하기 어려워, 단순히 정신 나간 집단이라는 견해가 일반적이다.

그건 빌헬름도 동감……이라기보다 관심이 없다. 그는 지금 회의장의 말석에 자신이 있는 상황도 의문이다. 옆자리에는 보르도와 피보트의 모습도 있지만, 정기사인 그들은 당당했다. 경험이 다르다. 그 배짱, 그림에게 나누어주고 싶을 정도였다.

"……웁."

넌더리내는 표정의 빌헬름 옆에서, 그림은 속이 좋지 못한 듯 얼굴이 퍼렇다. 숨결이 수상쩍어 자칫하면 당장에라도 아침밥을 게워낼 듯한 기세다.

이놈은 늘 얼굴이 파랗군. 그런 감상이 떠오른 순간이었다.

"──그럼, 실제로 조우한 체르게프 부대의 보고를. 여러분,

이리로 오오—시길."

"옛!"

로즈월의 지명이 떨어지자 보르도가 무식하게 큰 소리로 대답하고 일어섰다. 그보다 뒤늦은 모양새로 빌헬름과 다른 사람들도 일어나고, 네 명은 나란히 회의장 한복판으로 끌려나왔다.

"체르게프 부대, 지휘관을 맡고 있는 보르도 체르게프입니다! 이번에 사령부에서 말씀을 주셔서 영광의 극치입니다!"

"공자, 살짝 인사 선택이 틀렸습니다. ……어흠. 동, 체르게프 부대에서 부관을 맡고 있는 피보트 애넌시입니다. 두 사람다 이름을 밝히십시오."

쓸데없이 목소리 큰 보르도에 이어 피보트가 빌헬름과 그림쪽에 눈짓을 보냈다.

"체, 체르게프 부대 대원, 그림 파우젠입니다!"

"……동, 빌헬름 트리아스."

뒤집어진 그림의 목소리에 내키지 않아하는 빌헬름의 퉁성명이 이어졌다.

피보트가 눈살을 찌푸리지만 사령부의 거두들은 그에 관여치 않았다. 그들은 빌헬름과 그림의 이름보다 그 보고에 관심이 있는 눈치였다.

"메이더스 여사의 이야기에 따르자면 귀 부대가 스핑크스와 싸웠다는 거로군. 송장 병사에 비행 마법, 카스툴에 마법진을 그린 것도 이자라고……. 어떻게 생각하나?"

"옛! 소관은 움직이는 시체와는 싸웠습니다만, 그 마녀라는 자는 보지 못했습니다!"

"공자, 조용히. 실례했습니다. 저희 부대에서는 이쪽 2명이, 실제로 그 자와 접촉했습니다. 빌헬름, 그림, 보고를."

"네, 네헤."

더욱 얼굴이 파래진 그림이 앞으로 나오고, 빌헬름은 어쩔 수 없이 그에 따랐다. 그렇게 앞으로 나온 두 사람에게 사령부의 연이은 질의가 시작되었다. 그렇다고는 해도 그 내용에 조금 전과 큰 차이는 없었다. 로즈월이 한 보고의 뒷받침과 소감을 요구받은 정도다.

"형식상, 마녀로 쳐두지요. 그 마녀의 인상, 어떻게 생각하고 계십니까?"

그 질문은 내용도, 질문자의 목소리도 그때까지 나온 것과 분위기가 달랐다.

쳐다보자 거수하고 발언한 사람은 갸름한 얼굴의 샌님이었다. 연령은 서른 안팎일까. 온화한 이목구비에, 정성껏 빗어 넘긴 갈색 머리가 참으로 학자연한 인물이었다. 외모로 보아 우락부락한 얼굴이 늘어선 회의장에서는 두드러지게 이물감이 있는 인물상이다.

"이, 인상 말입니까?! 그, 그렇군요……. 으스스하고, 무섭다고…… 아니! 왕국군의 병사로서, 결코 겁을 먹은 건……!"

샌님은 알아서 제 무덤을 판 그림에게 고개를 주억이고, 가늘어진 눈으로 빌헬름을 보았다.

그 명철한 시선에 빌헬름은 이 회의에서 처음으로 진지하게 표정을 다잡았다.

보는 바로 문관. 그런 상대에게 호들갑스럽게 군다고 웃을 수 없다. 마치 칼끝을 들이민 것 같은 압박감은 이곳을 전장이라고 규정한 수라만이 뿜는 특유의 감각이다.

"……당신, 누구야?"

술렁이는 소리가 퍼지고, 옆의 그림이 숨을 죽이며 빌헬름을 바라보았다. 하지만 빌헬름이 낳은 파문을, 손을 든 샌님이 직접 가라앉혔다.

"흐음. 이건 실례를. 저는 마이크로토프 맥마혼. 본래는 이 회의에 출석할 수 있을 입장이 아닙니다만, 메이더스 여사를 마법진 해석에 추천한 건 저인지라. 그 관계로 이렇게 말석에 자리를 얻었지요."

마이크로토프라고 이름을 밝힌 샌님은 그렇게 말하고 로즈월에게 눈짓을 보냈다. 눈짓을 받은 로즈월은 유달리 연극조의 동작으로 묵례했다. 과연, 하나같이 보통내기가 아니다.

"──난 그 마녀라는 놈이, 인간으로는 보이지 않더군."

의문이 풀려 빌헬름은 한숨을 내쉬면서 질문에 대답했다.

"사람 가죽을 뒤집어쓴 괴물이야. 배가 고파 핏발 선 눈의 마수가 눈앞에 있다. 그런 상태에서 논의할 여지가 있나? 그 마녀와는 죽이거나 죽거나, 그것밖에 없어."

빌헬름의 살벌한 회답에 잠시 침묵이 회의장에 내려앉았다.

그러나 찌르는 듯한 빌헬름의 시선을 받는 마이크로토프만이 고개를 주억이고.

"과연. 참고하겠습니다. 물러나셔도 됩니다."

거물의 풍격을 풍기면서 빌헬름 일행에 대한 질의를 마친 것이었다.

2

"진짜로, 넌 어째서 만날 그런 거야?! 난 수명이 줄었다고!"

회의장에서의 책무를 마치고 병사로 돌아가자마자 그림의 분노가 폭발했다.

카스툴 평원의 임무에서 바로 복귀해 쉴 틈도 없이 조금 전의 회의에 참석했다. 겨우 직무에서 해방되어 갑갑한 제복을 벗는다. ──그러기 직전이었다.

웃옷을 벗고 피부를 닦는 빌헬름에게 똑같이 제복을 벗은 그림이 덤벼들었다.

"그토록 높은 사람이 있는 와중에, 용케도 그토록 자기 자신을 관철할 수 있더라! 그토록 사전에 피보트 씨가, 그토록 주의를 줬는데! 그토록 잘도!"

"너는 그토록 소리를 몇 번이나 하는 거야. 그리고 허물없이 굴지 마."

침을 튀기는 그림에 비해 옷을 갈아입고 있는 빌헬름의 태도는 냉랭했다. 여전히 빌헬름이 보는 그림의 평가는 변함이 없다. 겁 많은 얼뜨기, 그대로다.

카스툴 평원의 마지막에서 옛 전우의 목을 친 기개는 인정 못할 것도 없지만.

"뭐, 그럼, 그렇게 헐뜯지 마라! 난 도리어 안심했다. 빌헬름이 예의를 지킬 수 있는 바보라면, 그 바보에게 여태껏 실컷 무례를 허용한 내 입장이 말도 아냐!"

"공자께 예의를 보여야 할지는 별개로 치고, 빌헬름은 딱히 예절이 무엇인지를 분별 못하는 건 아니잖습니까?"

마찬가지로 탈의실에서 옷을 갈아입고 있는 보르도와 피보트가 대화에 끼어들었다. 그 피보트의 발언에 보르도가 갸웃거리며 "무슨 뜻이지?" 하고 부관에게 캐물었다.

"빌헬름의 소행 곳곳에선 명백히 교육을 받은 흔적이 있어요. 성실하게 배운 건 아닐지도 모르지만, 쌓아올린 건 하루하루의 생활에서 나오는 법이지요."

"──쯧."

생각 못한 피보트의 통찰력에 빌헬름은 못마땅하게 혀를 찼다.

그 반응이 정곡을 찔렀음을 가리킨다고 이해한 그림과 보르도 두 명이 얼굴을 마주보았다.

"교육을 받았다니, 빌헬름은 평민 출신이 아니었어?"

"요즘 장사꾼 집안 등지에선 자기 자식이 상류 계급에도 통하도록 교육하는 게 유행 중이라고 들었다만, 그쪽이냐? 어쨌든 간에 배운 걸 헛되이 하는 건 마뜩지 못하군."

"공자께서도 단단히 예절 교육을 받고 계실 테지만, 쌓아올린 하루하루가 어디에서도 눈에 띄지 않는 건 어찌된 영문일는지요. 전 이전부터 신기하게 여겼습니다."

제 생각은 못하는 보르도와 놀란 얼굴의 그림. 그들의 반응을 본체만체하는 빌헬름은 그 의문에 답할 마음이 전혀 없었다. 신변 이야기 같은 건 절대 사절이다.

"그렇게 퉁명스레 굴지 말고, 부대 동료에게는 자―알 설명하지 그래? 지방 귀족인 트리아스 가문 출신으로, 자랑거리인 애검은 루그니카의 국장(國章)이 들어간 유서 깊은 것이었단 것쯤은."

"――윽."

느닷없이 자신의 과거를 폭로하는 목소리에 빌헬름이 살기 어린 눈으로 돌아보았다. 그러자 열린 탈의실 문에 등을 기대고 웃음을 머금은 로즈월과 눈이 마주쳤다.

그녀는 살랑살랑 손을 흔들며 빌헬름의 눈초리를 선선히 받아넘겼다.

"조사하면 그음―방 아는 일이야. ……말단 가난뱅이 귀족이라고는 해도, 루그니카에 적을 올린 귀족이라면 당연하지. 딱히 너도 영원히 숨겨둘 수 있다고 생각하아―진 않았잖아?"

"잡담으로 남의 과거를 파헤치고 있을 짬이 있으면, 자기 일이나 하시지. 궁정광대는, 조금은 도움이 될 만한 게 떠오르셨나?"

"궁정광대……. 하핫, 그거 좋은데. 역시 넌 재애―미있어."

짜증내는 빌헬름은 모르겠단 얼굴로 로즈월은 탈의실에서 부대원들을 둘러보았다.

"스핑크스에 대해서는 사령부에서도 최중요 안건으로서 취급하고 있지. 아인연합의 대표격, 리브레 페르미와 발가 크롬웰과 같은 대접이 되애—지 않을까. 마이크로토프 님의 후원에 감사해야겠더라. ……놈을 마녀라고, 그렇게 부르는 것만은 마음에 안 들지만."

어깨를 으쓱이고 발언 마지막에 불만을 내비친 로즈월. 그녀의 노골적인 혐오를 본 빌헬름은 카스툴 평원에서의 일을 떠올렸다.

"그러고 보니 넌 그 괴물과 면식이 있었나? 카스툴에선 퍽이나 죽이고 싶다는 말을 하던 것 같던데."

"이크, 내 정보가 궁금한 거야? 흠, 조금 나이 차는 있지만…… 사랑 앞에는 그런 건 사소한 일인가. 다행히 넌 제법 미형이고, 나도 썩 나쁘진…… 농담이야."

빌헬름이 애검을 뽑으려고 하자, 로즈월은 도중에 백기를 들었다.

"안타깝지만 그거하고 내 관계는 얘기 못해. 뭐어— 내통하고 있다는 것만은 있을 수 없으니 안심해도 돼. 그것을 죽인다는 목적은 너희와 공유하고 있는 바야. 그리고 꼭 알고 싶으면…… 좀 더 친해지고 난 뒤부터 해—야지."

"이번만 보고 말았으면 좋겠다마는."

"쑥스러워하지 않아도 되고. 그렇게는 안 돼. 이번 일을 빌미로 왕국군의 마법 대책 책임자는 내가 될 거야. 내전과 스핑크스가 정리되지 않는 한 오랜 관계가 되겠지이—."

얼굴을 찌푸리는 빌헬름에게 로즈월이 즐겁게 싫은 보고를 보냈다.

뒤돌아보자 보르도와 피보트는 알고 있었는지 긍정하는 고갯짓으로 받았다.

"너희 체르게프 부대도 이번 사건의 공적과 실력이 평가받았어. 향후에는 격전 구역을 전전하면서 각지의 최전선에 투입될 거야."

"오오, 그건 달갑군!『검귀』빌헬름도 그러면 만족 아니냐!"

"검귀……?"

격전 구역으로 파견된다는 명령에 피보트와 그림이 탄식하지만, 대신에 보르도가 희희낙락하며 빌헬름의 어깨를 두드렸다. 그 이명에 로즈월이 갸우뚱했다.

"시건방지게도 군 내에서는 검귀라고 불리고 있지. 첫 출진, 두 번째 전투에서 지나치게 죽여댄 게 유명해져서 말이야. 나도 대항해서 강전부(剛戰斧)라고 이름 대고 있는데, 좀처럼 안 퍼지더군!"

"공자의 경우, 대신에『맹견』이란 호칭이…… 아니, 이건 본의가 아닐 테니 접어두겠습니다. 무슨 일이든 뜻대로 돌아가진 않기 마련이라."

"검귀……. 과연, 검귀라아―. ――실로, 너다운 어감이야."

로즈월의 소리 없는 웃음에 빌헬름은 콧방귀를 뀌면서 눈길을 돌렸다. 타인에게 어떻게 불리든 흥미 따윈 없다.『검귀』라는 이명도, 꼴이 말이 아니다.

"그렇게 우습게 여길 것도 아아─냐. 비참한 전화 속에서야 말로 인심은 영웅의 등장을 고대하기 마련이지. 『검성』이 그렇고, 『현자』가 그렇듯……. 특히 이번 내전에는 선대 검성인 프라이벌 공이 전사하신 일도 있고오─ 말야."

"퇴각하는 우군의 최후미를 맡은 장렬한 전사였다고 하더군. 무인의 명예이긴 해."

로즈월의 말에 무관심한 빌헬름을 대신해 보르도가 애석한 얼굴로 끄덕였다.

『검성』이라고 하면 루그니카 왕국을 대대로 섬기는 최고의 검사를 이르는 칭호다. 그러나 그 칭호의 임자도 죽었다면, 그 실력도 미심쩍다고 해야 하리라.

"연병장에 간다. 너희는 내내 그러고 있어라."

"아니, 지금부터 연병장에?! 아아, 진짜! 기다려, 빌헬름! 나도 간다!"

"오지 마."

냉큼 옷을 갈아입고 방에서 나간 빌헬름에게 허둥지둥 검과 방패를 잡은 그림이 뒤따랐다. 방에서 나가기 전에 그림만 묵례한 것이 둘의 성격 차이를 고스란히 나타내고 있다.

"빌헬름과 그림의 거리감, 어제까지와 달라졌군요."

"그림이 허물을 깬, 괜찮은 낯짝이 됐으니 말이지. 검의 장래성은 별로 없지만 저놈이 방패 다루는 솜씨는 어지간해. 그림은 앞으로 성장할걸."

"공자는 뭐든지 지나치게 선성을 믿습니다. 성장하지 않는다는 인간이 없더군요."

"와하하! 인간이란 결점 덩어리야. 그렇다면 한 가지라도 좋은 점이 있으면 충분하겠지!"

웃으면서 보르도가 훈련용의 가벼운 차림으로 갈아입고, 그 모습에 피보트가 탄식했다. 보르도는 기대 세워놓았던 전투도끼를 움켜쥐고 서 있는 로즈월 쪽으로 고개를 돌렸다.

"왕림해주셨는데 별다른 대접도 못해서 미안하군, 메이더스 여사. 체르게프 부대는 지금부터 연병장에 총출동할 거야. 내 일부터 또 바빠지겠지."

"상관없다아―마다요. 여러분은 바뀌지 않는 편이 제게도 바람직해요. 그리고 아까도 말했지만 관계는 길어질 거예요. 오래도록 사이좋게 지내죠."

"……그럼 좋겠군요. 저도 메이더스 여사와의 관계는 나빠지지 않았으면 하는 바입니다."

피보트가 그렇게 말하고 웃는 보르도와 함께 탈의실을 나갔다. 손을 흔드는 로즈월과 복도에서 헤어지고는, 그녀의 모습이 보이지 않을 즈음.

"뭐냐, 피보트. 서른 줄 됐는데 염문 하나 없다고 여겼더니, 넌 메이더스 여사 같은 여자가 취향이냐. 여간내기가 아니군그래."

"공자―― 모쪼록, 메이더스 여사에게 너무 마음을 터놓지 마시길."

"음?"

놀려먹는 어조의 보르도에게 목소리를 낮춘 피보트가 의미심장하게 시선을 보냈다. 그 눈길을 받고 보르도는 수염이 듬성듬성 난 턱을 어루만졌다.

"네가 그렇게 말한다면 대비하겠는데…… 뭔가 뒷면이 있나?"

"속 모를 여성입니다. 뒷면이든 그늘이든, 갖출 만한 건 다 갖추고 계신 게 아닐까요. 어쨌든 간에 내전 중에는 관계가 이어집니다. ……마음을 다잡고서."

"매복지독인가. 재미있군. 검귀라는 폭탄도 있건만, 대장은 힘든 노릇일세!"

병사 복도에서 화통하게 웃는 보르도. 그 목소리가 주위의 놀란 시선을 모으는 걸 느끼면서 피보트는 그 큰 목소리와 세트인 한숨을 내쉬고 말했다.

"나 원 참……. 스스로 생각해도 정말로 손해 보는 역할만 맡는 처지예요."

3

──루그니카 왕국 동부, 샴록 계곡에는 주야 불문하고 안개가 깔려 있다.

안개는 루그니카뿐만 아니라 전 세계에 불길의 상징으로 알려져 있어, 깎아지른 바위밭이 즐비한 계곡은 생물의 존재를 거부하는 자연의 요새로 탈바꿈해 있었다.

따라서 안개의 계곡은, 어둠 속에서 암약하는 자에게 더할 나위 없는 잠복 장소로서 애지중지되고 있다.

벼랑 밑에 자리를 잡아 안개에 숨은, 그 허름한 오두막도 그런 음지 인물의 거처 중 하나다.

"──얘, 발가! 대체 어떻게 된 거야! 설명해!"

전조 없이 안개 속에 울려 퍼진 건 설명을 요구하는 격분한 목소리였다.

비단을 찢는 듯하다……고 하기에는 다소 굵지만, 그 점을 지적하는 걸 주저하게 만들 만한 분노로 가득 차 있었다.

"……너무 소란을 피우지 말게. 아무리 밖의 안개가 비명을 집어삼키는 사무(邪霧)라고는 해도, 그 음량이면 누가 들을지 알 노릇이 아니야."

그 질책에 갈라진 저음이 응수했다. 목소리의 주인은 귀에 손을 대어 알기 쉽게 상대에게 불만을 호소하고 있었다. 하지만 격분한 쪽의 분노는 그걸로 가라앉지 않았다.

"아무리 정론을 내세워도 헛수고야, 헛수고! 나한테 뭔가 타이르려면 우선 네가 자기가 저지른 일을 해명하는 게 도리 아니겠니!"

"해명……이라고? 왜, 내가 해명 같은 짓을 해야만 하는 것이냐. 내가 무슨 잘못된 일을 했느냐? 엉? 리브레. 아무것도 하지 않은 네놈이 내게 말이 나오더냐?!"

"기어오르지 마, 애늙은이! 너, 연하 주제에 건방지거든!"

쌍방의 분노가 끓는점에 도달해 장신과 거구 두 명이 충돌하며 고함을 주고받았다. 서로 상대를 노려보는 눈에 살의마저 맺힌 대치는 이제 폭발을 피할 수 없다. 하지만 그 순간에──.

"둘 다 소란스러워요. 조용한 환경이 아니면 실험에 지장이 갑니다. 제 은거지에 들인 건, 어디까지나 실험의 협력자로서 부른 거니까요."

담담한 소녀의 목소리── 그것은 내용이야 둘의 다툼을 나무라는 것이었지만, 도무지 감정다운 감정이 담기지 않은 것이었다.

그러나 그런 소녀의 말에 말다툼을 벌이던 두 명은 순순히 물러섰다.

"대뜸 시비조면 풀릴 이야기도 안 풀린다 이거구나. 좋아. 이 자리는 저 애 얼굴을 봐서 접어주겠어. 하지만 잘 들어, 애. 난 수긍 못했거든."

그렇게 말하고 코웃음을 친 건 천장에 닿을까 싶은 장신을 자랑하는 인물이었다.

깡마른 체구를 로브로 감싸고 노란 눈이 기이하게 빛나고 있다. 손발과 머리 등 보이는 맨살은 전부 녹색 비늘로 덮여 있으며, 로브 옷자락에서는 굵고 긴 파충류 같은 꼬리가 바닥을 끌고 있다. 그 긴 혀도 어우러져 아인임은 의심할 여지가 없다.

──리브레 페르미라는 이름으로 알려진, 아인연합의 대표 격 중 한 명이었다.

"발가, 설명해. 카스툴의 마법진과 그 뒤의 시체 놀이에 대해서도야."

"결과를 보면 명확하지 않느냐. 계집애 같이 빽빽 시끄럽게 굴지 마라, 뱀."

리브레에게 거친 말투로 받아친 건 사이즈가 맞지 않는 의자에 갑갑하게 걸터앉은 노령의 거한이었다. 그 키는 너끈히 2미터를 넘고 있었다.

거인족——. 그 외견은 체격을 제외하면 인간족과 거의 차이 없는 아인족이다.

이 거한은 그 거인족의 몇 없는 생존자이자, 수명이 긴 일족 중에서는 젊은이에 해당한다. 그런데도 아인연합 속에서 그 공헌도는 다른 이와 비교해 남다른 것이 있었다.

그가 바로 아인연합의 대참모이자 오합지중이던 아인족을 한데 끌어 모아 대연합을 구축해 왕국에 반기를 올린 장본인, 발가 크롬웰 본인이므로.

"그 전과에 꼬투리 잡을 데가 어디 있어? 아아, 과연, 알았다. 수고와 비교해 인간의 시체 수가 걸맞지 않는다 이거렷다. 암. 더 죽여주고 싶었지!"

"어린애 같은 소리나 하지 마! 너무 죽였다고 하는 말이야! 안 그래도 오랜 전쟁으로 수렁 같은 상황이라는데…… 놈들도 이만큼 살해당하면 이제 와서 물러날 때 같은 건 생각 못하게 돼! 이대로는 서로 사생결단이야!"

"착각하지 마라, 리브레. 처음부터 사생결단 아니었느냐!"

리브레의 외침에 의자를 박차며 발가가 일어섰다. 또다시 눈싸움을 벌이는 두 명.

"난 인간 놈들을…… 그 썩어빠진 개자식들을 한 마리도 살려둘 작정은 없으이. 씨를 말리고 시체는 통째로 대폭포에다 던져

줄 심산이다!"

"그게 어린애라고 하잖아! 우리와 인간은 수가 달라! 예를 들어 앞으로 네 작전이 전부 맞아떨어져서 줄곧 우리의 열 배 피해를 놈들에게 주더라도…… 그래도 먼저 우리가 전멸해. 그런 싸움이란 말이야!"

"그럼 긍지를 꺾고 굴복해라 이 소리더냐? 네놈 쪽이야말로 생각을 해라. 네놈에게는 들리지 않느냐. 짓밟힌 동포의 한탄이. 내버려진 동포의 목소리가. ——내게는 들린다. 복수하라고 내게 호소하고 있어. 그게, 아인족의 긍지 아니더냐!"

"긍지와 함께 동반자살 하는 건 뒤떨어진 생각이란 말이다! 머리부터 집어삼킨다, 이 망할 꼬마!! 네 장대한 자살에 주위를 끌어들이는 게 아니라고오!"

"——두 사람 다."

차가운 목소리. 그리고 고막을 뚫는 듯한 높은 소리가 번뜩인다. ——눈싸움하는 두 사람의 코끝을 하얀 빛이 종단해 무시무시하게 날카로운 빛이 그은 공간이 절단되었다.

"전 조용히 해달라고 제안했습니다. 두 번째 권고가 수용되지 않는다면, 세 번째는 실력을 행사하겠습니다. 두 분은 함께 제 송장 병사에 편입되겠습니다만."

하얀 로브에 연홍색의 머리카락을 길게 기른 소녀 —— 마녀 스핑크스의 경고다.

가련한 소녀는 손가락을 세우고 살짝 갸웃하며 둘의 의사를 물었다.

"어쩌시겠습니까? 전 어느 쪽이든 상관없습니다. 어느 쪽이든요·관찰입니다."

"시체가 되어서까지 이 애늙은이와 입씨름이라니 섬뜩해라."

"내가 할 소리여."

독설을 주고받으며 이번에야말로 리브레와 발가가 거리를 벌렸다. 그렇게 서로 견제하는 둘에 대해 손을 내린 스핑크스가 "아." 하고 중얼거렸다.

"그리고 조금 전의 이야기입니다만, 수적인 불리함은 제 송장 병사로 뒤집을 수 있지 않을까요."

"그러해. 그러기 위한 송장 병사, 그러기 위한 스핑스크야. 걱정이 덧나서 겁쟁이가 된 뱀이야 『시체 놀이』라고 야유했지만, 이거라면 불만 없으렷다?"

"윤리에 어긋난다는 불만이 있거든. 너, 죽은 이의 시신을 희롱한다는 죄책감은 없니? 수상쩍은 마녀에게 제정신 같은 건 기대하지 않지만, 넌 다르잖아."

끝이 갈라진 긴 혀를 내밀고 팔짱을 낀 리브레가 못마땅하게 스핑크스를 노려보았다.

그러나 발가는 그런 리브레의 말을 코웃음 쳤다.

"사특한 종자들의 시체를 사특한 술법으로 욕보이는 것쯤, 별 것도 아니지. 그리고 동포들의 시신은 내게 인과응보를 바라고 있다. 네놈이 말한 대로 우리는 틀림없이 종족적인 약자야. 그럼 약자는 약자 나름대로 지혜를 짜내야지. ──약자만 져야 하는 도리는 이 세상에 없으이."

"……난, 내 생각대로 하겠어. 근데 말이야, 이 말만은 해둘 게."

체념의 한숨을 남기고 오두막의 출구로 가던 리브레의 장신이 돌아섰다. 그는 그 노란색 눈동자의 동공을 가늘게 좁히고 발가를 쏘아보았다.

"발가, 네가 그대로 걷다간 그 길이 머잖아 지옥에 다다를걸."

"──머잖아? 지금, 이 세상이 바로 지옥 아니더냐."

탄식이 작별의 인사 대신이 되었다.

리브레가 떠나고 발가가 어깨에서 힘을 훅 뺐다. 그러자 별안간 스핑크스가 물었다.

"앞날의 방해가 될 것 같으면, 처리하는 편이 나을까요?"

"쓸데없는 짓을 하는 게 아니여. 나와 의견이 어긋났을지언정 리브레는 연합에 필요한 존재야. 대참모라느니 불려도 난 약삭빠른 걸로밖에 동포의 도움이 되지 못해. 앞장서서 적을 쓸어버려 아군의 사기를 최대한으로 유지하려면 놈 같은 영웅이 필요한 것이야."

"어려운데요. 요·숙고입니다. ……그래서, 다음은 어떻게 하겠습니까? 카스툴과 비슷하게, 마법진을 까는 형태를?"

즉각 리브레를 해칠 뜻을 내버리고 다음 실험장으로 흥미를 돌리는 스핑크스. 그 치우친 사고에 눈을 감고 발가는 굵은 팔로 지도를 펼쳤다.

"인간 놈들에게 카스툴의 패전이 퍼지기 전이라면 효과도 있었지만, 연합도 곧바로 움직일 수 있을 만큼 탄탄하진 않아. 다음 전투까지 시간이 비면 빌수록 대책은 강구하기 쉬워지지. 마법진을 통한 포위섬멸은 이것 단독으로는 더 이상 잘 풀리지 않을게야."

"그럼, 어쩌시겠어요?"

"뻔한 노릇. ——아낌없이 마법진을 망치게 해줘라."

질문에 발가가 핏빛을 띤 사악한 웃음을 지었다.

그 표정에 스핑크스는 무표정인 채로 살짝 눈을 내리깔고.

"——요·관찰입니다."

아무에게도 들리지 않을 만큼 나지막이 중얼거렸다.

4

——세월은 눈 깜빡할 새에 지나갔다.

황망한 나날이 시간을 잊게 한 것은 검귀 빌헬름도 예외가 아니다.

대회의 종료 후의 선고대로, 빌헬름이 속한 체르게프 부대는 그 뒤로 왕국 각지의 격전 구역을 거듭 전전하고, 최전선에서 격렬한 싸움으로 날을 지새우는 시간이 이어졌다.

그동안 왕국과 아인연합의 내전 정세는 일진일퇴—— 왕국군이 대규모 승리를 거두면, 아인연합이 복수의 전선을 붕괴시켜 전략적 승리를 얻는다. 그 되풀이다.

아인연합의 중핵인, 세 명의 주격은 누구나 왕국의 손길에서 달아나고 있어 결정타는 없다.

　정신이 드니 왕국군에서 보낸 나날, 체르게프 부대에서 보낸 시간도 1년, 2년 지나갔다.

　체르게프 부대도 커져서 그 구성원도 최초의 12명 때와는 꽤 바뀌었다. 초창기부터 있던 대원은 절반이 되고 죽은 대원의 몇 배나 되는 대원이 증원되어 지금은 100명에 육박하는 대가족이다. 전보다 더하게 전국을 좌우하는 전력으로서 활약을 기대받고 있다.

　그토록 변화가 있어도 부대 안에 그림의 얼굴이 있는 게 빌헬름은 신기했다. 2년 전, 처음 얼굴을 마주했을 때는 금세 없어질 얼굴이라고 생각했었는데, 정신이 드니 그도 용맹한 걸로 유명한 체르게프 부대 최고참 중 한 사람이었다.

　변함없이 검은 엉거주춤하지만, 방패 다루는 솜씨와 위기를 감지하는 능력은 인정할 수밖에 없다. 빌헬름의 첫 공격에 반응할 수 있는 건 부대 안에서는 그림과 보르도 두 명뿐이리라.

　변함없이 빌헬름에게 간섭하려 드는 자세는 계속되고 있어, 검귀에게 박대당하면서도 말을 거는 그 모습에 부대 안 으뜸가는 용사는 그림이 아니냐고 몰래 회자되고 있다.

　"어어—유, 오늘도 대활약이었던 모양이지이— 않니."

　"……다가오지 마."

　"야박하아—긴. 미인의 유혹이니까 겉치레만이라도 비위를 맞춰야지."

카스툴 평원에서의 임무 이래로 로즈월과 얼굴을 맞댈 기회도 없어지지 않는다.

아인족이 언제 또 마법을 전술적으로 이용할지 알 수 없는 이상, 마법 고문인 그녀가 전장을 돌아다니는 건 당연한 일이다. 필연적으로 최전선을 전전하는 체르게프 부대와도 마주칠 기회가 있다.

"메이더스 여사에게 그게 무슨 태도냐. 네놈, 부끄러운 일이라고 여기지 않는 것이냐?"

"자, 자자, 그러지 말고. 캐럴 씨. 그게, 빌헬름은 원래 이래요. 지적을 해도 이 성깔은 쉽게는 안 고쳐진다고요."

그 로즈월의 호위인 캐럴, 그녀의 눈총을 살 기회도 그만큼 많이 생긴다.

이럴 때, 중뿔나게 나서서 캐럴을 상대하는 그림의 존재가 쓸모 있다. 고지식한 여자를 그림에게 떠넘기고, 빌헬름은 냉큼 자신의 세계에 몰두하는 것이다.

"빌헬름은 변함없군. 그게 놈의 강점이기도 하다만!"

"저는 각지를 전전할 때마다 검귀의 소문을 듣고 수명이 줍니다. 다음쯤에 제가 위험해지면, 빌헬름 탓으로 아시길."

보르도와 피보트가 멀찍이서 빌헬름을 야유하는 관계도 변함없다. 변한 건 보르도의 전투도끼가 마침내 빌헬름에게 닿지 않게 되었다는 것일까.

실력 차이가 뚜렷해졌을 때의, 보르도의 사나이 울음과 화통한 웃음은 왠지 시끄러울 만큼 기억에 새겨져 있어서, 빌헬름은 지긋지긋하게 여기고 있었다.

　그것이 눈 깜빡할 새에 지나간 3년간의 사건.
　빌헬름이 18세가 될 때까지 그의 기억에 남은 수많은 사건.
　──먼 훗날까지 깨닫지 못하는, 둘도 없는 3년간이었다.

5

　새벽의 병영, 개인실의 침대에서 빌헬름은 조용히 눈을 떴다.
　원래 일반병인 빌헬름에게 개인실을 이용할 권한은 없다. 그
러나 빌헬름이 거둔 전과에 대한 예외적인 조치로 왕국이 허락
한 자유 중 하나가 이것이다.
　포상을 기뻐하지 않는 병사. 왕국이 검귀의 대우에 난처해하
는 요인이기도 하며, 고육지책이었다.
　"───────."
　기지개 하나 켜지 않고 차가운 물로 얼굴을 씻었다. 졸음의 잔
재를 털어내고 빌헬름은 냉큼 재빠르게 제복으로 갈아입어버
렸다. 그렇게 복장을 갖추고 있을 때, 문득 깨달았다.
　──오늘은 난데없이 떨어진 휴일이고, 제복으로 갈아입을
필요가 없음을.
　"……일만 하고 살았다니, 웃음도 안 나와."
　휴일은 보르도가 직접 내리고 피보트에게 다짐을 받은 강제적
인 것이다.

통상의 휴일을 반납하고 단련과 실전 참가를 반복하는 빌헬름. 그런 그도 부대에서는 이미 최고참, 검귀가 쉬지 않으면 다른 대원도 쉴 수 없다는 게 명목이었다.

탄식한 빌헬름은 갈아입는 게 귀찮아져서 제복 차림인 채로 방을 나갔다.

목적지는 연병장──일 수는 없다. 그걸 금지하기 위한 휴일이다. 그렇다고 방에 있으면 최근 더욱더 성가셔진 그림이 쳐들어오지 않는다고도 단정할 수 없다.

병영을 나가 아직 아침의 냉기가 남아 있는 성 아래로 발길을 돌렸다. 큰 길거리의 경비를 맡은 경비병의 인사에 고개를 까닥이고 사람살이도 드문드문한 왕도를 홀로 걷기 시작했다.

왕도의 활기는 3년 전부터 조금씩 어두워지고 있다. 빌헬름에게는 환영해야 할 일이지만, 내전은 날이면 날마다 수렁으로 빠져들고 있을 뿐이다. 전선의 확대와 명백하게 증가한 패전의 영향──. 루그니카는 암흑시대로 돌입해가고 있다.

타국의 침략과 돌림병의 피해에는 편을 들어줄 터인 『신룡』도 내전에 관해서는 루그니카 자국의 문제라고 판단하는지 왕가의 청에도 귀를 기울이지 않는 자세인 모양이다.

내전은 호전될 조짐이 없는 채, 국민은 피폐할 뿐인 나날을 강요받고 있었다.

──빌헬름이 발길을 옮긴 구획도 그런 내전의 여파를 받은 곳이다.

왕도 중층의 평민가를 지나가면 개발을 도중에 팽개친 폐허 지역이 보인다. 내전이 종결하면 개발은 재개된다고 하는데, 이것은 다시 말해 예정이 없다는 뜻이다.

지금은 직업이 없는 부랑자나 음지의 인물이 머무르는 구획이 되어 빈민가로 통칭되는 것을, 빌헬름조차 알고 있다.

그런 곳이기 때문에, 빌헬름이 혼자가 되기에는 안성맞춤인 장소였다.

"──꺼져."

가는 길에 검기를 뿜어 폐허를 집으로 삼고 있는 패거리를 쫓아냈다. 자릿수가 다른 귀기를 뒤집어써서 그야말로 거미 새끼가 흩어지는 듯 기척이 달아났다.

빌헬름은 그 모습에 코웃음을 치고는, 평소부터 이용하는 광장으로 발길을 돌렸다.

빈민가의 가장 안쪽에 있는 광장은 넓이와 고요함이 자기단련에 안성맞춤이라 아끼고 있다. 연병장에서는 주위가 위축되기 때문에 요즘에는 전적으로 이쪽만 이용하고 있는 판국이다.

원래 빌헬름의 단련은 다른 이를 필요로 하지 않는다. 같은 상대와 검극을 겹치는 단련 따위, 한 번만으로 판가름 나는 실전에 대한 모욕이라고까지 여기고 있다.

따라서 빌헬름에게 검의 단련이란 곧 자신과의 싸움이다.

그것은 극기심 같은 말장난이 아니라 말 그대로 자신과의 사투다.

그것이 『검귀』 빌헬름이 가장 마음 편안하게 몰두할 수 있는 단련의 시간이었다.

"어머, 미안해."

폐허 지역을 넘어 목적한 광장에 도착한 순간에, 느닷없이 그런 목소리가 들렸다.

검에 몰두할 수 있어야 할 시간이 이분자의 존재로 멀어졌다. 미련 때문에 빌헬름은 혀를 차고 그 짜증 그대로 목소리가 들린 쪽을 노려보았다.

──아름다운 빨강 머리를 길게 기른, 떨릴 만큼 옆모습이 고운 소녀였다.

윤기 있고 불꽃같은 붉은 장발. 해맑은 하늘을 비춘 파란 눈동자. 반듯한 미모는 가련함과 우아함을 소녀에게 내려주어, 빌헬름은 사람이 아닌 존재를 본 것인지 착각했다.

하지만 눈을 깜빡인 다음에 새삼 바라보니, 마을 처녀 차림새를 한, 약간 두드러지게 아름다울 뿐인 소녀였다.

소녀는 광장 한 귀퉁이, 폐허 일부에 앉아서 빌헬름을 쳐다보고 있다.

"이렇게 아침 일찍 오는 사람이 다 있구나. 이런 곳에──."

"_____."

미소를 보내는 소녀에게 빌헬름의 답례는 심플한 것이었다.

상대할 여지없이 날이 선 검기를 난폭하게 내친 것이다.

빈민가에 둥지 튼 부랑자를 좇아낸 것과 같은 대접이다. 검기를 쐰 일반인은 겁먹어 도망치고, 실력자라도 빌헬름의 역량을 짐작해 냉큼 떠난다.

　그러나 그 행동은 소녀에 대한 선택으로서는 실수였다.

　"……왜 그래? 무서운 얼굴 하고."

　선뜻, 마치 산들바람을 흘린 듯한 얼굴로 소녀가 갸우뚱했다.

　그 태도에 검기의 불발을 깨달은 빌헬름은 겸연쩍은 기분에 고개를 돌렸다.

　검기가 통하지 않는다——. 즉, 소녀는 검기를 감지하는, 무(武)의 기적과 무관한 것이다.

　폭력과 무관한 세상에서 지낸 이에게 빌헬름의 검기는 위압에 불과하다. 사람에 따라서는 그 위압조차 노려봤을 뿐이라고 여길지도 모른다.

　그리고 이 소녀는 아무래도 그 상대였던 모양이다.

　"계집이, 이런 새벽부터 이런 곳에서 뭐하고 자빠졌어."

　언외로 방해된다는 뜻을 담았지만, "으음——." 하고 등을 편 소녀는 알아채지도 못했다.

　"그대로 남 말 하지 말라고 답하고 싶은데, 그런 말을 하는 건 좀 심술궂기 짝이 없지. 농담은 안 통할 것 같은 얼굴이고."

　"이 주변에는 위험한 놈들이 많아. 계집 홀로 다니는 건 칭찬 못하겠군."

　"어머, 걱정해주는 거야?"

　"내가 그 위험한 놈들일 가능성도 있다만."

　"그럼 괜찮아. 그 복장, 성의 병사님 제복인걸. 못된 짓이라니, 설마 그럴 리 있겠어?"

갈아입는 게 귀찮아 실수로 제복을 그대로 입고 온 것이 역효과로 나왔다.

평상시 기세가 통하지 않아 농락되는 빌헬름. 소녀는 키득키득 웃었다.

"그건 그렇고 여기, 나만의 장소라고 생각했으니까 놀랐어. 좋은 곳이지. 좀 걸어야 하지만 혼자가 될 수 있고."

"바로 그 혼자를 네가 방해해주고 있다만."

"그건 피차일반이니까 말하기 없기야. 농땡이 피우는 불량 병사님?"

"농땡이 피우는 게 아냐."

"네네, 비밀로 해드린다니까요—. 아, 그렇지."

소녀는 빌헬름의 변명을 상대하지 않고 자신이 앉고 있는 폐허 저편을 손가락으로 가리키며 말했다.

"저어기."

그 앞에 뭔가 있는 모양이지만, 빌헬름 위치에서는 보이지 않기 때문에 미간을 좁혔다. 그 반응에 소녀가 미소 짓고 작은 동물 같은 몸짓으로 살랑살랑 손짓해 불렀다.

"그렇게까지 해서 보고 싶지는 않다만……."

"자자, 그러지 말고. 이리 와, 이리 와."

어린애를 어르는 듯한 태도에 빌헬름은 뺨을 실룩이며 별수없이 소녀 쪽으로. 폐허의 계단에 발을 올리고는 소녀가 가리키는 쪽을 들여다보고——.

"_____."

그 일대에 펼쳐진 아침놀에 비추어진 노란 꽃밭을 목도하고 숨을 집어삼켰다.

"개발이 도중에 멈췄잖아. 아무도 오지 않을 줄 알아서 씨앗을 뿌려뒀거든. 그 결과를 보러 발길을 옮겼다는 거야."

말을 잃은 빌헬름에게 비밀을 고백하듯이 소녀가 목소리를 죽였다.

예상 밖의 광경에 압도된 건 딱히 꽃밭에 감격했기 때문이 아니다. 몇 번씩 발길을 옮기던 장소임에도 불구하고 이만큼 이질적인 광경을 놓쳤던 얼빠진 자신 때문이다.

아주 약간 발돋움해서 시야를 넓히면 눈치챘을 터인 세계의 놓친 일부에──.

"꽃은, 좋아해?"

아직도 입을 열지 않는 빌헬름의 옆얼굴에 소녀가 그렇게 물음을 던졌다.

빌헬름은 고개를 돌려 부드럽게 미소 짓고 있는 소녀를 마주쳐다보았다.

그리고──.

"아니, 싫어한다."

미소가 요란하게 언짢은 것으로 변화하는 모습을 빌헬름은 지켜보았다.

6

"요즘 따라 휴일에는 바쁜 모양이라면서, 빌헬름. 방에 부르러 가도 찾을 수 없던데, 어디서 사람을 베고 있는 거지?"

"바쁘지는 않아. ……사람도, 딱히 안 벴어."

"그런가. 네가 본의가 아닌 눈치란 말은, 평화로운 휴일이 이어지고 있는 모양이구나."

용차에서 내려와 병사 복장으로 몸을 두른 그림이 스스럼없는 기색으로 그렇게 말했다. 콧잔등에 짜증 어린 주름을 잡자 그 모습을 곁눈질한 그림이 웃는 기척. 괜히 더 짜증이 붙었다.

인원이 늘어도 빌헬름의 부대 안에서의 대우는 변함없다. 하지만 보르도와 그림은 빌헬름의 대응에 해마다 도가 터서 이렇게 찍소리 못하게 당하는 일도 많아지고 있었다.

"_____."

입을 다문 채로 빌헬름은 그림이 화제로 거론한 『휴일』에 대해 생각했다.

그 뒤로 몇 주일, 이름도 모르는 소녀—— 임시로 꽃녀라고 해두겠지만, 빌헬름에게 본의 아니게 내려오는 휴일에 꽃녀와 만나는 기회는 몇 번씩 이어지고 있다.

신기하게도 광장에 부정기적으로 다니는 빌헬름이 언제 가도 그 꽃녀는 당연한 양 꽃밭 앞에 앉아 있었다. 그리고 앉은 채로 빌헬름의 검 단련을 멍하니 바라보고 있다. 그 시선은 거추장스럽지만 쫓겨나는 것과 비교하면 훨씬 낫다.

맨 처음 꽃밭에 감상을 요구받았을 때, 그녀는 빌헬름의 멋대가리 없는 대답에 크게 진노하셨다. 폭풍 같은 욕에 달아났던 건 심각한 패배감으로 가슴에 남았다.

　다만 그것과는 또 별개로 신기한 것이——

　"꽃은, 좋아해?"

　——라고 검 단련을 마친 빌헬름에게 매번 미소와 함께 물어보는 일.

　대답이야 변할 턱이 없는데, 그렇게 질문 받는 게 매번 거듭 거추장스러워서.

　"아니, 싫어한다."

　이쪽도 진정 성격이 못된 얼굴로 대꾸해주는 게, 완전히 정형화되었다.

　"자, 남방 전선이다! 이곳이 지금 으뜸가는 격전 구역이지! 리브레 페르미와 발가 크롬웰도 확인되었다더군! 큰 공훈을 세울 거면 오늘 말고 달리 날이 없다!"

　위세 등등한 호령에 사색에 잠겼던 의식이 현실로 끌려왔다.

　선두에서 전투도끼를 쳐들고 부대의 사기를 고무하는 것은 남못잖게 지휘관다워진 보르도다. 이끄는 대원의 수가 늘어 전만큼 내키는 대로 행동할 수 없어졌지만, 저래도 뜻밖에 부대 운용에 적성이 있었는지 체르게프 부대의 전과는 눈에 띄게 확대되는 추세였다.

　"그래도 이번 우리의 역할은 적 진영 돌격이 아니라, 각 전장의 전황을 지켜보다가 적시에 원군으로 투입하는 유격입니다. 모쪼록 지나친 부담감과 독단행동에 주의하기를 부탁합니다."

그 전과에 비례해 부관인 피보트의 마음고생이 늘어나고 있는 낌새지만.

——이번 전장은 루그니카 남부에 있는 아이히아 습지대가 중심인 전투 구역이었다.

왕국 각지에서 정신없이 벌어지는 내전이지만, 특히나 아인연합의 저항이 거센 곳이 남부라고 일컬어지고 있었다. 이번에 그 말을 뒷받침하듯이 아인연합 대간부의 존재가 확인되어 왕국군은 대규모 전력을 편성, 전선에 투입해 체르게프 부대도 참전하는 모양새가 되었다.

"이만한 대공세잖아. 어쩌면 내전은 이걸로 끝날지도……."

"변함없이 낙관적이군. 난 오히려 대간부가 있는 곳에 대인원으로 뛰어드는 작전이라고 듣기만 해도 수상쩍은 냄새라 코가 삐뚤어질 것 같다만."

빌헬름이 기대에 찬물을 끼얹자 그림은 욱한 표정을 지었다. 하지만 곧장 그는 빌헬름이 한 말의 의도를 이해하고 자신의 목뒷덜미를 손으로 문질렀다.

"혹시…… 카스툴 평원을 말하는 거야?"

"그때도 발가 크롬웰이 있었어. 마법진이 있었다면 마녀도 있었겠지. 놈들이 대비하고 있는 곳에 카스툴 이상의 인원을 던져넣는 거라고. 무슨 일이 일어날 것 같아?"

그림이 침을 삼키는 소리가 크게 들렸다. 주위, 출진의 목소리가 오기를 기다리는 병사들에게 불안의 그림자는 없다. 전의, 그것을 내세워 자신을 고무하는 건 옳다.

하지만 헛된 죽음에는 말 그대로 아무 의미도 없다.

"하기야 그 정도의 예상은 위쪽도 하고 있겠지."

"……엥?"

"무우—울론, 그 말이 맞다마다. 지금의 그림 군 얼굴, 걸작이던거얼—."

그림의 얼빠진 반응에 귀에 익은 여자의 목소리가 겹쳐졌다. 두 사람이 돌아보자 그곳에 나타난 사람은 전장에서도 표표한 태도를 고수하는 로즈월이다. 그녀는 군복 위에 걸친 망토를 나부끼며 모양 좋은 가슴을 과시하듯이 등을 폈다.

"당연히 이 전장에 스핑크스가 암약할 가능성은 윗선에서도 높이 보고 있어. 지금까지의 싸움에서 마법에 의한 대규모 피해만은 족족 없애왔으니까. 슬슬 상대도 믿음이 배신당하는 상황을 참지 못하기 시작했을 즈음일 테지."

"이, 이젠 어디서든 당연한 듯이 계시는군요, 메이더스 여사."

"멋쩍어라. 그리고 내가 있다는 말은, 네 공주님도 있다는 뜻이이—야."

의미심장하게 웃는 로즈월의 배후, 그쪽에서 걸어오는 사람은 로즈월의 호위인 캐럴이다. 변함없이 여자답지 않게 기사 갑주와 장검을 장비한 모습. 다만 3년 동안에 약간 기른 금발과 그림에게 미소 짓는 모습에는 변화가 느껴졌다.

"그림, 전투가 시작되기 전에 만나서 다행이다. 오늘은 격전이 될 거라고 로즈월 님께서 겁을 주기에 불안해지는 바람에……."

"저, 저야말로 기쁩니다. 캐럴 씨가 뒤에 있다면, 저기, 어, 그렇지! 결코 적을 저보다 뒤쪽으로 보낼 수는 없고요!"

"제가 당신보다 강해요. 얕잡아보는 건 환영 못하겠는데요?"

"그, 그그그그런 생각이!"

"농담입니다. 당신에게 그런 말을 들어 기뻐요."

빌헬름과 로즈월을 팽개치고 둘만의 세계를 펼치기 시작하는 그림과 캐럴.

그 모습에 진저리 치고 있으려니, 로즈월이 팔꿈치로 몸을 찔렀다.

"어떤 기분? 저어—기, 지금 어떤 기분? 친구가 여자애랑 좋은 느낌으로, 그것도 전장에서 노닥대는 걸 보는 건 어떤 기분이니?"

"시시하긴. 그리고 맘대로 나랑 저놈을 친구 취급하지 마. 그딴 거, 필요 없어."

"어어—이쿠, 그건 참 외로운 의견인걸. 그럼 나랑 알콩달콩 놀아보겠어?"

"베어버린다."

말을 내뱉기도 전에, 로즈월은 손이 닿지 않는 위치에 크게 물러서 있다.

전투 전의 대기 시간이건만, 싸움에 임하기 위한 정신집중조차 시켜주지 않는다. 그림은 캐럴에게 부적인지 뭔지를 받아 한껏 들떠서 한숨도 나오지 않았다.

"어쨌든 스핑크스 대책은 우리에게 맡기도록 해. 넌 실컷 눈앞의 적을 베고 베고 토막을 치고 즐기고 오면 된다마다."

"그러도록 하겠어. 실수는 하지 마라."

"걱정해주고 있는 걸까아—?"

"쓸데없는 간섭이 들어오는 걸 말이지."

야박한 대꾸에 로즈월이 입술을 삐쭉이고, 빌헬름은 애검의 칼막이를 올리며 그녀에게서 멀어졌다. 그러자 그렇게 이야기가 일단락된 시점에.

"메이더스 여사는 계시나? 지휘관이 이야기를 듣고 싶어한다!"

"대, 대장님! 어어, 음, 여사는 저쪽에."

병사의 벽을 헤치고 보르도의 거구가 다가왔다. 캐럴과 대화 중이던 그림이 허둥지둥 로즈월을 손가락으로 가리키자 손을 흔드는 로즈월을 보고 보르도가 끄덕였다.

"라이프 공! 메이더스 여사는 이쪽이오! 수고롭지만 와주시길!"

"……일일이 소리치지 않아도 들린다. 목소리만 크고 무능한 자라고 여겨질지도 몰라."

보르도의 부름에 음습한 분위기가 도는 남자의 목소리가 대꾸했다. 보르도의 거구를 표식 삼아 다가온 것은 눈매가 사나운 서른 안팎의 정기기사였다.

기사는 로즈월 앞에 서더니 흐르는 듯한 동작으로 그녀에게 묵례했다.

"라이프 바리에르 남방자작이오. 이쪽의 전선 지휘관을 맡고 있지."

"오호? 듣던 이야기로는, 지휘는 클루멜 경이었을진대?"

"클루멜 경은 전날, 전장에서 유시에 맞은 부상이 악화되어 돌아가셨소. 연락이 늦은 실수는 사과하지. 지금은 작위와 군공으로 내가 지휘관임이 틀림없소."

목소리는 평정, 눈매는 변화 없음. 그런데도 어딘가 탁한 것이 느껴지는 음성.

상관의 상관에 해당하는 라이프 바리에르지만, 그다지 호감은 느껴지지 않는 남자다. 빌헬름은 그에게서 시선을 떼고 적진 쪽으로 눈길을 돌려──.

"거기 일반병, 등을 펴라."

"……나 말이야?"

"두말하진 않는다."

일직선으로 걸어온 라이프가 빌헬름의 정면에서 주먹을 쳐들었다. 그 동작을 포착한 순간, 빌헬름은 칼자루에 손을 뻗으려다가── 말았다.

동시에 뺨에 충격이 퍼지고 얻어맞은 빌헬름은 상반신을 휘청거렸다.

"상관…… 하물며 지휘관이 있는 자리에서는 주목하고 경청하는 게 의무다. 용맹한 부대니 하는 말을 듣고 콧대가 높아졌을지도 모르겠지만, 검귀든 뭐든 난 특별대우를 하지 않아."

"────."

"눈매가 반항적인 애송이로군. ……전투 전에 규율을 다잡아 주겠나?"

빌헬름이 입에 고인 피를 뱉고 자신을 노려보자 라이프의 뺨이 가학적으로 일그러졌다. 그 말은 더한 체벌을 의미하는 것으로, 지휘관인 라이프를 아무도 말릴 수 없다.

"거어─기까지 하실까요. 어린애와 놀고 있을 상황이 아아─니잖아요?"

──왕국군의 규율과 계급에 얽매이지 않는, 로즈월 J. 메이더스를 제외하고선.

로즈월이 다시 쳐든 라이프의 주먹을 위에서 붙들고 그에게 웃음을 던졌다. 그러자 라이프는 작게 코웃음치고 빌헬름에게서 돌아섰다.

"보르도, 부하는 제대로 교육해라. 나더러 널 교육시킬 짓은 하지 말라고. 남부 전선은 애들이 노는 모래밭이 아냐."

"……예, 죄송합니다."

"메이더스 여사! 개전 전에 의견을 듣고 싶소. 동행 바라오."

보르도를 질책하고 나서 흥미를 잃은 얼굴로 라이프가 로즈월을 불렀다. 로즈월은 그 부름에 "네─에." 하고 따르더니, 걱정스럽게 몇 번쯤 돌아보는 캐럴을 끌고 이 자리를 떠나갔다.

그렇게 라이프가 시야에서 벗어나자 겨우 이 자리의 긴장감이 풀렸다.

"괘, 괜찮았어? 빌헬름."

달려온 그림이 얻어맞은 뺨을 보면서 말을 걸었다.

"별거 아냐. 맞은 것쯤, 걱정 살 일이 아니라고."

"그게 아니야. 맞았는데 네가 지휘관님을 베어죽이지 않아서 놀란 거야. 몸 상태라도 좋지 않은 거 아냐? 오늘은 쉬는 편이…… 미안미안!"

뽑아낸 검을 목덜미에 들이대어 너스레를 떤 그림을 닥치게 했다. 검을 거두는 빌헬름에게 처량한 얼굴의 보르도가 가볍게 머리를 숙였다.

"미안하다, 빌헬름. 네게 괜히 손해 보는 역할을 맡게 했어."

"모여들지 마. 야단 피우지 마. 별거 아니라고 여러 번 말하게 시키지 마."

빌헬름은 성가신 반응에 손을 내젓고 맞은 자국을 거칠게 소매로 닦았다.

"그건 그렇고 방금 지휘관은 괜찮은 겁니까? 뭐랄까, 병사 중에서도 상상 속에서만 있을 법한 밉살맞은 상사의 모습, 그 자체 같은 사람이던데요."

"라이프 바리에르 공은 저래 봬도 뚜렷한 전공을 가진 어엿한 무인이야. 약간 성격이 까다로운 건 사실이지만…… 계속 이기는 지휘관에게는 따르는 자도 많잖아?"

보르도의 대답에 그림은 의심스러운 내색이었지만, 빌헬름은 그 라이프 바리에르에 대한 평가는 옳은 것이겠거니 판단하고 있었다.

맞았을 때의 라이프의 몸놀림——. 그 작자는 상당히 정강한 무인이다. 가혹한 단련을 자신에게 부과하고, 더욱이 많은 수라장을 넘어선 자 특유의 저력이 느껴졌다.

실전의 실력은 보르도에 필적할지도 모른다. 그림으로는 어림도 없다.

"좋지 못한 소문은 끊이지 않고, 수단을 가리지 않는 점으로 유명한 남자지만 지휘는 확실하지. 이번 대규모 편성에도 네 군 중에서 일군을 맡을 만한 실력은 있다. 뭐, 안심해둬라!"

"네, 네에, 알겠습니다. ……캐럴 씨의 부적에 기도해두자."

화통한 웃음과 함께 보르도가 평소의 기세를 되찾고, 그림이 손아귀에 쥐고 있었던 부적을 들고 기도를 바쳤다.

힐끔 바라보자 그건 아무래도 펜던트—— 안에 뭔가를 넣을 수 있는 로켓이었다.

"여자에게 받은 선물이야. 그림도 뜻밖에 제법이야. 안에는 뭐가 들었지?"

"어어, 음, 듣자니 캐럴 씨가 보필하는 분에게서 받은 것이라던데요. 내용물은 꽃이려나? 누름꽃입니다. 노랗고 가련한 모습이, 캐럴 씨에게 어울려……!"

로켓을 기울여 보르도에게 보여주고 그림이 염장을 질렀다. 그때, 우연히 내용물이 빌헬름의 눈에도 들어왔는데, 그 꽃에 약간 놀라고 말았다.

그건 틀림없이 그 빈민가에서 꽃녀와 함께 본 노란 꽃과 같은 꽃이었다.

"전투 전인데, 이놈이고 저놈이고……."

집중을 흩트리고 있다. 어쩌면 내부 교란을 노리는 게 아닐까.

빌헬름은 분개하는 심정을 참으면서 이번에야말로 정신을 통일하고——.

"체르게프 부대는 집합하십시오. 배치 건 때문에 다른 부대와 모여서 협의를 할 것이라고…… 왜 그러지요? 빌헬름."

"아무것도 아냐!"

결정타로 피보트가 찾아와 정신통일의 유예를 빌헬름에게서 앗아갔다.

"제길, 뭔 일이 터져도 난 모른다고……!"

빌헬름은 기사들이 일제히 이동하는데 끼어서 밉살스럽게 하늘을 쳐다보았다.

밤이 끝나고 이제 곧 아침이 다가온다. 개전은 새벽, 앞으로 몇 시간도 남지 않았다.

쓸데없는 데에 현혹되지 말고 그저 한 자루 검이 된다——. 그것이 빌헬름의 숙원.

그런데도 좀처럼 마음을 먹지 못한 채로, 전화는 빌헬름에게 닿으려 하고 있었다.

——아이히아 습지대 공방전. 많은 운명이 움직이는 전투가, 곧 시작된다.

『검귀연가──4막』

1

　루그니카 왕국 남부에 광대한 면적을 가진 아이히아 습지대는 남쪽 볼라키아 제국과의 국경 부근에 분포하는, 매우 취급하기 성가신 토지다.

　왕국 내전 『아인전쟁』이 시작되고 벌써 4년 이상이 지났지만, 전투의 규모와 긴장 상태가 이만큼 높아진 이유는 이 아이히아에서의 투쟁 말고 달리 없으리라.

　"볼라키아와는 안 그래도 끝없이 말썽 중이야. 그렇건만 국경 주변에 이만한 전력을 집결시키다니…… 제국을 자극하기에는 충분하고도 남는 상태니 말이지."

　멀리서 전투의 함성이 하늘에 메아리치고, 무수하게 발 구르는 소리가 땅을 타고 퍼진다.

　발바닥으로 전장을 맛보면서 팔짱을 낀 정기사는 답답한 심정에 시달리고 있었다. 왕국군과 연합의 격돌은 이미 시작되었는데, 대기를 명령 받은 자기 몸의 분한 마음에.

　"후방 부대라고 말하면 듣기엔 좋지만…… 알기 쉽게 손해를 보는 역할을 맡았을 뿐이지."

"주위에 들리면 문제가 됩니다, 라자크 님."

부하의 나무람을 듣고 의젓하게 끄덕인 사람은 정기사 라자크다. 옛날에는 지원병의 교도를 담당했으나 내전이 격화됨에 따라 전선으로 복귀했다. 마당발과 검 실력을 높이 사서 지금은 한 부대를 이끄는 입장이지만, 그 몫만큼 행동을 제한되는 환경에 거북함을 느끼기도 했다.

거센 전화를 본체만체하며 제국을 위압하고 있는 현재 상황 같은 건 유독 그렇다.

아이히아 습지대에 전개한 왕국군은 네 개의 군으로 나뉘어, 그중 삼개 군이 아인연합과 교전하고, 나머지 일개 군은 볼라키아 제국의 정병과 국경을 끼고서 눈싸움을 벌이고 있었다.

"……놈들은 움직이지 않겠지."

"움직이지 않겠지요. 아인놈들의 움직임에 맞추어 우리를 공격하면, 그건 신룡 볼카니카의 분노를 삽니다. 국토가 용의 비호 아래에 있는 한, 제국은 이쪽에 손을 대지 못합니다."

"그럼 이 눈싸움, 서로 무슨 의중을 떠보는 건지…… 역시, 손해 보는 역할이야."

부하와 같은 결론에 이르러 라자크는 울적한 한숨을 내쉬었다.

전우들이 목숨을 던지는 전장에서 허망하게 지나는 시간에 몸을 맡기는 고통. 라자크는 나라와 벗을 사랑하는 기사다운 기사이며, 그렇기 때문에 그 마음의 고통이 끊임없이 긍지를 들쑤시고 있었다.

"전우들이여, 바라건대 살아서 돌아와다오. 이루어지지 않는 다면, 하다못해 긍지를 다해다오. ——아인족 같은, 왕국에 대한 은의를 잊은 배은망덕한 것들에게 지지 말아주오."

괴로움을 참은 얼굴의 라자크. 부하도 같은 마음이 서린 눈으로 끄덕였다.

라자크는 기사다운 기사다. 루그니카 왕국의 많은 병사들이 가슴에 품는, 고결한 뜻과 적대하는 아인에 대한 혐오와 증오를 비슷하게 갖추고 있다.

그 때문에 그를 포함해, 왕국군의 태반은 깨닫지 못한다.

——아인족에 대한 자각 없는 멸시가 바로 아인족이 칼을 거두지 못하는 가장 큰 이유임을.

2

참격이 상대의 손목을 뼈째로 끊고, 거두는 칼이 절규하는 남자의 목을 깨끗하게 쳤다.

분출하는 피를 등에 받으면서 몸을 뒤집어 배후로 돌아가던 도마뱀 얼굴의 한복판에 강철을 꽂았다. 뇌척수액을 흘리고 허옇게 눈을 까뒤집은 시체를 걷어차면 끝이다.

"으으……랴압!"

발을 멈춘 빌헬름 옆에 충격에 튕겨 날아간 아인이 나뒹굴었다. 날려보낸 사람은 방패를 든 그림이다. 적의 공격을 방패로 받고 처리하는 그림의 방어술은 탁월했다. 후발선제(後發先

制)에 특화한 기술로, 선발제인(先發制人)하는 빌헬름과는 정반대 전법이라고 해도 된다.

감개를 제쳐놓고 아인의 심장을 뚫어주었다. 그때, 그림이 달려왔다.

"빌헬름! 무사해?"

"보는 바와 같아."

"그러겠지. 물어만 봤을 뿐이야. 이 주변은 정리됐을 거야. 대장님들도…….."

그림이 돌아본 방향. 하늘에 수직으로 날아간 적병의 사지가 도끼 공격을 받아 산산조각났다. 무시무시한 전투도끼 솜씨는 보르도이리라. 짐승의 포효 같은 함성이 주변에 울려 퍼졌다.

"끝난 모양이군. 합류하자. 다음 전장이야."

"다음에는 조금만 더, 손맛이 있는 상대가 있어줬으면 좋겠다마는."

"난 이 추세 쪽이 달가워. ……죽고 싶지 않아. 살아서, 돌아가고 싶어."

나란히 보르도 쪽으로 향하면서 가슴께를 더듬는 그림은 로켓을 만지고 있다. 그것을 곁눈질하며 빌헬름은 경험을 아무리 쌓아도 변함없는 그림에게 고개를 모로 꼬았다.

그림은 죽고 싶지 않다면서 생명의 위험이 있는 전장에 뛰어든다. 살아서 돌아가고 싶다고 아우성치면서 죽이려 드는 적병을 방패로 때려죽인다. ──지독하게, 일그러져 있지 않은가.

"그럼 넌 죽고 싶어서 싸우고 있는 거야?"

"_____."

"아닐 거야. 넌 죽고 싶어하는 인종이 아니지. 하지만 죽이고 싶어하는 인종이라고도 여기지 않아. 내게는 오히려 네가, 다른 누구보다 살고 싶어하는 것처럼 보여."

빌헬름의 속마음을 간파한 듯이 그림이 그런 말을 떠들었다.

그 내용이 신경에 거슬려서 빌헬름은 혀를 차고 발을 빨리 놀렸다. 당황해 쫓아오려고 하는 그림을 잘라내고 내팽개치듯이.

"돌격대장과 감독이 돌아왔나! 빌헬름, 적은 어떻지?"

합류하는 구성원 가운데, 빌헬름을 발견하고 보르도가 소리를 질렀다. 빌헬름은 피에 젖은 검으로 전장을 가리키고 대꾸했다.

"크게 벅찬 놈하곤 마주치지 못했어. 더 중심을 향하는 편이 나아. 가지나 잎사귀를 아무리 떨어뜨려봤자 크게 의미는 없지. 노릴 거면 나무줄기 그 자체야."

"그림은 어떻지요? 무언가 꺼림칙한 예감은 들지 않습니까?"

"제 쪽은…… 딱히. 격전 구역은 싫지만, 여기서 움직이는 건 찬성합니다."

피보트가 그림에게 화제를 돌리자, 그도 이 자리에서 전진하자고 진언했다. 그 말을 들은 보르도가 도끼창을 고쳐 메고 끄덕였다.

"좋아, 그렇게 할까! 나도 조무라기나 사냥하는 데에 슬슬 진절머리가 났어. 사냥이든 전쟁이든, 거물을 노리는 게 전사의 영광이지! 가자! 체르게프 부대! 날 따르라!"

"공자, 기다려주십시오! 일단, 본대 지휘관님의 지시를 듣는 편이 낫지 않을지? 메이더스 여사도 그쪽에서 대기하고 있을 겁니다."

"될 법한 소리를 해, 피보트. 이 마당에 어슬렁어슬렁 돌아가면 바리에르 자작에게 또 맘대로 부려먹힐걸. 돌격해서 전과로 입을 다물게 한다! 그게 내가 할 수 있는 최대한의 앙갚음이야."

"앙갚음이라니…… 공자다운 말투지만, 아무리 그래도."

보르도가 장대한 전투도끼를 쳐들자 피보트가 갸름한 얼굴에 떨떠름한 내색을 띠며 입을 다물었다. 부관의 그 태도에 보르도는 호쾌하게 웃었다.

"하던 대로 내 판단에 따라라, 피보트! 뭘, 손해는 안 보게 한다! 그리고 말이야. 그 지휘관님은 개전 전에 빌헬름을 업신여기셨어. 그 답례도 해야지."

개전 전의 사건을 끌어내는 보르도의 말에 빌헬름은 미간을 좁혔다.

"가만. 아무 소리나 지껄이지 마. 애초에 난 일을 크게 벌이지 말라고 했을 텐데. 그리고 콧대를 눌러준다 쳐도 할 거면 내가 내 손으로 할 거다. 혼자서."

"그리고 혼자 가게 둘 수는 없으니, 결국 부대 전원이 가는 처지가 되고."

이를 드러내는 빌헬름 옆에서 그림이 어깨를 으쓱였다. 그 다 안다는 투의 몸짓에 시비를 걸기 전에 보르도와 피보트가 각각

유쾌와 체념으로 웃었다.

"요새는 그림도 말 잘하게 되긴 했어! 어떠냐, 피보트. 아직 불안하냐."

"……예, 알겠습니다. 공자가 있고, 빌헬름이 있고, 그림이 있어야 비로소 체르게프 부대지요. 해봅시다."

"그리고 너도 있지. 잊지 마라, 피보트. ──좋아, 그럼 가자! 얘들아!"

도끼창을 하늘로 찔러 세우는 보르도에게 다른 부대원도 무기를 쳐들고 화창했다. 그대로 거구를 선두로 전진하는 무리 중에서 혼자만 감정선이 뒤처진 빌헬름이 숨을 내뱉었다.

그냥 베고 베일 뿐인 생명의 쟁탈전, 그 이상도 그 이외도 전장에 바라고 있지 않건만.

"되게 쓸데없는 것만 걸리고 앉았어……."

강철이고 싶다. 그저 한 자루의, 불순물이 존재하지 않는 순수한 칼날이고 싶다.

소원과는 정반대로 빌헬름에게는 매일 쓸데없는 것만 모이고 있다. 그 사실을 지긋지긋하게 여기면서 빌헬름은 부대의 선두로 앞질러가려다가 문득 깨달았다.

전장 한 귀퉁이에, 고즈넉이 흔들리는 붉은 꽃── 전화 속에서도 꽃은 피는 것이다.

"어처구니없긴."

──어째서, 뇌리에 그 빈민가에서 본 꽃밭이 스친 것일까.

3

──아이히아 습지대 공방전, 바리에르 남방자작 사령부.

"마법진, 습지대 북부에서 새로 두 곳 발견! 이로써 합계 여덟 곳입니다!"

"지도에 적어라. 정확하게, 실수 없이."

달려온 전령이 벽걸이 지도에 붉은 표식을 그렸다. 아이히아 습지대를 그린 지도 위, 전령이 적은 것과 같은 붉은 표식은 이미 마흔 곳에 이르고 있었다.

전투가 개막한 뒤로 약 여섯 시간. 전장에서는 마법진 발견의 보고가 다수 올라왔다. 카스툴 평원에서의 패전 이래, 왕국군에서 마법진에 대한 대처는 최우선으로 여겨졌다. 그 결과, 아인 쪽도 카스툴 이후에는 마법진을 이용한 함정으로 두드러진 성과를 올리지 못하고 있다.

"그렇더라도 이 수는 아무래도 상궤에서 벗어났군."

지도를 노려보며 전장을 부감하는 라이프가 험악한 빛깔을 표정에 띄웠다.

"역시, 카스툴 때 같은 포위섬멸이 노림수였던 것일까요."

"대처법이 퍼진 이제 와서 말이더냐? 대참모라는 놈이 그렇게까지 남다르게 무능한 놈이라면 고맙지만, 그렇지 않다면 훤히 보이는 같은 수 따위 쓸 리 없다."

"어차피 아인…… 절반은 짐승의 피가 섞인 놈들입니다만?"

의아해하는 부하의 발언에 라이프의 움직임이 멎었다. 그는

그 냉랭한 눈을 부하에게로 돌리고,

"짐승의 피가 들었으니 뭐지? 그게 적을 얕잡아보는 이유가 되냐? 짐승 상대라면 무혈로 이길 수 있다고 장담하는 거면, 네놈, 지금 당장 백경(白鯨) 한 마리라도 사냥해올 수 있나?"

"하…… 앗, 아니오……."

"무능한 것이 생각 없이 나불대지 마라. 머리 쓰는 법을 잊었으면 네놈을 본영에 둘 의미도 없다. ——최전선에서 몸을 움직이고 싶은 것이냐?"

"죄, 죄송합니다! 주제넘은 짓을 했습니다!"

고개를 조아리고 맥없이 본영 텐트에서 나가는 부하에게 콧방귀를 뀌고, 라이프는 다시 지도 쪽으로 돌았다. 그러자 그 옆에서 남색 머리카락을 찰랑이는 군복의 여자—— 로즈월이 섰다.

"퍽이나 매서운 말투셔요. 저이도 좋은 의도로 말한 것일 텐데에—."

"선의의 행위에는 선의로 보답하라는 말이라도 되냐? 당찮은. 매사에는 결과에 맞추어 보답하는 것이다. 경거망동 때문에 평가가 내려갔다면, 주어지는 것 또한 마찬가지. 불만이 있나?"

"아아—뇨, 딱히? 저도 무능한 사람은 싫어하니까 말이이—죠."

고개를 젓는 로즈월에게 라이프는 기분 탓인지 유쾌한 듯이 목을 그렁거렸다.

"좋은 판단이다. ——전문가의 의견을 듣고 싶다. 이 마법진의 포진, 어떻게 보나."

"부자연 그 자체, 네요오—. 수도 그렇지만 배치가 이상해. 이 법칙성에 따르면 아마도 지도의 이곳과 이곳, 그리고 이 주변에도 밀집되어 있겠죠."

"같은 의견이다. 누가 봐도 알 수 있어. 그런 함정에 가치가 있다고 생각하나?"

"그렇더라도 제거하지 않을 수는 없다. 꺼림칙한 느낌이 드는데요. ……한 가지, 확인해보고 싶은 일이 있으니, 아직 미발견된 1개소를 확인해도 될는지?"

"호위로 여자 기사가 있었지. 그 밑으로 열 명을 딸려 보내겠다. 아무쪼록 교전 구역에 들어서지 마라."

지도상, 본영에서 가장 거리가 가까운 공백—— 법칙상 진이 있을 위치로 가는 허가를 얻어내고, 배웅도 하지 않는 라이프에게 우아하게 묵례한 로즈월이 텐트에서 나왔다. 그녀를 캐럴이 맞이한다. 불안한 기색을 내비치는 여기사에게, 로즈월은 미소를 보냈다.

"확인해보고 싶은 게 있어서 말이야. 지금부터 전장 가장자리에 들어간다. 호위를 부탁해."

"그건 상관없습니다만…… 또, 위험한 장소로 몸소 발을 들이시는 거군요."

"네 애인인 그 수준은 아아—냐. 최전선과 비교하면 휘—얼씬 속편한 일이지."

"그, 그림은 제 애인!"

"난 딱히 그림 파우젠 군이 그렇다고 하지 않았는데 말이야—."

제 무덤을 판 캐럴의 고지식한 얼굴이 새빨개졌다. 그 모습을 보고 웃은 로즈월은 검은 연기와 땅울림이 줄기차게 이어지는 전장을, 노란 쪽 눈만으로 응시하고,

"――있군, 스핑크스. 대체 뭘 꾸미고 있지?"

4

전장 중앙 깊숙이 돌격하는 방침을 세우고, 체르게프 부대는 하나로 뭉쳐 돌진한다.

그 파죽지세에, 막아서는 아인족이 족족 분쇄되었다. 면밀한 연계에 미쳐 날뛰는 도끼질, 교묘한 방패술 등 용맹한 모습은 하나하나 열거할 틈이 없지만, 개중에서도 돌출된 존재가 하나 있었다.

검을 치켜들고 바람을 휘감는 무시무시한 검사―― 아니, 『검귀』다.

은빛 섬광이 손발을, 찌르기가 목을, 심장을, 확실하게 명맥을 끊어가는 무자비한 검술. 다가오는 족족 잘려나가고, 거리를 두어도 눈 깜빡할 순간에 좁혀져 꿰인다.

연마된 검기에 옭매여 전장에 아인의 죽음이 잇달아 양산되어 갔다.

"뭐, 뭐냐, 저건……. 저런 거하고, 싸워봤자……."

위축당해 전의를 상실한다. 싸우기 전에 알 수 있는 압도적인 차이와, 싸워봤자 무의미하게 도륙당하는 현실. 이 상황을 앞

두고 뒷걸음질치는 아인의 젊은이, 그 어깨에 누군가의 손이 닿았다.

"──물러나려무나. 이기지 못하는 상대에게 덤비는 건 단순한 무모야. 그걸 겁쟁이라곤, 내가 아무도 말 못하게 한단다."

겁먹고 물러서는 자를 배려하고, 목소리 주인이 앞으로 발을 디뎠다.

목을 꺾어야 정도의 장신은, 온몸을 녹색 비늘로 덮은 뱀머리를 가진 아인이다. 그 손에는 검── 중앙의 손잡이 양끝에 칼날이 달린, 쌍신검이 쥐여져 있다.

"거기 검사, 멈춰! 본 바로, 넌 상당한 고수 같은걸. 내가 직접 상대해주겠다고."

사인(蛇人)이 뒤집힌 고음으로 소리지르자, 검무를 추던 그림자의 움직임이 멈추었다.

피에 젖는 검을 내리고 거친 숨을 쉬는 빌헬름이다. 솟구치는 검기는 적대자에게 귀기로서 찔려, 노려보는 시선만 받아도 아인들이 몸서리를 쳤다. 하지만,

"귀여운 살기셔. 우쭐대고 있잖니, 아가야. 내가 놀·아·줄·게."

쏘아죽이는 듯한 시선을 코웃음치고, 장신은 쌍신검을 내세우며 뛰어들었다. 그에 응해 빌헬름 또한 파고들었다. 양쪽의 거리가 한순간에 사라졌다.

몸을 휘돌리고 세로의 참격을 때려넣는다. 번개처럼 빠른 일격이 머리를 노리지만, 그것은 수직 아래에서 뻗은 칼날에 걸혀

나갔다. 카랑카랑한 소리와 불똥이 튀고, 튕겨나간 검을 뒤집어 다음 일격을──,

"아핫! 그래선 내 속도에는 못 따라오거든!"

"치이잇!"

몸을 젖힌 눈앞, 쌍신검이 뒤집힌다. 턱끝이 패이고 따라붙는 연격으로 단숨에 밀렸다.

한 무기에 두 날, 공방일체의 참격이 자아내는 살육의 무도다.

"──리브레 페르미다! 사인족!『독사』! 아인연합의 대들보 중 한 명!"

연격을 가까스로 처리하는 공방 한창에, 누군가의 목소리가 장신의 내력을 밝혔다. 아인── 리브레는 그 외침에 웃음이 깊어지고, 그 입에서 긴 혀를 여봐란 듯 뻗었다.

"대들보라니 창피해라. 그런 식으로 말하면 왠지 뚱뚱한 것처럼 들리지 않니? 나 같은 가녀린 아이를 잡아다가 너무하지 않냔 말이야."

"적어도 네놈이 가녀리다며 말하는 건 악몽 같은 농담이다!"

"세상에, 신랄해. 건방지기는. ──먹어버리고 싶을 만큼."

말을 마친 직후, 리브레의 표정이 표변했다. 눈동자의 동공이 가늘어지고, 입에서 나오는 높은 날숨은 뱀의 위협음이다. 그리고 살육무도의 속도가 대번에 상승했다.

"──빌헬름!"

종횡무진, 눈에도 잡히지 않는 속도로 미쳐 날뛰는 칼날의 폭풍에 빌헬름은 방어 일색이다.

내몰리는 자신을 누군가의 목소리가 불렀다. 그림인가, 보르도인가. 아무라도 상관없다. 아무라도 상관없지만, 아무 짓도 하지 마라. 이 전장은, 이 호적수는, 자신만의 것이다.

"하, 하핫⋯⋯."

"──너, 웃는 거니?"

"하하하! 하하하하하──!"

웃음이 넘친다. 충동이 그치지 않는다. 가슴속에서 부풀어오른 이것은, 환희 그 자체다.

환희에 재촉받아 짓쳐드는 쌍신검을 도신으로 받아흘렸다. 일격이 흘려나가 파고드는 기세가 흔들린 리브레에게 검섬이 뻗었다. 억지로 몸을 기울여 검격을 피하는 리브레, 그 몸통을 발차기가 추격했다.

"끄, 으──?!"

예상 밖의 위력에 리브레의 허리가 꺾이고, 내려가는 안면을 내지른 무릎이 으스러뜨렸다. 피를 흘리는 뱀머리를 떨어뜨리고자 호를 그리는 참격이 볼록 튀어나온 목으로 짓쳐든다.

"아유! 어디 해주셨겠다, 풋내기 주제에 건방져!"

참격에 끼어드는 왼팔, 비늘은 강철의 일격에 한순간만 버티고 손목에서 절단되었다. 하지만 그 한순간 사이에 리브레는 자세를 낮추고 빌헬름의 배때지에 호완이 처박혔다.

늑골이 뻐걱대고 내장이 뒤틀리는 위력에 빌헬름의 몸이 뒤로 날아갔다. 지면을 굴러 충격을 죽이지만, 다 죽일 수 없다. 피가 섞인 위액을 단번에 토해냈다.

"빌헬름! 제길, 가세한다!"

"헛, 소리 하지 마……! 저놈은, 나의…… 나만의, 사냥감이다……!"

"──아니, 어림없지. 놈은 왕국의 사냥감. 즉, 우리 모두의 사냥감이다."

핏덩이를 흘리는 빌헬름 앞에 그림과 보르도 두 명이 섰다. 동시에 리브레를 에워싸 도망칠 길을 막듯이 다른 부대원들도 전개했다.

"어머나…… 한손 잃고 상심한 부녀자를 둘러싸고, 기사도가 훼손되진 않나 봐?"

"보는 바대로 거친 놈들만 모여서. 듣기 좋은 기사도는 품절됐지."

"그리고 리브레 페르미. 사인족은 손발의 손상쯤, 다시 난다고 들었습니다."

"어머, 박식하기도 해. 지치니까 싫더란 말이지, 이거."

포위 밖에 선 피보트의 말에 리브레가 손목 앞이 없는 왼팔을 들어올렸다. 그 예리한 상처자국이 꿈틀대고, 직후에 솟아오르는 살점이 왼손을 형성했다. 압도적인 재생력이다.

뱀의 눈이 노려보는 주위, 뿔뿔이 흩어져 있던 아인들이 소탕되고 있다. 리브레는 서글프게 눈을 내리깔고, 자신을 궁지에 내몬 체르게프 부대에게 손뼉을 쳤다.

"철저한 실력주의, 부대의 훈련도도 충분. 그쪽의 아가는…… 검귀, 일까."

"호오! 아인군의 대장수까지 검귀를 알고 있나! 출세했군!"

"대장이라느니 색기 없는 호칭은 하지 말았으면 좋겠네. 나, 그런 게 아니야. 그런 남자 티 내는 칭호, 발가 같은 바보나 좋아해."

팔짱을 끼고 리브레가 길게 숨을 내뱉었다. 그 뒤에 그는 하늘을 쳐다보았다.

"제 아무리 나라도 그 체르게프 부대를 혼자서 상대하는 건 벅찬걸."

"그럼 네 상대는 나 혼자다⋯⋯! 그 목, 내가 치겠다⋯⋯!"

으르대는 빌헬름이 앞으로 나서서 앞의 무도와 검무의 속행을 요구한다. 하지만 리브레는 그런 빌헬름에게 어깨를 으쓱였다. 그 뒤에 쌍신검을 위로 겨누고──,

"춤춰주고 싶지만⋯⋯ 슬슬 막을 내릴 시간 같아. 미안해라."

"무슨──"

말을 하는 거냐, 라고 그것을 확인할 시간은 없었다.

처음에 느낀 건 공기의 변화다. 전장에 자욱한 살기와 피를 뒤섞은 듯한 갑갑한 공기, 그것이 미지근하게 점성을 띤 것으로 변했다.

──직후, 손발이 『물』에 잠겼다.

"뭐엇⋯⋯?! 갑자기, 이놈은?!"

"너희, 마법진을 너무 겁냈어. 정성껏 한 개씩 한 개씩 전부 망치고⋯⋯ 그걸 훤히 내다보는 놈이 보면, 거기에 함정을 놓는 게 정석이거든."

"마법진이라고……."

카스툴 평원에서의 대패 이래, 왕국군 사이에서 전장의 마법 진 파괴는 최우선 사항이다. 체르게프 부대도 발견하는 대로 철저하게 진을 파괴하고 있어 이 전장에서도 하나 망쳤다.

"마법진은, 진에 의미를 갖게 해 마력을 흘림으로써 효과를 발휘한다. 너희는 그 효과에 겁먹고 있는 모양인데, 마법진은 처음부터 발동하고 있었단다."

리브레의 이야기가 고막을 미끄러진다. 옷을 입은 채로 물 속에 있듯이 손발이 무겁고, 숨이 막히는 것 또한 그에 필적한다. 빌헬름만이 아니다. 주위 아군 전원이 그렇다.

그런데도 리브레는 아무 영향도 받고 있지 않은 눈치다.

"마력을 눌러담은 마법진이야. 그거, 전—부 너희가 부수었지. 그러니까 고여있던 마력이 흘러나와서 숨겨두었던 진짜 마법진에 마력을 통해 펑 터졌다 이거야."

"뭣 때문에 그런 에두르는 짓을…… 처음부터, 진짜 마법진만이라도……."

"훤히 보이게 거대한 마법진을 준비했다간 너희는 접근하지 않을 거잖아? 조그마한 미끼를 뿌려두고 진짜로 낚았다……. 그리고 전장은 여기만이 아니잖니. 이 뒤로 너희는 이제 섣불리 마법진을 건드릴 수 없어."

목소리를 쥐어짜는 피보트의 의문에 리브레는 여유 때문에 선뜻 대답했다. 이 전장을, 그리고 장래의 전장을 내다본 발가 크롬웰의 책략을.

리브레는 하늘을 쳐다보았다. 덩달아 하늘을 보니 하늘의 색깔이 적자색으로 물들어 있었다. 색이 바뀐 하늘은 전장의 전역을 뒤덮어, 아마도 그것이 마법의 효과 범위일 것이다. 즉——.

"인간과 아인, 나누는 요소는 외견과 흐르는 피. 그것만이라고 생각했었지만, 그것만으로도 충분히 세상은 나뉘나 봐. ——지금부터 만회할 거야, 우리가."

5

"이 감각은……! 메이더스 님!"

"당했는데에—. 오늘 전장…… 아아—니, 카스툴 이후의 전장의 마법진은 전부 단순히 보여주는 패. 이 진짜 순간에 모든 걸 쏟기 위한 포석이었단 거어—로군."

괴롭게 무릎을 꿇은 캐럴 옆에서 로즈월이 얼굴을 찡그리며 마법진을 노려보았다.

본영에서 떨어져 마법진의 조사에 임한 순간의 사건이다. 조사 중인 마법진이 갑자기 발동해 전장 전역을 휩쌀 정도의 대대 규모 마법진이 효과를 발휘했다.

그 결과가, 이 온몸이 점액에 잠기는 듯한 숨막힘과 거동의 어려움이다.

"숨이…… 몸이, 무거워……!"

침음하는 캐럴은 땀투성이로, 그것은 라이프에게서 맡은 다른 병사들도 마찬가지다. 진의 영향은 개인차가 있는 모양이지만 전원이 무릎을 굽히고 신음하고 있다.

"만약 이게 전장 전체에 영향을 준다고 한다면……."

"아무래도 그으—렇겠지. 아마 아인 쪽에는 영향이 없어. 육
상과 수중끼리 살육전을 벌이는 격이야. 캐럴 군이라면 이길 수
있겠어?"

"생각하고 싶지도, 않습니다. 이게 마법의 효과라면, 메이더
스 님이라면……?"

"진의 술식을 해독해서 멈출 수 있을지도 모르겠지이—. ——
하지만, 그렇기 때문에."

거기서 말을 끊고 로즈월이 적자색으로 물드는 하늘을 올려다
보았다. 좌우 색깔이 다른 두 눈을 가늘게 좁힌 그녀의 눈앞에,
그것은 천천히 날아내려왔다.

"——년, 여기로 왔다 이거어—로군."

"이 마법진을 멈출 가능성이 있다면, 당신 정도일 거라고 지
금까지의 관찰 결과가 도출하고 있습니다. 이번은 노력을 쏟은
만큼, 망치면 난감해요."

평탄한 목소리로 말하고 착지한 것은 하얀 로브를 두른 소녀
—— 그 내면에 소름 끼치는 귀기를 밴 마녀, 스핑크스였다.

"네가 날 의식해주고 있었다니 놀랄 노자아—인걸. 욕지기가
날 것 같아."

"고도의 전문지식을 가진 자는 귀중합니다. 가능하면 당신
에게는, 불완전한 저의 완성을 위해서 협력을 받고 싶습니다
만……."

"선생님의 시도는 무너졌어. 넌 그 과정에서 나온 실패작이야. ——반드시 없앤다."

살짝 갸웃하는 스핑크스에게 로즈월은 단호하게 호응하지 않았다. 그 대답을 들은 스핑크스가 손을 들어올리고, 고통스러워하는 병사 중 한 명을 가리켰다. 그리고.

"——지금 것에 반응할 수 있었습니까?"

백광일섬—— 눈 깜빡이는 순간에 내달린 빛이 병사의 목을 꿰뚫고 그 머리를 증발시켰다. 곧바로 이어서 한 명, 두 명, 다섯 명. 합계로 여섯 구의 목 없는 시체가 완성되었다.

"아, 아아……."

거동하지 못한 채 그 살육을 목도한 캐럴이 아연실색한 목소리를 흘렸다.

가령 움직임이 봉해지지 않았어도 회피가 곤란한 속도와 위력. 그 손끝이 변덕으로 자신을 겨누면, 그걸로 끝장이라고 본능이 이해하고 있었다.

단련한 검술도, 굳세고 고상한 뜻도, 이 괴물 앞에서는 아무 의미가 없노라고.

"한 번만 더 묻겠습니다. 불완전한 저의 완성에, 협력해주실 수 있겠습니까?"

그것은 요구라는 구색을 갖춘 협박이다. 마음인지 몸인지, 한쪽은 반드시 찍어눌린다.

하지만 로즈월은 자신에게 겨누어진 파멸의 손가락 앞에서 고개를 가로저었다.

"말했을 터야. ——넌 내가 반드시 죽인다고."

"유감입니다."

담담한 응답 직후, 스핑크스의 손끝이 하얗게 빛났다.

빛은 곧게, 캐럴의 눈앞에서 로즈월을 노리고 발사되었다.

6

전장 이곳저곳에서 터진 비명이, 단말마가, 빌헬름의 귀에도 날아들었다.

"——윽."

무릎을 떨고 거친 숨을 쉬면서 가까스로 일어섰다. 머리가 무겁고 손발이 노곤하다. 아무리 숨을 들이마셔도 필요한 산소가 조금도 폐를 채워주지 않는 것이다.

같은 현상이 보르도 일행에게도, 그리고 아마도 다른 전장에도 발생하고 있다. 그것도 왕국군—— 인간족에게만 효과를 발휘하는 모양새로.

"인간에게 열 배의 피해를 계속 주어도 패배한다. 내 의견에 대한, 이것이 발가의 대답이란 거지. 백 배, 이백 배의 피해를 주면 너희도 태도를 바꾸는 거 아냐?"

"말도 안 돼! 설령 일개 병졸이 깡그리 옥쇄해도, 우리는 네놈들에게는 굴하지 않는다!"

쌍신검을 흔드는 리브레에게 전투도끼를 땅에 꽂아 몸을 지탱하는 보르도가 호통쳤다. 그 목소리에 시끄럽다는 양 얼굴을 찌푸리고, 리브레는 긴 혀로 신음하는 병사들을 가리켰다.

"긍지는 훌륭하신데, 피차 멸망할 때까지 해먹지 않으면 만족 못하겠단 거야? 이러니까 야만스럽고 상스러운 남자는 싫다니 까. 생산적인 이야기를 못하잖니."

"……그렇다면, 당신에게는 생산적인 이야기를 할 맘이 있다 는?"

끼어든 건 얼굴이 창백해진 피보트다. 그는 머리에 식은땀을 맺으면서,

"당신들은 이 싸움의, 결판에 무엇을 바랍니까."

"뻔하잖아.──안녕이야. 불합리하게 도태되지 않고, 부조 리하게 짓밟히지 않고, 우리 아인이 하루하루를 안도하며 지낼 수 있는 시간을 확보한다. 그러기 위한 싸움이야."

"……발가 크롬웰의 성명과는 퍽 다른 것 같습니다만."

"그 바보의 주장은 지나치게 극론이라고! ……하지만 발가를 그렇게 만든 건 너희 인간이지. 난 걔의 미움의 불꽃에도, 납득 을 부어주고 싶어. 그러기 위해서도 너희 인간에게는 패배와 양 보를 받아야겠어."

생각할 부분은 있는 모양이지만, 그래도 리브레는 아인족의 승리를 바라고 있다. 피보트의 시선을 잘라버리고, 리브레는 쌍신검을 보르도에게 돌렸다.

"움직이지 못하는 기사를 베다니 막장이지만, 인간들의 마음 을 꺾는 데에 너희의 용명을 이용하겠어. 체르게프 부대의 괴멸 이라면, 사기도 붕괴하겠지."

"……우리가, 거저 베여줄 줄 아는 거냐!"

"나도 마음이 아파. 그래도 난 리브레 페르미. 바라고 바라지 않고에 얽매이지 않고, 인간족에게 이빨을 박는 아인족의 분노의 현현! 보르도 체르게프, 넌 여기서 죽어줘야겠어!"

말을 맺고 리브레의 장신이 보르도를 노리고 도약했다. 머리 위에서 돌리는 쌍신검이 참격의 폭풍이 되어 거구를 토막 내고자 살의가 육박한다. 무심코 누구나 눈을 돌렸다.

──거기서, 검귀의 일격이 옆에서 덮쳐들었다.

"찌이이이이아아아!"

"너, 아직 움직일 수 있어……?!"

몸이 부자유한 수준을 파악하고, 빌헬름의 참격이 최소한의 움직임으로 바람을 갈랐다. 리브레는 창졸간에 쌍신검으로 그것을 튕겨내지만, 검귀의 맹추격은 여전히 사인을 놓치지 않았다.

착지하는 발을 노리고, 뒤로 젖힌 목을 노리고, 몸을 돌리는 동체를 노리고, 칼날이 내질러졌다. 새된 찰과음과 불똥이 튀고 검무와 살육무도가 전장에서 맞물렸다. 하지만.

"강한 척해도 둔하셔! 느리셔! 빈약하셔! 지금의 네겐 무리야!"

밀린다. 당연하다. 육지에서 칼을 주고받아도 반반인 상대와, 수중에서 버르적거리는 움직임으로밖에 응전할 수 없는 판국이다. 그 상태로 맞겨룰 수 있을 턱도, 하물며 승산 따위 있지도 않다.

그런데도 저항하지 않고 쓰러지는 것 따위, 빌헬름은 용인할 수 없다.

"동료를 위해 뛰어드는 자세는 훌륭한데, 이만 끝이야!"

"웃기지 마! 누가 누구를 위해서——."

리브레의 외침에 마음이 불을 켰다. 그러나 분노에 팔 움직임이 따라잡지 못한다. 쌍신검에 검이 튕기고, 빈 몸통에 연격이 육박한다. 몸통이 절단된다, 그 확신에 피가 얼어붙었다.

가벼운 충격과, 뜨거운 선혈을 뒤집어쓴 건 직후의 일이었다.

"——아아, 참 나, 손해 보는 역할뿐이군."

"피보트——!!"

보르도의 피를 토하는 듯한 절규. 그리고 빌헬름의 눈앞에서 베어나가 거꾸러지는 피보트의 모습. 왼쪽 어깨부터 싹둑, 몸을 비스듬하게 절단되었다.

빌헬름을 감싸고, 리브레의 참격 앞을 막아선 것이다.

"……빌헬름을! 죽이게 두지 마라!!"

위를 보고 쓰러지는 피보트가 지금까지 들려준 적 없는 큰 목소리로 부르짖었다. 그 목소리에 다른 부대원들이 분발해 부자유한 몸을 구사해 리브레의 쌍신검에 맞섰다.

이길 턱이 없다. 완만한 움직임은 검끝에 포착되어 잇달아 전장에 피가 뿌려졌다.

"……그만해."

피보트의 살신성인에 감싸이고, 그런데도 부상으로 무릎을 꿇는 빌헬름이 목소리를 흘렸다. 서지 못하는 자신의 눈앞에서 체르게프 부대의 부대원이 한 명, 또 한 명씩 쓰러진다.

"그만해애!"

서서히 치솟는 격정을 외친다. 과연 그것은, 리브레에게 향한 것인가. 아니면 자신을 감싸듯이 그 생명을 스러뜨리는 부대원들에게 향한 것인가. 스스로도 알 수 없다.

목소리는 무정하게 울려퍼지고, 그 사이에도 쌍신검이 부대원들을 썰고 있다. 시체가 늘어간다.

"좋은 남자야, 너희. ……왜 이렇게 돼버린 걸까."

"글쎄, 왜려나. 나도 모르겠어. ……그래도 빌헬름은 죽게 둘 수 없어. 저 녀석은, 루그니카 왕국의 검이니까!"

검을 버리고 방패를 거머쥔 그림이 리브레의 참격을 정면으로 막았다. 상대의 공격을 받는 데에 특화한 전술이 결실을 맺어 다른 부대원보다 현격하게 오래 그림은 저항했다.

다만 그 또한 1합으로 베인 부대원에 비해 5합 버텼을 뿐인 이야기.

"——컥."

방패로 미처 막지 못하고, 쌍신검이 그림의 숨통을 얕게 베었다. 치명적인 상처에 허옇게 눈을 뒤집고, 방패를 떨어뜨리는 그림의 몸이 허물어졌다. 상처에서 피거품이 일고, 방패를 쓰는 전사는 손발을 떨었다. 그런 그림을 노리고 가차 없는 일격이 내리찍혀——.

"그어어어어어——!"

미친 듯이 몸을 날려, 빌헬름이 리브레의 장신에 덤벼들었다. 예상 밖의 반격에 리브레의 반응이 늦어 달라붙은 채로 두 사람은 지면을 구르다가 움푹 팬 땅에 떨어졌다.

아래위를 뒤바꾸어 음푹 팬 땅의 바닥에 도착할 때까지 치고 받고, 피를 흘리면서 짐승의 함성을 지르고, 검귀와 사인은 마지막 전장으로 굴러떨어졌다.

7

——로즈월을 노리고 발사된 백광은, 육안으로 채 포착할 수 없는, 속도의 한계에 이르렀다.

따라서 캐럴은 자신의 소임을 다하지 못하고 로즈월의 증발을 이 눈으로 지켜보는 것 말고 다른 결말이 없다고 체념마저 하고 있었다. 그 포기가, 경악으로 변했다.

"……놀랐, 습니다."

"말했을 텐데? 난, 널 죽이는 존재라고."

타격을 당한 복부를 잡고 처음으로 괴롭게 숨을 헐떡이는 스핑크스. 그것을 이룩한 건 틀림없이 백광을 피하고 한순간의 빈틈을 찔러 파고들면서 주먹을 지른 로즈월이다.

그녀는 남색의 머리카락을 찰랑이며 그 두 손을 가볍게 들고 그럴싸한 자세를 잡았다.

"진의 영향의 개인차…… 이건 마나의 순환성의 차이지. 즉, 마법사로서의 적성이 높으면 높을수록, 진의 영향을 강하게 받아. 그럼 간단한 이야기지. 마법사로서 열등하면 할수록, 진 안에서도 평소와 다름없이 움직일 수 있다."

"당신은, 마법의 전문가라고 들었습니다만……."

"지식은 누구보다도 많다마다. 다만 실천을 할 수 없을 뿐은─. 당대의 로즈월 J. 메이더스는 마법을 일절 쓸 수 없는 열악한 재능의 소유주. 그래서 널 죽일 수 있지."

말하면서 로즈월은 품속에서 뽑은 수갑을 두 손에 찼다. 주먹을 철의 흉기로 만들고 말 그대로 눈앞의 괴물을 때려죽일 자세다.

"이날을 위해서 어렸을 적부터 가꾸어 온 체술이야. 실컷 만끽하렴."

파고드는 기세는 매섭고, 타격은 바람을 뚫는다. 직격하면 바위마저 깨트릴지도 모르는 위력이 사납게 펼쳐져 스핑크스는 눈 깜빡할 새에 방어전 일색으로 내몰렸다.

캐럴이 숨을 집어삼키며, 그 로즈월의 체술을 넋 놓고 바라보았다. 주먹의 선명함과 신법은 그야말로 달인급으로, 천재가 20년 들여 도달할 수 있는 경지에 그녀의 기량은 있었다.

어렸을 적부터 가꾸어왔다는 발언은, 과장이고 뭐고 아닌 단순한 사실이다.

거목을 꺾는 위력의 발차기를 몸통에 받고, 스핑크스의 가벼운 몸이 옆으로 날아갔다. 지면을 박차고 그것을 쫓아가, 내리치는 주먹이 마녀를 지면에 메다꽂았다. 그대로 지면에 대(大)자로 누운 앳된 얼굴을 노리고 두개골을 분쇄하는 권타가 대지를 함몰시켰다. 하지만.

"……상상, 이상입니다. 관찰 부족이었어요."

눈을 깜빡이는 틈에 지면에서 벗어나 그 몸을 공중에 날린 스핑크스가 입가를 닦았다. 내장이 파괴당했는지 선혈이 그치지 않고 입끝을 타고 떨어지고 있었다.

공중으로 도망친 적을 쳐다보며 로즈월이 지긋지긋하게 입끝을 일그러뜨렸다.

"도망치는 거냐."

"이대로 손이 닿지 않는 위치에서, 당신을 저격하는 것도 작전이겠습니다만……."

"_____."

"그만두기로 하지요. 아마도 당신은 날고 있는 나를 떨어뜨릴 수단도 준비하고 있어."

번들거리는 로즈월의 눈에서 무엇을 본 것인지, 스핑크스는 주의 깊음을 우선했다. 앳된 모습의 마녀는 하늘을 날며 그대로 로즈월 일행의 머리 위에서 멀어진다.

"메이더스 님! 놈이, 마녀가 도망칩니다!"

"보면 알아. ──쫓아가는 건 무리야. 그리고 저걸 마녀라고 부르지 말도록."

캐럴이 안타깝게 소리를 지르지만, 로즈월은 상대하지 않았다. 그녀는 수갑을 벗고 냉큼 추적을 단념하더니, 마력의 과잉 공급으로 빛나는 마법진으로 발을 돌렸다.

"복잡한 술식은, 마법의 효과를 위해서라기보다 해제를 난해하게 만들기 위한 잔수작인가. 어지간히도 날 높이 평가해주고 있는 모오─양이지만, 그래도 아직 너무 업수이 여겼어."

빛나는 진 옆에 쭈그려앉아 로즈월이 흙을 조물락거리면서 그렇게 뇌까렸다. 그리고 손끝을 마법진에 박고, 한쪽 눈을 감았다. 노란색 눈이 요사하게 일렁이고, 다음 순간── 유리가 깨지는 소리와 함께 로즈월의 발밑에 있는 술식이 깨졌다.

마법진이 효과를 잃고 숨 막힘과 손발의 무거움이 사라졌다. 적자색으로 물들어 있던 하늘이 자신의 색깔을 떠올려 저녁노을 색깔을 되찾는 세상에서 캐럴은 일어섰다.

"몸이⋯⋯! 아니, 메이더스 님, 방금 마법진의 피해는⋯⋯?!"

"전황이 기울 때는 5초라도 치명적. 심지어 10분 이상⋯⋯ 자, 어찌 됐을지."

"그럼⋯⋯."

사랑하는 이의 이름을 속삭이는 캐럴을 거들떠보지 않고 로즈월은 색깔이 돌아오는 하늘을 우러렀다.

"역시, 아이히아에서 저걸 잡을 순 없나. 그럼, 결전은──."

8

음푹 팬 땅바닥에 도착했을 때, 위에 있는 건 빌헬름 쪽이었다.

질퍽이는 흙에 얼굴을 처박아 입 안에 들어온 진흙을 뱉어냈다. 그대로 이를 드러내고 이쪽을 떼어내려고 하는 리브레의 손가락을 깨물어 끊었다. 배에 무릎이 꽂히고, 위에서 뛰어 물러난다.

정신이 드니 몸 상태가 돌아와 있었다. 애검을 고쳐잡고 칼끝을 리브레에게 겨누었다. 일어서는 뱀 인간이 쌍신검을 잡고 빌헬름과 정면으로 노려보는 시선을 주고받았다.

"벌써 마법진의 효과가 다 됐다 이거네. 좋잖니. 나도 움직이지 못하는 상대를 베는 건 성미가 안 맞는 참이어서!"

"닥쳐, 개자식! 네놈, 저질러주셨겠어……. 용서 못한다!"

"동료가 베여서 격노하다니, 검귀도 사람 자식다운 감정이 있었구나."

비웃는 듯한 리브레의 말에, 빌헬름은 딱 한순간 목이 메였다.

분노가 가슴속에 치밀고 혈관을 피가 아닌 마그마 지나가는 듯한 감각이 있었다. 하지만 이 울화의 원천이 어디에 있는지, 빌헬름도 모른다. 그저 부정만 한다.

"웃기지 마! 난 그저 검이다! 그저 한 자루의 검이야! 누군가를 위해서라니……!"

화도 내지 않는다. 한탄도 하지 않는다. 아름다운 강철은 그저 그것만으로 완성되어 있다.

그렇기 때문에 빌헬름은——.

"오호라. 왠지 모르게 이해했어. 너, 바로 지금 다시 태어나는 도중인 거야."

"——윽!"

"와보렴, 미숙한 아이야. 가르쳐 줄게. ——울음을 터뜨리는 법을."

빌헬름이 매섭게 파고들고, 과감하게 베어들었다.

그것을 받아치고자, 아인연합 최강의 전사가 쌍신검을 쳐들었다.

9

"피보트! 피보트, 눈을 떠! 죽지 마라, 피보트!!"

얕은 호흡을 반복하는 피보트를 안아일으키고 보르도가 언성을 높였다. 어렴풋이 눈꺼풀이 열리고 뿌예진 눈이 보르도를 보았다. 허약한 웃음이 입가에 새겨진다.

"공, 자……. 참으로, 이거 참…… 어울리지 않는, 얼굴을 하고 계십니다……."

"말하지 마! 아니, 역시 계속 말해! 죽지 마! 의식을 끊으면 끝장이다!"

간당간당한 호흡인 상태로, 피보트가 보르도의 목덜미를 잡았다. 핏시가 가신 얼굴에, 상처에서의 출혈이 약해지고 있다. 치명상인 건 누가 봐도 명확했다.

인정하지 못하고 있는 건 이 자리에서 보르도 단 한 명뿐이다.

"공, 자는 언제나…… 발밑이, 허술합니다……. 명심, 하십시오……."

"그 내가 부족한 곳을 보충해주는 게 네 역할 아니냐! 역할 포기는 용납 못한다!"

주위, 숨 막힘은 가셨지만 피보트 말고도 많은 이들이 쓰러졌다. 몇 명, 숨이 붙어 있을지. 그 이전에 이대로면——.

"공, 자…… 신, 세 졌습……다……."

"——피보트? 어이, 피보트?! 허튼 짓 마! 눈 떠! 피보트!"

긴 숨을 내쉬고, 피보트의 몸에서 힘이 빠졌다. 그 뺨을 치며 보르도는 힘으로 눈을 뜨게 하려고 한다. 하지만 피보트의 몸은 움직이지 않는다. 생명이 빠져 나간 것처럼.

아니, 빠져 나간 것처럼이 아니다. 빠져 나간 것이다. 보르도 역시 그쯤은 이해하고 있다. 주검이야 전장에서 여지껏 몇 번이나 봤다. 그중 하나에 피보트가 더해졌다.

그저 그 사실을 한없이 인정할 수 없을 뿐이지.

"_____."

"피보트?"

피보트의 유해가 한 번, 크게 떨었다. 아연실색하고 있던 보르도는 믿을 수 없는 것을 본 얼굴로 피보트를 내려다보았다. 그 감긴 눈꺼풀이 천천히 뜨였다.

그리고 피보트의 눈이 보르도를 포착했다.

"피보──큭."

기적을 목도하고 그 이름을 부르려던 보르도의 목을 손끝이 할퀴었다. 격통과 경악으로 젖혀진 목에 다시 두 팔이 휘감고 경추를 꺾으려든다.

죽은 피보트가 마치 보르도를 길동무로 삼으려는 것처럼.

"꺼, 어으……."

조여져서 목이 삐걱거려 보르도의 의식이 멀어지려 했다. 피보트의 실성, 말도 안 된다. 피보트에 한해 그럴 리가 없다. 무슨 일이 일어났나. 시야가 뿌예진다. 그 직전에.

"──오오!"

보르도를 덮쳐누른 피보트의 몸을, 방패를 잡은 그림이 쳐냈다. 두 명, 포개지듯이 지면에 쓰러졌다. 그대로 그림은 일어서지 못한다. 피보트가 일어나서 의식을 잃은 그림에게 짐승 같은 소리를 지르며 손을 뻗었다.

그대로 무자비한 손끝이 그림의 급소를 파헤쳐 목숨을 빼앗는다── 그래야 했다.

"우오오오오오──!!"

강풍을 두르고 보르도의 전투도끼가 무방비한 피보트를 등 한복판에서 양단했다. 갑주 따위 그 위력 앞에서는 종잇조각이나 마찬가지. 절단된 피보트가 땅에 엎어지고, 완전히 침묵했다.

송장이다. 지금, 피보트는 진짜 송장이 된 것이다.

"────."

그리고 전투도끼를 들쳐멘 보르도의 주위를 죽은 체르게프 부대의 부대원들이 에워쌌다. 낯익은 얼굴이 생기를 잃고, 그 공허한 시선에 꿰뚫린 보르도는 웃었다.

"하, 하하…… 하하하! 하하하하하하!"

조종받는 시체. 주검을 움직이는 악마의 계획── 마녀 스핑크스의 시체유희.

긍지를 다한 전사에게, 그 죽음을 더럽히는 마녀의 악의가 깃든 순간, 보르도는 이해했다.

"마녀……! 마녀, 마녀마녀마녀마녀마녀마녀어어어──!!"

저주를 담은 소리를 지르고, 보르도는 이곳에 없는 진정한 악에 응보를 맹세했다.

전투도끼가 우짖고, 갓 죽은, 마지막 순간의 얼굴을 남긴 부하의 송장을 분쇄한다. 짓쳐드는 송장 병사를 도끼질로 장사 지내고, 다시금 죽음을 후려갈기면서 보르도는 웃었다. 계속 웃었다.

웃고, 웃고, 웃다가, 보르도의 울부짖는 소리는 끊임없이 전장에 메아리치고 있었다.

10

검무와 살육무도가 자아내는 은빛 섬광의 일막은, 마침내 막바지를 맞이하려는 중이었다.

피까지 얼어붙을 듯한 검 솜씨에, 빌헬름의 속도가 예리함을 더한다. 춤추듯이 쌍신검을 다루는 리브레는 그것을 다 받아내지 못하고, 칼에 맞는 상처가 늘어나고 있었다.

놀랄 만한 검력은 상상을 초월하는 검재와 피눈물마저 가소롭게 느껴지는 자기 단련의 산물이다.

오랜 삶을 걸어온 리브레에게도 나란히 설 자를 찾기가 어려울 정도의 검술── 그것도 아직 이만큼 젊은 소년이 수득했음은 경탄하고 칭찬하기에 마땅하다.

앞날이 두렵다고 생각한다. 그건 검술도 그렇지만 그 인간성이 더욱 그런 생각을 부르는 것이다.

미완성. 불완전. 미성숙. 아직도 자신을 간파하지 못한, 소년기 그 자체다.

──강철이 되고 싶다. 한 자루의 검이고 싶다. 소년은 그렇게 부르짖었다.

자신에게 그렇게 명령하고 그 한마음으로 검을 휘둘러왔던 것이리라. 참격의 무게도 예리함도, 어중간한 뜻으로 도달할 수 있는 경지가 아니다. 하지만 쌍신검으로 맞상대하는 리브레는 그 검 솜씨를 받아흘리면서 느끼고 있었다. 이 칼날에 담긴, 격정의 열기는 강철의 그것이 아니다.

감정의 열기다. 강철은 결코 스스로 열기를 띠지 않는다. 감정의 열기에 좌우되어 칼날에 매서움을 깃들이는 건 사람의 마음임에 다름 아니다. 검이기를 바라는 검귀는, 그런데도 역시 사람인 것이다.

"후홋."

"──뭐가 우스워!"

싸우는 중에 웃는 리브레에게 피 범벅된 얼굴로 빌헬름이 부르짖었다.

"아니 말야……. 벤다고 쳐도, 베인다고 쳐도, 허수아비 상대면 불타지 않는단 얘기. 역시 삶을 부딪칠 거면 피도 눈물도 흐르는 상대여야 불타는 법이지이!"

산성을 지르고 있다.

불똥의 광채가, 맞부딪치는 쾌음이, 땅을 밟고 지르는 포효 전부가 산성이다.

일격마다 삶이 싹트고, 참격에 감정이 깃들고, 검격이 더 내놓으라고 떠들어댄다.

강철도 아니다. 귀신도 아니다. 지금 이곳에 빌헬름이라는 한 소년이 있다. 칼을 주고받는 상대는 일개 인간, 맞서는 자신은 일개 아인, 그것이야말로 이 전쟁의 본질이다.

상하의 스윙을 가까스로 처리하고 몸을 돌린 빌헬름의 참격이 목에 짓쳐들었다. 쌍신검을 치켜들어 막았다── 직후에 칼날이 깨져 일격이 그대로 목에 꽂혔다.

시야가 붉게 물들었다. 하지만 위력이 감쇠된 칼날은 리브레의 비늘을 돌파하지 못했다. 목 중간에 칼날을 파묻으면서, 리브레는 깨지지 않은 쪽의 도신으로 빌헬름을 후려쳤다.

종족의 차이, 타고난 성질의 차이가 승패를 갈랐다. ──내전의 이유, 그 자체다.

"결국은…… 다르단 것일까. 서로 이해할 수는 없나? 널 조금이나마 이해한 기분이 든, 내 착각일까?"

베인 가슴의 상처를 잡고 위를 보고 구르는 빌헬름에게 검을 들이댔다. 지척에 육박한 죽음을 앞두고도, 소년의 살의가 깃든 눈초리는 패배를 인정하고 있지 않다.

떳떳한 것과는 무관한 집념을 목도하고, 리브레의 마음을 서글픔이 지배했다.

"넌 역시 인간이야. 서글플 만큼 정당하게, 사람이 돼. 동시에 우리에게 있어 위협임에도 변함없어. 안타깝지만 작별이란다."

살려두어서는, 안 된다. 싸우는 중에 사람다움을 끌어내놓고 무슨 처사냐고 욕을 먹겠지. 하지만 일개인에 대한 호의와 아인으로서의 긍지는 다른 것이다.

리브레 페르미는 개인으로서의 감정을 우선할 수 없는 입장이 있다. 자신의 행동이 전부, 아인족의 행위의 선구가 되노라는 이해도. 때문에──.

"모든 것이 끝나면 묘 앞에 꽃을 바쳐줄게. ──새빨갛고, 정열적인 꽃을."

쌍신검을 쳐들고 리브레는 하다못해 괴롭지 않기를 빌며 검귀에게 죽음을 선물한다.

──그 순간, 배후에서 백광이 리브레의 가슴을 꿰뚫었다.

11

그야말로 죽음이 찾아들기 직전, 빌헬름은 눈앞에서 생명이 불타오르는 것을 보고 있었다.

"──커흑."

입에서 피와 긴 혀를 빼물고, 떨리는 리브레가 아연한 얼굴을 배후로── 그곳에 갑자기 나타난, 마녀 스핑크스를 보았다. 하얗게 빛나는 손끝을, 겨누고 있다.

"너…… 무, 슨 생각이야……."

"네. 실은 예상 이상의 타격을 받아 현재 퇴각 중입니다. 그동안 실력자에게 수호를 부탁하고 싶다고 생각해서, 가까운 곳에 있던 당신을 후보로 삼았습니다."

가슴에 뚫린 구멍을 내려다보며 피가 흐르지 않는 상처를 만지고 리브레가 어렴풋이 웃었다.

"그래……. 내게는, 이게 『부탁합니다』로는, 도저히 보이지 않는데……?"

"교섭할 시간이 아깝기에 빨리 죽여서 꼭두각시로 삼을까 했습니다. 안심하세요. 발가에게서 당신 존재의 유용성은 들었습니다. 그러니 송장 병사가 되어도, 방부 처리 등은 철저히 할 작정입니다. 요·숙고입니다."

"발가, 이 바보. 그러니까, 제어할 수 없다고, 말했건만……."

부러진 쌍신검을 잡고 리브레는 스핑크스와 맞섰다. 스핑크스가 그 태도에 이상하다는 양 고개를 갸우뚱했다.

"부상과 피로 그 외의 문제로, 저항은 무의미하다고 판단됩니다만."

"설령, 무의미해도 무위하게는 끝나지 않아. ……나는, 아인족의 긍지인걸. ──이 리브레 페르미! 우습게보지 말라고, 쌍년아!!"

이빨을 드러내고 앞으로 숙인 자세로 리브레가 뛰쳐나갔다. 그 보법도 속도도, 빈사 상태라고는 도저히 생각할 수 없는 패기에 차 있었다. 그러나.

"그다지 흠집을 내고 싶지 않았습니다만, 어쩔 수 없지요."

받아치는 폭풍우 같은 백광이 돌진하는 리브레의 가슴을, 무릎을, 목을 싱겁게 꿰뚫었다. 피가 증발하고, 주화만한 크기의 구멍이 온몸에 무수히 난 채로, 리브레는 엎어졌다.

"마, 녀년……. 너, 따위……."

"─────."

"발, 가……. 뒤는, 맡겼……."

원망과 유언, 양쪽 다 끝까지 말 못한 채로 리브레의 머리가 하얀 섬광에 꿰뚫렸다. 그대로 머릿속을 휘젓고, 아인족 최강 전사의 명맥이 여기서 끊겼다.

검을 주고받고 결판을 목전에 둔 호적수를 눈앞에서 빼앗겨, 빌헬름은 말도 못하고 있다.

그런 빌헬름 앞에서 스핑크스는 리브레의 유해를 손바닥으로 만졌다.

"발가에게는 명예로운 전사였다고 전하겠습니다. 그런 방식으로 전해야 기뻐한다고, 저는 학습했으니까요. 그럼……?"

"거기, 서……."

일어서는 스핑크스를 만류하고, 빌헬름은 살의로 그 소녀를 꿰뚫었다. 하지만 소녀는 그런 빌헬름의 적의에 산들바람을 쐰 정도의 눈치로 돌아보았다.

"불안해하시지 않아도 괜찮습니다. 저는 당신을 해칠 맘은 없어요. 조급히 이 자리를 떠나 다음에 대비할 생각입니다. 요·준비입니다."

"까불지 마……! 날, 살려둔다? 네가 뭐라도 된다고. 싸워……. 싸, 워……!"

"──놀랐습니다. 그런 상태로, 무슨 말을 하는 건지요."

무표정이던 스핑크스가, 빌헬름의 말에 눈을 크게 떴다. 그 뒤로 그녀는 몇 번쯤 끄덕이더니, 흥미롭게 찬찬히 빌헬름을 바라보았다.

"아무리 봐도 싸울 수 있는 상태가 아니야. 그런데도 싸움을 바라고 있어. 모르겠습니다. 제 감정이 불완전하기 때문일까요. 아무래도 당신도 요·관찰 대상인 것 같습니다."

"관찰, 이라고……."

"미움에 몸을 사르는 발가도, 슬픔으로 검을 휘두르는 리브레도 관찰 대상입니다. 그러나 죽음을 웃도는 분노가 깃들인 당신 또한, 그중 한 명. ──다음 관찰을 고대하겠습니다."

그 말만 남기고 스핑크스가 돌아섰다. 그 등을 불러세우려고 몸을 일으키려 했지만, 손발은 움직이지 않았다. 그리고 움직이지 못하는 빌헬름 대신에.

"……리브레."

빛을 잃은 눈매로, 리브레 페르미의 유해가 일어섰다. 공허한 표정의 송장 병사가 된 리브레는 빌헬름에게 신경을 기울이지 않으며 스핑크스의 등을 따랐다.

그대로 장신과 자그마한 소녀의 그림자는, 빌헬름을 팽개치고 전장에서 사라졌다.

"……어먹을."

어금니가 깨질 만큼 앙다물고, 움직이지 않는 제 몸을 저주하면서 빌헬름은 쥐어짜냈다.

눈을 부릅뜨고 전화로 뿌연 전장 귀퉁이에 웅크리면서, 저주처럼, 증오가 닿는 대로.

"두고 봐라……. 날, 두고 봐라! 반드시 후회하게 해주마. 날 살려둔 걸…… 반드시 후회하게 해주겠어! 빌어먹을, 빌어먹을──!!"

피를 토하는 듯한 절규가 길게 이어지고, 검귀의 패배가 이날 전장의 승패를 뒷받침하고 있었다.

우군이 목숨을 건져줄 때까지, 건져진 뒤에도, 빌헬름의 회한은 끝나지 않았다.

마녀의 목을 떨어뜨리는 날까지 끝나는 날이 오지 않으리라는 것을, 누구나 알고 있었다.

12

──아이히아 습지대 공방전은 카스툴 이래의 대참패로서 역사에 그 이름을 새겼다.

카스툴 만큼 일방적인 패전은 아니지만, 왕국군이 입은 피해는 카스툴의 곱절에 가까운 것이며, 내전이 시작된 이래 가장 큰 인적 피해를 낸 전장으로 여겨졌다.

투입되었던 왕국군은 한때 전장 전역을 뒤덮은 마법진의 효과로 현저하게 약체화해 피해의 대략 6할 이상이 이때 받은 손실이라고 한다.

사령부에서는 이 결과를 무겁게 받아들임과 함께, 패전의 책임 소재를 2단계째의 마법진의 해방── 즉, 전장에 그려져 있던 마법진을 가장 많이 파괴한 자에게 있다고 규정, 라이프 바리에르 남방자작이 전범의 불명예를 뒤집어쓰는 결과를 낳았다.

라이프는 이에 거세게 항의해 사령부에 재심의를 강력히 요구했다. 하지만 전 지휘관인 클루멜 경의 모살이 의심되는 데다 부하 대다수가 자작이 지금까지 저지른 횡포와 억지를 고발함으로써 처지가 악화. 결국, 명예 회복을 이루지 못한 채 그 호소는 기각되었다.

남방자작을 비롯한 대다수의 무관이 책임을 뒤집어쓰는 가운데, 왕국군 내에서도 대부분의 부대가 손상을 입어 부득이하게 해체됐다. 패전의 깊은 상흔이 새겨진 부대 중에는 용맹과감하다고 알려진 체르게프 부대의 이름도 있었으며, 그 생존자는 불과 11명.

그중에 보르도 체르게프, 그림 파우젠의 이름이 있으며, 빌헬름 트리아스의 이름도 곧 덧붙었다. 부관 피보트 애넌시를 포함해 체르게프 부대의 전사자는 69명. 그들 모두가 송장 병사가 되어 보르도에게 토벌되었다.

이 전투를 계기로 내전이 말기에 돌입한다고, 훗날의 역사가는 논하고 있다.

그것은 역사뿐만 아니라 전쟁에 참가한 개인들의 삶 그 자체에도 영향을 끼쳤다.

보르도 체르게프는 마녀에 향한 증오를 깊이 드러내고, 아인 배척파로 기울기 시작했다.

그림 파우젠은 전투의 부상으로 목소리를 잃어 마음 착한 연인을 슬픔의 바다로 빠트렸다.

그리고 빌헬름 트리아스는 이날을 경계로 검의 길에 잡념이 생겨 자신이 사는 방식 그 자체의 답을 찾아헤매게 된다.

　──그 답은 혼자서는 내놓을 수 없다. 하지만 답을 얻을 날은
바로 지척까지 와 있었다.

『검귀연가──5막』

1

　──아이히아 습지대에서의 대규모 전투가 끝나고 1개월 이상의 시간이 지났다.

　그동안 국내에서는 큰 전투가 없어, 표면상으로는 평화로운 시간이 흘러갔다.

　하지만 일단 왕국의 내정에 눈길을 돌리면, 이 1개월을 평온했다고 떠들다간 실소를 사는 수준에서 끝나지 않으리라.

　아이히아에서 입은 피해로, 왕국은 전군의 4할 이상의 전력에 모종의 타격을 받고, 군은 대규모의 재편성과 대폭적인 전력 저하에 앓는 결과를 낳았다.

　그 여파는 체르게프 부대와도 무관하지 않다. 부관 피보트를 비롯해, 고참을 포함해 9할 가까운 부대원이 죽어 괴멸 상태에 빠진 부대의 재건은 사실상 불가능할 정도다.

　정강하다고 알려진 체르게프 부대도, 기적적으로 무사하다고 할 수 있는 생환자는 빌헬름과 보르도, 두 사람 정도지만, 그들도 육체야 어쨌든 정신까지 무사할 수는 없었다.

그 전장에서 받은 상처, 그것은 결코 아물지 않고, 지금도 아픔을 호소하고 있다──.

"어쩐지, 전보다 더하게 귀기가 도는 느낌이 드는걸."

침묵하고 검에 몰두하는 빌헬름에게 검무를 바라보는 소녀가 별안간 그렇게 말했다.

──장소는 왕도 빈민가의 한구석, 그 꽃밭 옆에 있는 대광장이다.

부대가 재편 중이라서 현재의 빌헬름은 고정된 소속처가 없다. 새로운 전장도 정해지지 않아 울분이 쌓이는 나날, 이곳에서 검에 집중하는 게 최근 일과였다.

그렇게 되면 자연히 그곳에서 시간을 보내는 소녀와 마주칠 기회도 늘어난다. 단련 중에 이렇게 말참견 받는 것도 익숙해진 노릇이다. 하기야──.

"──쯧."

"아! 방금, 혀 찼어!"

익숙해진다고 짜증이 안 나는 건 아니다. 숨길 맘이 없는 혀 차기에 소녀가 언짢아진다.

"그렇게 알기 쉽게 혀 차는 거, 징그러우니까 하지 말래?"

"내가 어디서 검을 휘두르든, 어디서 혀를 차든 내 자유야. 네가 거기서 아무것도 안 하고 시간을 낭비하는 때도 말이지."

"그런 식으로 말하지 마. 꽃을 보고 마음을 윤택하게 하고 있다…… 그렇게 말해줄래?"

"인생의 낭비, 라고까지 말하지 않은 거에나 감사해라."

서로 독설을 교환하고 고개를 돌릴 때까지가 약속이다.

휴게 시간을 위해서 발을 옮기고, 씁쓸한 맛을 본다. 어처구니없는 일이지만 장소를 바꾸는 건 자기가 양보하는 것 같아서 속이 끓는다. 그 결과로 둘의 해후는 수를 거듭할 뿐이다.

"애당초 시간 낭비라면 네 쪽이지. 군인이 꽤 한가한 직업이구나. 요즘 계속 여기에 놀러오고 있을 정도고."

"……군은 재편 중이다. 당분간은 움직이지 못해. 나도 이런 짓을 하는 것이 본의가 아니지만, 놀고 있다는 소리를 들을 도리는 없다."

"그렇게 즐거운 듯이 검을 붕붕 휘둘러대고서? ……요새는, 그렇지도 않지만."

"──네가 뭘 알아."

정곡을 찔린 느낌에 겸연쩍은 감정을 얼버무리듯이 험악한 소리를 뱉었다.

논다는 생각은 아니지만, 빌헬름이 검에 몰두하는 시간을 즐기고 있는 건 사실이다. ──아니, 빌헬름에게는 그 시간이 바로 생의 충족이었다.

그리고 지금, 검에 순수하게 맞서지 못하는 것도 소녀의 말대로 사실이었다.

『와보렴, 미숙한 아이야. 가르쳐 줄게. ──울음을 터뜨리는 법을.』

──아이히아 습지대에서, 리브레가 내던진 수많은 말들과

검극이 뇌리에 스쳤다.

목숨을 빼앗기는, 그 직전까지 내몰렸다.

그대로, 간섭이 들어오지 않았으면 죽어 있던 건 빌헬름이었을 터다. 하지만 전투는 중도에 중단되고, 그날의 결판은 영원히 이도 저도 아니게 되고 말았다.

"또오— 미간에 주름! 젊은데 그 주름이 안 지워지면 창피하다고."

입을 다문 빌헬름 눈앞에 어느새 소녀가 서 있었다. 눈치채지 못한 데에 놀라는 빌헬름에게, 그녀는 자신의 눈꼬리를 손가락으로 치켜세웠다.

"미간에 주름 잡고, 눈매는 요—렇게 못 되게 하고, 가시 돋힌 분위기까지 이곳저곳 내뿌리고…… 결국에는 얼마 못 가서 다들 무서워서 다가오지도 않겠어."

"시끄럽긴, 관계없잖아. 그리고 젊고 자시고, 나는……."

"열여덟 살. 나랑 같은 또래로 봤어. 어때?"

손가락을 들이밀고 윙크하는 소녀에게 끽소리도 나오지 않았다. 정답이다. 그리고 그 정오를 속이려고 할 만큼 시시한 데에 얽매이는 철면피도 아니다.

"그것 보라지. 그 나이에 미간 주름 잡히면 창피할 뿐이잖아. 어차피 주름 지을 거면 꽃이라도 보며 웃음 주름을 짓지그래?"

눈을 피하는 동작으로 대꾸를 들은 소녀가 화사하게 웃었다.

그 뒤로 소녀가 춤추듯이 돌자, 빌헬름은 바람에 나부끼는 아름다운 빨강 머리에 눈길을 빼앗겼다. 그리고 빨강 머리가 시야

끝으로 사라지자, 대신에 노란 꽃밭이 틀어박혔다.

벌써 몇 번이고, 그야말로 소녀와 해후할 때마다 내보여준 꽃밭이다.

그렇기에 그것을 보여주는 소녀의 뻐기는 얼굴과, 그 뒤의 물음에도 익숙해진 노릇으로.

"──꽃은 좋아해?"

어떤 대답을 바라고 있는가. 아무것도 변함없다고, 빌헬름은 고개를 가로젓고,

"아니, 싫어한다."

그렇게 대답하는 것이었다.

2

"또 성 아래로 가 있었나."

빈민가에서 병사로 돌아오자 입구를 거구로 막는 보르도가 빌헬름을 마중했다.

굵은 팔로 팔짱을 끼고 자신을 내려다보는 우락부락한 시선에 빌헬름은 혀를 찼다.

"그랬으면, 무슨 불만이라도 있단 말이야?"

"물론이다. 군이 재편 중이라고는 해도, 언제 어디서 아인 놈들의 만행이 있을지 모른다. 통상 업무에 지장이 없는 군속은 휴일이더라도 유사시에 대비해라. 그것이 나와……."

어울리지 않는 정론을 도중에 구분짓고, 눈을 감고 나서 보르

도는 말을 고쳤다.

"그것이 『소관』과, 네게 요구되는 행동거지다."

"_____."

한결같이 옳기만 한 정론에, 빌헬름의 등줄기에 한기가 치달았다.

본래라면 그것은 보르도가 아니라 부관이었던 피보트가 입에 담을 내용이다. 말을 들은 보르도가 피보트의 어깨를 후려치며 부정하는, 그런 부류의 정론.

──보르도 체르게프는 아이히아 습지대의 전투를 거치고 변했다.

외견의 부상은 눈에 띄지 않지만, 그의 변화는 내면, 그 태도에야말로 강하게 드러나있었다.

방금 말을 고친 듯이 자신을 『나』가 아니라 『소관』이라 부르게 되었고, 전보다 뚜렷하게 자신의 처지에 맞도록 발언을 주의하게끔 되었다. 마치 죽은 피보트의 허상── 영혼이, 항상 속삭이고 있는 것 같다고 사람들은 말한다.

하지만 가장 큰 변화는, 그와 적지 않게 관계가 있으면 누구나 알 수 있다. ──당연히 3년 이상의 관계가 있는 빌헬름도 딱 알 수 있는 변화다.

"네 검 솜씨는 지금의 왕국에서 빠트릴 수 없다. 단련은 마음대로 해라. 하지만 적어도 말이 오면 곧장 움직일 수 있는 곳에 있는 것도 잊지 마라. 내 요구는 그뿐이다."

그런 말로 타이르는 보르도의 얼굴에는 험악함이 배인 갑갑한 감정밖에 없다. 그곳에 웃음의 조짐조차 눈에 띄지 않는 것, 그 거야말로 가장 큰 변화이며———.

"어차피 야만족 놈들을 베는 건 지시하지 않아도 해줄 테니 말이야."

아인에 대한, 끝모를 분노와 증오——— 옛날의 보르도라면 결코 보이지 않았을 어둑한 감정에, 빌헬름은 자신의 가슴에 미묘한 응어리가 진 것을 자각했다. 그 좋지 못한 속을 맛보는 게 싫어서 빌헬름은 전보다도 더 보르도를 피하고 있었다.

"머잖아 또 큰 전투가 있다. 메이더스 여사의 말씀이야. 각오 해둬라."

침묵하는 빌헬름의 어깨를 두드리고, 보르도가 병사 앞에서 떠나갔다.

사자에게 맡기지 않고 스스로 용건을 전하러오는 면에서 아직 거기에는 보르도의 성실함이 남아 있던 느낌이 들었지만, 빌헬름은 바로 그 감정을 내버렸다.

성 아래에서 소녀와, 병사 앞에서 보르도와 조우해 빌헬름의 감정은 뒤틀린다.

건물에 들어가 자기 방으로 돌아가는 도중에 병사장과 스쳐지나갔다. 무슨 일이냐고 말을 붙이려는 상대의 입을 시선으로 막고, 빌헬름은 잰걸음으로 방으로 향했다.

왕국군의 병사(兵舍)는 왕도의 각 구획에 존재하며, 빌헬름에게 할당된 병사는 상급병을 위한 별채이다. 기사 미만인 일개 병졸에게는 최상급의 대우이며, 타인과 접할 기회가 적은 개인실 생활은 나쁘지 않다. 그만큼 초대받지 않은 방문객에게는 분노마저 치솟았다.

"제법, 아침 일찍부터 외출하고 있군."

"……왜 있고 앉았어."

"신분을 밝혔더니 병사장이 열어주더군. 난 밑에서 기다리겠다고 했지만."

"쓸데없는 짓을."

복도에서 스쳐 지나간, 시원찮은 낯짝을 한 병사장을 떠올리고 보이지 않는 상대에게 혀를 찼다.

빌헬름을 방에서 맞이한 건 캐럴이다. 기사의 복색을 벗고 여성다운 행색을 한 캐럴에게서는 평소의 가시 돋힌 기척이 희미하다. 결국 여자로군, 하고 생각했다.

물론 그 말을 입에 담아 분노를 사는 어리석음은 범하지 않는다. 슬슬 알고 지낸 지도 오래됐다.

"생각해보면 너와도 3년 이상이 되지만, 이렇게 침착하게 얘기하는 건 처음 있는 일이군."

"침착하게 놔둘 맘은 없다고. 냉큼 나가."

"변함이 없군. 아니면 조금 변했다가…… 도로 원래대로 돌아왔을 뿐인가? 이전의, 들개나 미친 개하고 큰 차이 없는 눈매가 되었다만."

"일부러 시비 걸러 온 거냐? 휴일에 수고 많으시군. 제값을 치르고 받아주지."

가볍게 검기를 내쏘아주자 캐럴은 눈썹을 반응하고 바로 한숨을 쉬었다.

"나도 환영을 받을 거라고는 생각하지 않아. 용건을 마치면 당장에라도 돌아가겠다."

"시비 주고받는 것 말고 용건이 있는 거냐?"

"물론, 그림에 관해서다. 나와 네 사이에, 그밖에 공통된 화제라곤 없잖아."

그림의 이름을 듣고 빌헬름이 싫은 티를 냈다. 전날의 부상 이래, 그림은 치료원에 처박힌 상황이다. 물론 빌헬름은 한 번도 병문안을 가지 않았다.

당연하다. 병문안 따위 아무 의미도 없고, 애초에 그럴 관계도 아니다.

하지만 이처럼 캐럴이 빌헬름의 방을 굳이 방문한 건——.

"그림이 너를 만나고 싶어해. 난 그걸 전하러, 널 만나러 왔다."

그렇겠지, 하고 생각한 대로의 말이다.

그림과 캐럴 두 명이, 어느새 남녀 관계가 되었다는 것은 빌헬름도 짐작하고 있다. 두 사람이 정을 나누는 건 자유다. 다만 그것을 떠맡는 건 사양이었다.

"전령을 맡느라 수고하셨다. 하지만 난 그 말에 따를 생각은 없어. 고생만 하고 보람이 없다 이거지."

"네놈은……."

"그건 그렇고, 말을 못하게 된 놈의 전령이라니, 제법 요령 좋은 일을 하고 있잖아. 필담할 수 있을 정도로는 그놈도 유식하지……."

"──너무 까불지 마라, 빌헬름 트리아스."

조금 전의 답례라고도 하는 양 캐럴에게서 검기가 꽂혔다. 빌헬름이 눈을 가늘게 뜨자, 캐럴은 무기 없는 주먹을 틀어쥐고,

"네게 모욕 받더라도 그림은 용서할지도 모른다. 하지만 난 그에 대한 모욕을 용서 못해."

"화기애애하시군. 그걸 내게 강요하지 마시지."

쌍방의 살벌한 시선이 교차하고, 먼저 캐럴 쪽이 시선을 피했다. 빌헬름이 코웃음을 치자 캐럴이 느릿느릿 고개를 젓고 출구로 향했다. 그리고.

"헛수고일지도 모르지만 확실하게 전했다. 너도 한번쯤은 전우에 보답해봐라."

"내가 언제, 그놈하고 친구가……."

"그림은 널 전우라고 여기고 있어. 나도, 그렇게 여길 수 있을까 하고 생각하고 있었다만."

머쓱해진 빌헬름을 놔두고 캐럴은 냉큼 방을 나가버렸다. 소리와 함께 문이 닫히고, 빌헬름은 짜증스럽게 침대에 누웠다.

여러 번 노려본 천장에 검기를 받아넘겨져 허무함만이 가슴속을 채웠다.

3

그 장소에는 썩은 냄새와 피 냄새가 가득했다.

코가 삐뚤어지는 악취에, 오두막에 들어간 발가는 얼굴을 찌

푸렸다. 하지만 노령으로 보이는 그의 얼굴은 불쾌감에 눈썹을 좁혀도, 그 뒤에 눈을 돌리는 일은 결코 하지 않았다.

이곳에 있는 온갖 참상은, 전부 자신이 내린 결단의 결과다. 눈을 돌리는 건 감히 생각할 수 없다.

"……스핑크스, 진척은 어떻지?"

방 안쪽, 등을 웅크린 작은 인영에게 인사도 없이 말을 걸었다. 로브 차림의 인영은 그 목소리에 일어서서 피로 검붉게 더러워진 로브로 얼굴을 닦고 돌아섰다.

"경과는 요·관찰입니다만…… 좋지 못합니다. 역시 중요한 부분이 결락된 술식을 재현하는 것은 어머니의 결함품인 제게 너무 버거운 일이었던 모양입니다."

"마녀씩이나 되는 자가 꽤나 약하게…… 아니, 이건 단순한 화풀이로군."

깊이 한숨을 내쉰 발가에게, 소녀——스핑크스가 배후를 보았다.

그곳에 서 있는 건 녹색 비늘로 덮인 사인, 리브레 페르미——였던 존재다.

"형적도 없다, 인가. ……가엾은 노릇이로고, 리브레."

아인족 최강의 전사는 이미 숨이 끊어져 눈에서는 생기가 사라졌다. 그런데도 직립해 마녀의 명령에 따라 검을 휘두르는 건, 죽은 이를 움직이는 술리의 영향 아래에 있기 때문이다.

하지만 그건 단순한 명령에 따르는 송장 병사 그 자체로, 결코 리브레의 역할은 다할 수 없다.

"아이히아에서의 승리에 동포는 들끓고 있어. 인간 놈들에게 준 피해도 막대하지. 이 전쟁이 시작된 이래, 가장 큰 호기임에 틀림이 없거늘……!"

"당신이 있으면 충분하다고는 생각하지 않습니까? 혹은 그 송장 병사, 그 닮은꼴만이라도 아군을 고무하는 소임 정도는 다 할 수 있지 않은지?"

"——모자라다. 동포들의 선두에 서는 건 나로는 그릇이 모자라. 그리고 리브레가 지닌 통솔자의 기세는, 속이 빈 주검 가지고는 결코 재현할 수는 없어!"

송장 병사가 된 리브레를 노려보고, 발가는 두툼한 손바닥으로 얼굴을 가렸다.

아이히아 습지대의 작전은 예상대로 풀려 왕국군에 대타격을 주었다. 본래, 그 기세를 타고 일기가성으로 적을 밀어붙일 터였지만, 대오산이 리브레의 전사다. 그 존재가 아인연합군에 주는 영향은, 분하지만 발가 자신의 그것을 아득히 웃돈다.

가까스로 스핑크스가 유해를 회수해 송장 병사로서 부활시키는 데에는 성공했지만, 아무리 외도의 술법을 반복해도 원래 리브레로 돌아오지는 않았다.

"소생했다고 해도 영혼이 깃들지 않는다. 『불사왕의 비적』의 재현은 지난하겠지요."

"리브레를 빼놓고 내전을 계속한다, 라—— 수단은 가릴 수 있을 만큼 남지 않았군."

"……없는 건, 아니라고?"

스핑크스가 눈을 가늘게 뜨는데도 발가는 묵직하게 턱을 주억였다.

물론 이 전란 도중에 자신이나 리브레가 빠질 가능성은 고려하고 있었다. 가능하면 자신이 먼저인 것이 바람직했지만, 반대가 됐다면 그것도 명운이다.

——리브레가 있었다더라면 절대로 할 수 없었을 방법으로 왕국군을 타도한다.

"놈은 이승을 지옥으로 만드는 데에 좋은 내색을 하지 않았으이. ……따라서 이승이 지옥 이하의 지옥이 된다면, 힘으로 나를 막았겠지."

"그럼 그 지옥에, 당신은 제게 무엇을 바라는 것이지요?"

"지옥의 뚜껑을 열어, 인간놈들의 비명과 단말마로 동포의 영혼을 달랜다. 그 길로 통하는 안내인을, 바로 네게 명한다. ——왕국 전토, 나의 증오의 불길로 잿더미로 만들어주리라."

가슴속에서 타오르는, 영원히 꺼질 일 없는 분노의 불길. 그것은 모든 격정을 장작 삼아 타올라, 이윽고 모든 것을 불사를 것이다.

이 증오의 큰불은 결코 꺼지지 않는다. 그 확신을 다음에야말로 진짜로 만든다.

"리브레가 죽고, 내가 남았다. 그렇다면 그건 그렇게 하란 말일 테니 말이다……!"

바닥나지 않는 증오를 연료로, 발가의 뇌리에는 무시무시한 궁리가 조립되어 간다. 그것은 『아인전쟁』에서, 진짜 의미로 계기가 되는 싸움의 시작이며——.

　"——요·관찰입니다."

『마녀』스핑크스와, 수많은 사람의 악연을 판가름하는, 끝의
시작이기도 했다.

4

　——왕도에 벌어지는 아인의 파괴 공작은 산발적으로 몇 번
씩 거듭거듭 실행되고 있었다.

　"뭣?! 네놈, 설마 검귀……!"

　"르아아아——!"

　왕도의 외벽, 도읍을 둘러싸는 높은 벽에 수작을 부리고 있던
무리에게 빌헬름이 돌진한다.

　소수의 단락적인 범행은 단순히 아인 우세의 풍문에 들뜬 파
락호의 소행이다.

　군의 재편은 지지부진해, 빌헬름은 왕도 경비를 맡은 한 부대
에 참여해 이렇게 무뢰한을 이미 몇 번이고 베어버리고 있었다.

　"우, 우리의 싸움을 이런 형식으로…… 저주받아라, 이 짐승
이……!"

　치명상을 입고 복부를 찔린 마지막 한 명이 피와 증오를 뱉어
냈다. 그러나 원한의 말쯤 빌헬름에게는 귀에 익도록 들은 판국
이다. 검을 틀어 정성껏 황천으로 보내준다.

"지저귀지 마라, 바보가. 죽는 게 싫으면 조금은 제대로 검을 잡아."

"……그럼, 그 자랑하는 검으로, 힘껏…… 머잖아 온 나라에서 불길에…… 왕도 역시, 멸망에서는 달아나지……."

"──?"

말기를 저주하는 것 치고는 기묘한 말이지만, 그것도 중도에 끊어져서 죽음으로 떨어졌다.

죽은 아인을 걷어차 굴리자, 아인의 집단을 정리한 빌헬름에게 간신히 다른 경비병들이 합류했다. 곧장 그들이 그 참상에 말을 잃는 걸 알 수 있었다.

"다, 당신이, 그 『검귀』 빌헬름……?"

아군일 터인 경비병이 그 이명을 입에 담고 목소리를 떨었다.

적만이 아니라 아군도 겁을 집어먹는다. ──그것도 이미 익숙해진 판국이다.

검귀의 이명도, 빌헬름의 이름도, 지금은 피에 젖은 악명임이 다름 아니니까.

그렇기에──.

"나는 테레시아. 알겠니? 이름을 똑바로 불러줘. 너는……."

"──────."

"너는……."

"──?"

"아유! 알 거 아냐? 당연히 이름을 가르쳐달라는 뜻이잖아!"

뺨을 부풀리고 발을 구르고, 눈앞에서 소녀── 테레시아가 발작을 일으켰다.

장소는 평소의 광장으로, 시간은 빌헬름의 일과가 끝났을 즈음이다. 손짓해 부르는 그녀에게 별수 없이 어울려 꽃밭을 바라보는 동안의 느닷없는 화제였다.

"너라든가, 여자라든가 말고, 똑바로 이름으로 불러달라고."

그렇게 불만스럽게 내색하는 테레시아에게, 빌헬름은 이름을 모른다고 그렇게 대답했다. 그 대답에 그녀는 눈을 동그랗게 떴지만, 만나고서 벌써 3개월, 새삼스럽기 짝이 없는 화제다.

그 뒤에 헛기침한 테레시아가 이상하게 예의 차리고 이름을 댄 것이 처음의 한마디다.

"테레시아……."

왠지 그냥 입에 담고, 그녀다운 이름이라고 생각했다. 항상 양달 속에 있는 것처럼 미소 짓고, 시끄럽게 굴 때도 적지 않은데 애교가 있다. 기분이 심하게 오르락내리락하는 게 조금 성가시지만, 테레시아── 과연, 꽃녀라느니 하는 호칭보다 훨씬 고급지다.

"애! 왜 잠자코 있어! 사람 이야기, 똑바로 듣고 있어?"

"……아아, 좋은 이름이지 않아?"

"아, 어, 저…… 그, 그래? 뭐, 그런 말 들으면 나쁜 기분은 안 드는데……."

"지금까지는 꽃녀라고 부르고 있었으니 말이지."

"에에에에엑……!"

쓸데없는 한마디가 덧붙어 테레시아의 표정이 홱홱 바뀌었다. 쑥스러워했다가 화냈다가 얼굴을 붉히는 그녀가, 발을 밟으려고 드는 걸 빌헬름은 전부 피했다.

"아유! 정말로 사람이 야비해! 그래서, 슬슬 대답해줄 맘이 들었어?"

"——?"

"왜 영문을 모르겠다는 얼굴이니?! 이름을 들려달라고 몇 번씩 말하고 있잖아!"

다시 발을 구르는 테레시아에게, 빌헬름은 어떻게 해야 하나 고심하다가—— 그렇게 생각하는 자신에게 의문을 품었다. 어떻게 하고 자시고, 마주 이름을 밝히면 끝나는 문제다. 답례로서 올바르고, 그걸 싫어할 이유도 빌헬름에게는 없다.

——빌헬름의 이름에, 가령 그녀가 공포와 혐오를 품더라도 관계없다.

"빌헬름 트리아스다."

빌헬름이 이름을 대자 테레시아가 얼떨떨한 표정을 지었다.

테레시아가 『검귀』의 이명을, 왕국군에 자자한 그 실태를 알고 있으면, 꽃을 감상하기를 좋아하는 그녀는 혐오하겠지. 그렇게 생각하자 묘하게 가슴이 술렁거렸다. 하지만——.

"빌헬름. 응, 빌헬름. 빌헬름. 빌헬름."

"……몇 번씩 부르지 마."

"흐응——. 좋은 이름이지 않아? 딱 빌헬름다운 이름이란 느낌이니."

조금 전의 앙갚음인 작정인지, 장난스런 눈매로 테레시아가 말했다. 빌헬름은 그 태도에 입을 다물고 뭐라고 대답해야 할지 감정을 주체못하고 있었다.

"그건 그렇고, 좀 우습네."

"아앙?"

"그치만, 처음 만나고 나서 3개월이 되는데…… 정말로 새삼스러워서, 웃겨."

혀를 내밀고 테레시아가 머쓱하게 웃었다. 그런 그녀의 몸짓에 빌헬름은 자신의 가슴속에서 주제못하던 감정이 무산하는 걸 느꼈다. 신기하게도 몸이 가벼워진 기분이다.

"이름을 모르는 것도 당연하지. 나나 너나, 서로에게 흥미가 없었어. 각자 맘대로 여기 와서, 대충 지내고 있을 뿐이야."

"그래? 하지만 난 네게 흥미가 없었던 건 아니고, 너에 대해 아무것도 모르는 것도 아니거든. 빌헬름, 꽃을 싫어하지?"

"……아아, 그렇지. 그래서 테레시아, 넌 꽃을 좋아한다."

"그래! 봐, 아무것도 모르는 것도, 알 맘이 없는 것도 아니었잖아."

흐흥—하고 가슴을 펴는 테레시아에게 무심코 입 끝이 느그러졌다. 빌헬름 치고는 드문, 쓴웃음도 비아냥도 아닌 순수한 웃음이다.

"그런데 빌헬름. ——꽃은, 좋아졌어?"

창졸간에 떠오른 웃음을 뺨을 문질러 얼버무리고 있으려니, 별안간 그런 질문을 받았다.

평소의 물음, 평소의 질문. ──그저, 평소와는 약간 의도가 다른 질문.

"아니, 싫어한다."

그래도 빌헬름의 대답은 변하지 않는다. 꽃을 봐봤자 아무것도 얻지 못한다.

빌헬름에게 중요한 것은, 꽃을 감상해도 결코 얻을 수 없다.

"그래. 그러면……."

다만 평소라면 거기서 끝났을 질문이 오늘은 거기서 끝나지 않았다. 테레시아는 치맛자락을 팔랑이며 등을 돌리고, 표정을 빌헬름에게 보이지 않고,

"왜, 검을 휘두르는 거야?"

"──────."

지금까지 한 번도, 언급된 적 없는 질문이었다.

첫 만남에서 3개월, 두 사람 사이에는 반드시 검무와 꽃밭이 있었다. 그러나 테레시아는 지금까지 한 번도 검을 휘두르는 근간에 접촉한 적이 없었다.

이름의 교환에서 한 발짝 나아가서, 테레시아는 빌헬름의 내면에 들어서고 있다.

평소의 빌헬름이라면, 상대가 테레시아가 아니라면 멀리했을 터인 질문──.

"……내게는, 이것밖에 없기 때문이다."

하지만 유달리 침착한 마음으로, 그녀의 질문에 대답할 수 있었다.

검에 대한 물음. 왜, 검을 휘두르는가. ──답은 자신 속에 단순하게 있었다.

이것밖에 없다. 그렇다. 다른 누구보다 빌헬름 자신이 믿어온 것이기에.

"_____."

그저 입을 다물고, 테레시아는 빌헬름의 대답에 아무 말도 하지 않았다.

꽃의 물음에 대한, 빌헬름의 답변에 아무 말도 하지 않듯이.

말수가 많고 변덕스러운 그녀가 반복하는, 대답이 변하지 않는 질문── 그것만이 자신과 그녀의 불확실한 관계, 그것을 확실하게 만드는 느낌이 들어서.

"_____."

빌헬름 또한 그 뒤를 말로 요구하는 멋없는 짓은 저지를 수 없었다.

5

『설마, 와줄 줄은 몰랐는걸.』

침대에서 상반신을 일으킨 그림이 눈을 동그랗게 뜨면서 종이에 적어넣은 글씨를 보였다.

장소는 왕립치료원, 그림의 병실이다. 하기야 그 병실은 다수의 부상자가 대기하는 대형실이며, 치료원의 번성은 침대가 메워진 수준을 보고 짐작할 수 있었다.

"용무 겸 변덕이야."

간단하게 대꾸하고, 빌헬름은 그림의 침대 옆에 팔짱을 끼고 섰다.

테레시아와 헤어져 기적적으로 그 발길이 향한 것은 그림의 병실이었다. 말대로 변덕 이상의 의미는 없다. 비번인 날이다. 돌아가서 자기만 하는 것도 심심하다. 대충 그런 정도의.

"그리고, 말이다. 이렇게라도 하지 않으면 네 여자가 시끄럽거든."

『캐럴 씨를, 그런 식으로 말하지 마.』

"……귀찮군. 좀 더 어떻게 안 되는 거냐."

이쪽의 한마디에 필담으로 응답하는 그림은 아무래도 시간이 걸린다. 필담 용지도 윤택하지 않다. 한 장의 종이가 새까매질 때까지 하릴없이 글씨를 쓰는 대화다.

"_____."

안달내는 빌헬름에게 처량한 얼굴로 웃는 그림이 자신의 목을 가리켰다.

목에 새겨진 하얀 흉터, 그것은 그림의 발성기관을 성대하게 손상시켰다. 쉰 숨결 같은 소리가 새어나와도 말다운 말을 하는 건 두 번 다시 할 수 없다고 한다.

『명줄이 붙어 있는 만큼 운이 좋았던 거지.』

"……그 리브레의 검을 받은 거다. 실제로 그렇겠지."

『캐럴 씨는?』

"사이좋게 함께 올 관계라고 보냐? 농담하지 마."

이 병문안 자체가 천변지이에 필적하는 변덕이다. 거기다 성미 안 맞는 캐럴과 동행하다니 생각만 해도 숨이 턱 막힌다. 그것만은 절대 사양이다.

"두 번 다시 올 맘은 없으니까. 내가 왔더라고 일러줘라."

『알았어. 전해둘게.』

승낙하는 대답에 일단 안심. 이로써 캐럴이 시끄럽게 따라다닐 걱정도 없어진다. 그게 없으면 일부러 빌헬름도 그림의 병문안 같은 걸 오지 않았으니까.

『대장님은 어쩌고 있어?』

"피보트가 들린 것 같아서 기분 나빠. 똑바로 해라. 아인을 죽여라. 요새는 그 소리뿐이더군. 전보다 시끄럽지 않을 터인데도…… 전보다 시끄러운 느낌이야."

보르도도 한 번은 병문안을 온 듯하지만, 바빠서 금세 돌아간 모양이다. 혼란이 극심한 왕국군에서는 사관 무리도 갖가지 대응하는데 쫓기고 있다. 보르도도 예외는 아니다.

"＿＿＿＿＿."

필담의 손을 멈추고 문득 그림이 아련한 눈을 한다. 본 적이 있는 표정이었다. 그건 왕국군의 공동묘지에서 전우를 배웅할 때에 보였던 옆얼굴 그 자체다.

자연스럽게, 아이히아에서 숨진 체르게프 부대의 동료를 추한하는 걸 이해할 수 있었다.

창가에 기대어 팔짱을 낀 빌헬름도 아이히아의 격전을 회상했다. 싸움을 반추하는 일은 여태까지도 여러 번 있었다. 하지만 그건 늘 끝까지 결판을 짓지 못한 리브레와, 결판을 빼앗은 스핑크스에 대한 분노를 잊지 않기 위한 것.

그러나 이 순간은 다르다. 지금 빌헬름의 뇌리에 스친 건, 그 때——.

"……왜, 그 녀석들은 날 감싼 거지?"

리브레의 일격에서 빌헬름을 감싸고 목숨을 잃은 피보트. 쓰러지는 순간의 피보트의 외침에 따라 리브레에게 맞서서 잇달아 베여 쓰러지던 부대원들.

그림도 그렇다. 그 또한 빌헬름을 대신해 리브레와 싸워 영원히 지워지지 않는 상처와 목소리를 잃는 후유증을 지게 되었다.

——의미를, 모르겠다. 승산 따위 누구에게도 없었다. 마법진의 효과가 이어지고 있으면 빌헬름의 명운도 다했을 것이다. 그 행위에 의미라곤 아무것도 없었을 터다.

"이기지 못하는 상대에게 덤비고, 너도 그 꼴이야. 피보트도 다른 놈들도 죽고, 나도……."

스핑크스의 간섭이 없으면 죽어 있었다. 그리고 빌헬름의 죽음은 체르게프 부대의 살신성인이 전부 개죽음이 된다는 뜻이다. 그렇게 되었다고 한다면——.

"——윽."

"……너, 웃는 거냐?"

눈을 내리깐 빌헬름 앞에서 그림의 반응에 변화가 생겼다. 어깨를 들썩이고 쉰 숨결이 새는 목을 그렁거리며 헛기침 같은 소리를 내는 그것은, 웃음으로 보였다.

뜻밖도 이런 뜻밖이 없다. 예상 밖의 반응에 말문을 잃었다. 그러자 그림은 필기구를 끌어당기고,

『웃어서 미안. 설마, 네가 그런 반응을 할 줄 몰라서.』

"……그건 내가 할 소리다. 사람이 죽고 사는데 웃는 놈이라고는 생각지 않았다만."

『그건 나도 그래. 네가, 피보트 씨와 부대의 모두의 생사를 신경 쓸 줄은 몰랐어. 덤으로 책망을 듣지 않는 것을 불안하게 여기다니.』

"——?!"

적힌 글씨를 끝까지 좇다가, 빌헬름은 숨을 집어삼켰다. 믿을 수 없는 한 문장을 보고, 이내 분노가 솟구쳤다. 그러나 그림은 고개를 가로저었다.

『아무도 널 탓하지 않아, 빌헬름. 난 내 상처를, 피보트 씨는 자신의 죽음을, 네 탓으로는 하지 않아. 대장님도 피보트 씨의 죽음의 책임을, 네 탓으로 하지 않았을 거야.』

사실이었다. 보르도와 얼굴을 맞댈 때마다 변모할 대로 변모한 그의 마음가짐을 들었다. 하지만 그는 결코 빌헬름에게 원망의 말을 던지지 않고, 피보트의 죽음을 추궁하지도 않았다.

그림도 목소리를 잃은 상처의 원인을 빌헬름의 책임으로 돌리려 들지지 않는다.

물론 그런 말을 들어도 자신이 마음을 앓을 이유는 없다. 없을 것이다.

『빌헬름. 넌 우리의, 체르게프 부대의 검이야. 네가 지지 않으

면 우리는 진 게 아냐. 다들 그렇게 믿고, 그래서 목숨을 걸 수 있었어.』

"──멋대로 지껄이지 마. 내 검은 내 것이고, 나는 나만의 것이야."

『그러게. 그러면 돼. 너의 강하고 격렬한 삶은 너만의 것이었어. 너만의 것이었지만, 그래도 지금은 너만의 것이 아니게 됐지.』

"의미를 모르겠다."

『네 삶은 이상이야. 말로 하면 싼 티가 나고, 얄팍하게 들리지만, 네 삶은 무엇을 할지 정하고, 그것을 하기로 결심한 사람밖에 할 수 없어. 우리는 할 수 없는 일이야.』

그림의 문자, 감정적으로 휘갈기는 행동의 의미를 빌헬름은 잘 알 수 없다.

할 수 없다. 못한다. 그 말은 빌헬름이 평소부터 끔찍하게 싫어하는 말이다.

무엇보다 빌헬름이 싫어하는 건 그런 말을 입에 담는 놈들의 눈이었다. 체념을 주워섬기고 게으름피우는 변명을 늘어놓기만 하면서, 약삭빠르게 행동하는 태도가 싫은 것이다.

"_____."

그런데도 빌헬름을 보는 그림의 표정은 그 어느 것과도 다르게 보였다.

할 수 없다고, 못한다고 하는 변명인데, 체념한 놈의 낯짝이면서, 빌헬름을 보는 그림의 눈은 체념이나 회한과 다르다.

그 눈앞에 서 있으려니 몹시 불안해진다.

『빌헬름, 난 말이야. 너의, 그 강함을 동경했어. 카스툴 평원에서, 토르타의 송장 병사와 마주쳤을 때, 난 너와 자신의 차이를 통감하고, 대단하다고 생각했어. 부대 사람들도 그랬지. 멀면 알 수 없지만, 가까이 가면 네가 대단한 걸 알 수 있어.』

"……멋대로, 묘한 평가를 내게 달지 마."

『멋대로 평가해서 미안해. 하지만 너도 꽤 제멋대로야. 그러니까 멋대로인 사람끼리, 피차일반이라고 떠넘기고 말아. 기대하고 말아. 네가, 어디까지 갈 수 있을까 하고.』

──어디까지, 갈 수 있는가. 검을 휘둘러, 검이 되어, 그 도달점은 어디에 있는가.

그림의 눈에 떠오르는 불가해한 감정의 정체를 이해했다. 그것은 기대와 희망이다.

포기하고, 닿지 못한다고 인정하고, 그런데도 여전히 높은 곳을 뜻하는 자에게 향하는, 선망인 것이다.

『사실은 목소리를 잃기 전에 네게 한 번, 전해두어야 했어. 뒤늦었지만.』

"_____."

『그때는 고마웠다. 네 덕분에 난 지금도 여기에 있어.』

그렇게 말하고 목소리도 내지 못하는 그림이, 빌헬름에게 웃음을 짓고 고개를 숙였다.

그 표정에 떠오르는 건 틀림없이 친밀함만으로 이루어진 웃음이었다.

──그것이, 빌헬름은 지독하게 견디기 어려웠다.

6

"꽃은, 좋아졌어?"
"아니, 싫어한다."

"왜, 검을 휘두르는 거야?"
"내게는, 그것밖에 없기 때문이다."

  이름의 교환과 선망의 고백, 그 이후에도 부감적으로는 더 나은 변화가 없는 나날이 이어졌다.
  변함없이 왕국군의 허리는 무겁고, 재편이 마무리되지 않은 채 왕도 주변의 경비에 검을 휘두르고, 그렇지 않으면 광장에서 테레시아와 시답잖은 대화로 일관한다.
  꽃의 화제와 검을 휘두르는 이유는 어느덧 완전히 약속된 대화다.
  빌헬름의 대답도, 그에 대한 테레시아의 반응도, 매번 어김이 없다.
  그럴진대── 어느덧 그 문답을 고통으로 느끼는 자신을, 빌헬름은 깨달았다.
  꽃에 관해선 그나마 상관없다. 꽃에 대한 감정이 변할 여지는 없다.

하지만 검에 관해 질문을 받으면 마음이 삐걱거렸다. ──그 때마다 초조함이 치민다.

아이히아에서 피보트에게, 치료원에서 그림에게, 받은 감정이 가슴속을 들쑤시는 것이다.

"빌헬름⋯⋯. 빤히 나를 보고, 왜 그래?"

"⋯⋯아니, 아무것도 아니다."

"그래? 그러면 그다지 여자아이 얼굴을 바라보는 게 아니지. 실례잖니."

"본다고 곤란할 얼굴이 아니잖아."

"엑? 그, 그건 무슨 뜻이야⋯⋯?"

"──?"

"왜 영문을 모르겠다는 표정을 짓는 거야?! 지금, 그런 흐름이 아니었잖아!"

광장에서 테레시아와 대화하는 동안, 검을 휘두를 때처럼 침착해지는 자신도 알아챘다.

대신에 검을 휘두르는 동안, 그에 몰두하지 못하고 있는 자신도 알아채고 있었다.

검을 휘두르고 있으면 만족할 수 있을 텐데, 지금은 검과 마주하는 게 답답하다.

그래서는 마치, 자신은──.

"──왠지, 검이 울고 있는 것 같아."

"───윽!"

　마음을 다잡지 못하고 타성으로 휘두르는 검을, 테레시아가
그런 식으로 표현했다.

　순간, 감정이 끓어오르는 것처럼 빌헬름은 돌아보고 테레시
아를 노려보았다.

　"……왜, 왜 그래?"

　"네가! 네가 나의, 내 검의 뭘 알아……!"

　궁색한 화풀이가 넘쳐나와 빌헬름은 말로 뱉은 것을 후회했
다. 하지만 한 번 입에 담은 말은 원래대로는 돌아오지 않는다.
테레시아는 눈썹을 좁혔다. 그리고.

　"빌헬름……. 네 말대로, 난 검에 말참견할 자격은 없어. 그
렇지만 네가 지금, 검을 휘두르는 데에 괴로워하는 것쯤은 보면
알아."

　"안다는 식으로 말하지 마. 내가 뭘 괴로워한다고……."

　"그렇게 괴롭고 싫으면, 그만두는 게 어때?"

　"그만둬……?"

　생각도 못해본 말에 빌헬름은 얼굴을 찌푸렸다. 테레시아는
"그래."라고 끄덕였다.

　"마지못해 하는 거면, 계속할 의미가 없어. 무책임할지도 모
르지만, 그래도 마음을 죽여서까지 계속할 것은 없어. 아니
면……."

　거기서 말을 끊고, 테레시아는 곧추선 빌헬름을 향해 고개를
기울였다.

"——거기까지 해서 검을 휘두를 의미가, 네게 있는 거니?"

——검을 휘두르는 이유가 아니라, 의미.

그것은 약속된 처사 같이 질문받는, 테레시아의 평소의 물음과는 약간 다르다.

검을 휘두르는 이유는 빌헬름에게는 그것밖에 없기 때문.

하지만 검을 휘두르는 일의 의미란, 빌헬름 트리아스가 그러는 의미는 뭐지.

"그런 건, 나도 모른다고."

"그렇다면……."

"하지만 검을 놓는 건 용납되지 않아."

강하게 말을 맺은 빌헬름에게 이번은 테레시아 쪽이 입을 다물었다.

검을 놓는 건 용납되지 않는다. 그렇다. 빌헬름의 의사에 관계없이, 용납되지 않는 것이다.

"용납되지 않으면…… 괴로워도, 힘들어도, 앞으로도 검을 계속 휘두를 거야?"

"그렇다. ——알지 못해도, 나는 검을 계속 휘두른다. 그래야만, 해."

그 외에, 검 외에, 빌헬름에게는 답을 찾아낼 방도가 없다.

매달리듯이 칼자루를 움켜쥐었다. 그 빌헬름에게 테레시아는 한숨을 내쉬었다.

"그렇구나. 빌헬름에게는 있는 거구나. ——목숨을 받은, 의미가."

"······목숨을 받은, 의미?"

생각 못한 말의 여운에 빌헬름은 충격을 받았다.

피보트와 체르게프 부대의 살신성인, 그리고 그것 덕분에 자신이 목숨을 건진 것을 알고 있느냐고.

하지만 테레시아의 눈에 그 기색은 없다. 그저 맑은 파란 두 눈이 빌헬름을 보았다.

"그래. 아마도 그것이 너를 괴롭히면서도, 검을 놓지 못하게 하는 거야. ──나는."

"_____."

시선을 내린 테레시아의 표정에 적적한 그림자가 드리웠다.

그녀의 표정 변화를 알아챘지만, 빌헬름은 곧바로 말을 잇지 못했다.

귀 안쪽에서는 지금도 테레시아에게 던진 말이 계속 메아리치고 있다.

"찾을 수 있으면 좋겠어. 너의, 빌헬름의 이유를."

"······내, 이유라."

그 말이 진실로 빌헬름의 마음에 뿌리를 내린 문제의 해결로 이어질지는 모른다.

그렇게 간단한 문제가 아니다. 하잘것없는 말을 하지 말라고 내치는 것도 할 수 있었다.

하지만 빌헬름은 그중 어느 쪽도 선택하지 않고,

"그렇군. ──그런 게, 내게 있다고 한다면, 말이야."

그렇게 말하고 테레시아를 향해 끄덕이고 있었다.

목숨을 받은 의미, 피보트를 비롯한 부대원들의 살신성인의 이유, 그림이 품는 선망의 답——.

어쩌면 그것이 빌헬름을 『강철』로 다시 단련하는 계기가 된 것일까.

"괜찮아. 찾을 수 있을 거야. ——빌헬름이라면."

아무 근거도 없이, 테레시아가 희미하게 웃으면서 단언했다.

그리고 빌헬름도, 왠지 그 말을 부정할 마음이 들지 않았다.

그 테레시아의 말에 이끌리듯이, 답을 얻을 기회는 찾아온다.

빌헬름 트리아스에게, 『검귀』에게, 결코 피할 수 없는 결전의 순간.

——『아인전쟁』의 중대 고비, 루그니카 왕성 혈전의 막이 오르려 하고 있었다.

『검귀연가——6막』

1

　　——왕국 각지에 숨어 있는 아인족, 이들의 대규모 일제 봉기가 국토를 전화로 휩쌌다.

　지난번의 참패의 영향이 여실히 남은 왕국군은 아인족의 무장 봉기와 대량의 송장 병사 동원, 그 대처에 선수를 빼앗기게 된다. 방대한 피해 보고가 날아들고, 사령부는 혼란에 빠져서 지휘계통이 괴멸, 각지의 방위는 각각의 책임자의 판단에 의탁되는 형편이다.

　"그러한 사정이 단편적으로 들어오고 있지만, 소상한 정황은 알 수 없다. 하다못해 우리가 어딘가에 배치되어 있으면, 적잖게 피해는 줄일 수 있었겠다만."

　대기소에 체르게프 부대를 모아 갑주를 몸에 입은 보르도가 낮은 목소리로 말했다.

　이곳에 모이는 건 괴멸한 부대원을 대신하는 신생 체르게프 부대다. 왕국군이 재편 중이라서 정식 명령은 발령나지 않았지만, 사전에 호령을 들은 멤버는 전원이 이곳에 모여있다.

물론 그중에는 빌헬름과 퇴원한 그림의 모습도 있었다.

"그림! 말은 못하게 된 모양이던데, 실력은 무뎌지지 않았겠지?! 활약할 장소다!"

"———."

발분을 촉구하는 보르도의 부름에 그림이 말없이 방패를 쳐서 울려 대꾸했다. 기세 충분하다 할 태도에 끄덕이고, 보르도는 대신 밖을 노려보았다.

"곧, 우리에게도 가장 가까운 전장에 출동이 요청될 것이다. 본래라면 당장에라도 뛰쳐나가고 싶은 바지만, 무리도 커지면 허리가 무거워지는 게 고민거리로군."

보르도가 느긋한 소리를 하는 동안에, 빌헬름은 조용히 전의를 높이고 있다.

임박하는 싸움의 기척에, 검귀는 끓어오르는 투쟁심과 맞서고 있었다. 전장에서, 생명을 주고받는 상황에서라면, 꽃밭의 미혹을 깎아낼 수 있다.

피와 생명이 불통을 튀기고, 검극에 영혼을 싣는 전장이라면, 망설임도 끝난다——."

"하나 일제 무장봉기라니 대담한 수를 다 썼어. 발가 크롬웰의 작전이겠지만, 아인족의 손발을 맞추어 연계하는 수완은 기가 다 막혀."

대기 중, 대기소 창문을 통해 밖을 바라보던 보르도가 아무 생각 없이 말을 꺼냈다. 그는 자신의 짧은 머리를 쥐어뜯으면서 증오와 분노로 뺨을 일그러뜨렸다.

"하지만 공교롭게도 계엄 태세에 있는 왕도까지는 손길이 못 미친 모양이야. 온 나라에 화마가 퍼졌지만, 중요한 본영을 놓쳐서야 마무리가 어설프지. 결국 야만족의 잔꾀인가."

얼마간 사적 감정이 든 의견이지만, 대강은 빌헬름도 같은 의견이다. 왕국 각지에서 발생한 무장봉기지만, 유일하게 왕도에서만은 아무 피해도 보고되지 않았다.

본의 아니게 몇 년 지내온 왕도의 거리다. 그곳이 전장으로 바뀌는 건 빌헬름도 바라지 않고, 많은 사람들이 상처 입는 일도 된다. 테레시아나, 그 꽃밭도 예외는——.

"——잠깐."

이상하다, 하고 빌헬름은 직감했다. 테레시아를 걱정한 자신의 마음에, 가 아니다.

뭔가 위화감이 있었다. 그리고 그것은 어느 단어와 결합해 구체화된다.

"……화마?"

보르도가 말한 그 단어에 빌헬름은 최근에 들은 기억이 있었다. 기억을 더듬다 해당하는 장면을 떠올렸을 때, 빌헬름의 등줄기에 전율이 치달았다.

——온 나라에 화마가 오르고, 왕도도 멸망에서는 달아나지 못한다.

그렇게 말한 건 왕도 주변에서 파괴공작을 하고 있던 아인족 중 한 명이다. 물론 그것이 호언장담이라고 정리할 수도 있다.

하지만 이건 발가 크롬웰의 책모다.

왕도의 불씨는 전무하지 않았다. 왕도의 경비에 참가하고 있던 빌헬름은 그것을 알고 있다. 그런 패거리에 대한 부름을 팽개치고, 구태여 왕도를 표적에서 떼어놓는다.

——있을 수 없다. 왕도는 표적에서 벗어나지 않았다.

그렇다면, 이 일제 봉기 그 자체가 발가 크롬웰의——.

"보르도! 일제 봉기는 양동이다! 놈들의 진짜 노림수는, 왕도의 왕성 그 자체라고!"

"——뭣이?"

직감이 답에 결부되어, 빌헬름은 보르도에게 다가붙어 언성을 높였다. 그 단정적인 발언에 보르도가 우락부락한 얼굴에 의심스러운 내색을 내비쳤다.

답답하다. 하지만 확신만이 있다. 적은 반드시 이쪽의 급소를 헤집으려 온다고.

"카스툴, 아이히아, 왕국이 대피해를 입은 전장을 떠올려봐! 어느 거나 왕국이 훤히 보이는 미끼를 무는 걸 노린, 발가 크롬웰의 책략이다!"

"……그러니까 넌, 이번 봉기는 양동이고, 노림수는 본성이라고?"

"그래! 이해하겠지, 보르도! 폭동의 진압에 왕도에서 병사를 내보내면, 헐거워진 왕성에 최대 전력을 처박는다. 왕국이 뒤집힌다고!"

사태와 사정에 따라서는 이때의 판단이 친룡왕국 루그니카의 미래를 좌우할지 모른다.

　확실한 증거는 없다. 하지만 빌헬름은 자신의 직감을 믿고 있다. 전장에서 그것을 믿지 않고, 어떻게 오늘까지 자신이 살아남을 수 있다는 말인가.

　"흠……."

　보르도가 팔짱을 끼고 생각에 잠기는 자세에 들어간 데에 빌헬름은 어금니를 깨물었다.

　옛날, 같은 상황이 있었다. 카스툴 평원의 싸움 한중간, 처음 보는 마법진의 대처에 고민하는 소대장에게 빌헬름은 전진을 진언했다. 살아남기 위해서는 그것밖에 없다고. 그러나 그 의견은 거절되고, 소대는 빌헬름과 그림을 남기고 전멸했다.

　이래서는, 그때의 재탕이다.

　만약 보르도가 거절한다면 자신 혼자만이라도──.

　"────."

　조급해하는 빌헬름, 그 어깨를 뒤에서 누군가가 두드렸다. 돌아보니 그곳에 서 있던 건 그림이다. 그는 빌헬름에게 끄덕이고, 보르도에게 손을 들었다.

　그 거동을 보르도가 알아채고, 그는 빌헬름과 그림 두 사람을 쳐다보았다. 그 뒤에 깊이 끄덕이더니, 그 입가에 오랜만에 사나운 웃음을 머금었다.

　"──재미있군. 우리 체르게프 부대를 왕도에 썩게 두던 게, 사령부에게 가장 큰 묘수가 되다니. 이것참 통쾌하군!"

　"오, 오오오──!!"

부르짖듯 소리를 지르고, 보르도가 도끼창의 물미로 바닥을 쳤다. 세찬 금속음이 대기소에 울리고 그것을 들은 체르게프 부대의 부대원들이 일제히 함성을 포갰다.

한순간에 전의로 전원이 불타오르고, 떨리는 실내의 공기에 빌헬름은 휘어잡힌다. 그렇게 기세에 뒤처진 빌헬름에게 전투도끼를 멘 보르도가 이를 드러내고 웃었다.

"왜 그러냐, 돌격대장! 안 어울리는 낯짝을 하고 있는데."

"──확실성이 없는 얘기라고. 믿는 거냐?"

"마지막은 내 판단이다. 아무에게도 이의를 제기하게 둘 맘은 없어. 그리고 말이다. 내 직감도 네 직감에 동의하고 있다. 피보트와 전우들에 대한 전별로, 아인의 꿍꿍이, 분쇄해주리라!"

보르도의 주먹에 가슴이 밀려 뒤로 물러선 빌헬름을 그림이 받쳤다. 침묵의 방패잡이의 쓴웃음에 『어때?』라고 들은 느낌이 들어 빌헬름은 팔을 풀어냈다.

"자아, 가자꾸나! 우리, 체르게프 부대는 왕국의 검! 그렇다면 왕국에 반기를 드는 야만족 놈들에게 정의를 집행할 의미가 있다! 이견은 있는가! 부정은 있는가!"

"없다! 없다! 있을 리가 없다!"

전투도끼를 쳐들고 전의를 고무하는 보르도에게 부대원들이 포효했다. 그리고 보르도는 그 대음량을 기분 좋게 듣고, 빌헬름에게 돌아섰다.

"빌헬름! 검귀, 빌헬름 트리아스! 적의 노림수는──!"

"──윽! 뻔하다. 적의 노림수는 왕성, 루그니카 왕성이다!!"

질문 받아 빌헬름이 목소리를 높이자 보르도의 전투도끼는 멀찍이 왕성으로 향했다.

"적은 루그니카 왕성에 임하도다! 자아, 가자꾸나, 체르게프 부대——!!"

2

사자분신의 기세로 왕성으로 달려올라간 체르게프 부대에게 왕성을 경비하는 경비병들은 죽음을 각오했다. 전귀(戰鬼)의 집단으로 착각할 그 표상에 함락된다고 진심으로 여긴 것이다.

"에잇, 웬일이냐! 네놈들, 그래도 나라의 중심을 지키는 위사임을 자처하는 몸이더냐!"

그 떨고 있는 경비병들을 한 정기사가 호통쳤다. 눈매가 사나운 정기사는 정문으로 돌격하는 체르게프 부대를 내려다보고 짜증을 내듯이 혀를 찼다.

"선두는, 그 미련한 들개가 아닌가……! 서라, 보르도 체르게프!"

"저건, 라이프 바리에프 공인가?!"

제지의 목소리에 고개를 든 보르도가 경비병들의 중심에 선 남자를 보고 눈이 휘둥그레졌다. 그곳에 서 있던 건 아이히아 습지대의 전선에서 해후한 정기사, 라이프 바리에르다.

라이프는 발을 멈춘 체르게프 부대를 쳐다보고 보르도 앞을 막아섰다.

"전시하에 무슨 속셈이냐, 보르도! 왕국 위난 중에, 공연히 소
동을 일으키다니 반란분자로 여겨져도 할 말이 없다고!"

"우악스런 놈들이 모여서 놀래킨 건 사죄하지. 하지만 이쪽도
장난으로 왕성까지 출타한 건 아니다. 사태는 일각을 다퉈. 왕
국 존망의 중대사다!"

"왕국의 존망, 이라고……?"

정문 앞에서 눈싸움을 벌이고, 굉연하게 말을 뱉는 보르도에
게 라이프는 얼굴을 찌푸렸다. 그 전귀의 집단에서 앞으로 나서
보르도에게 나란히 선 건 빌헬름이다.

검기를 뿜는 빌헬름에게 눈을 홉뜨고, 라이프는 눈에 보이게
기분이 틀어진다.

"또 네놈이냐, 검귀."

"어떻게 부르든 그쪽 자유지만, 문답할 시간은 없어. 적은 왕
성을 노리고 있다."

"──무장봉기는 양동, 이란 말인가. 하나 확증은 있는가?"

우수, 하긴 할 것이다. 빌헬름의 짧은 단언에 라이프는 즉각
아인족의 진의를 간파했다. 그러나 확실성을 요구하는 질문에
는 고개를 저을 수밖에 없다.

"결국은 감인가. 그걸 이유로 왕성에 쳐들어오려 하다니 기가
막히군. ──퇴청을 바랄까, 체르게프 부대여. 왕성의 경비,
그것은 현재 내 책무다."

"발가, 리브레, 스핑크스……. 전부, 댁이 막을 수 있다고? 대
단한 자신감이군."

"······아이히아 때와 이걸로 두 번째다. 상관에게 말대답하지 마라!"

도발에 혀를 차고 라이프가 빌헬름에게 철권을 후려쳤다. 하지만 아이히아 습지대에서는 맞아주었던 일격을, 빌헬름은 목을 기울여 어려움 없이 피했다.

"누가 피해도 된다고······ 윽!"

"그때는 댁이 지휘관이었지만, 오늘은 아니야. 맞아줄 이유도 없거니와 여기서 저지될 까닭도 없어. 방해할 거면 밀고 들어간다."

애검의 칼막이를 올리며 검기를 내쏘아주자 주위에 있는 경비병들이 떨기 시작했다. 라이프마저 그 표정에 처음에는 기가 죽은 내색이 떠올랐을 정도다. 눈싸움을 벌이고, 일촉즉발——그때였다.

"——그으—럼, 더 높은 자리에 있는 내 쪽에서 명령을 내리기로 할까요. 체르게프 부대에게 정식으로 왕성 경비에 참가하도록 말이죠."

길게 늘린 여자의 목소리는 왕성 방향에서. 집단이 시선을 성으로 돌리니 이쪽으로 걸어오는 두 인영—— 군복의 여자 로즈월과, 그녀를 시종하는 캐럴 주종이 나타나고 있었다.

"로즈월 J. 메이더스······!"

"이 내전에서 대마(對魔) 특별 고문인 저와, 한직인 정문 경비 책임자······ 어느 쪽 명령의 우선권이 높은지, 당신이 좋아 못 사는 계급과 지위로 비교해애—볼까요?"

매섭게 이를 가는 라이프에게, 로즈월은 어디까지나 가볍게 어깨를 으쓱였다. 다만 그 내용 자체는 뱀처럼 무자비해서, 라이프는 분하게 입을 닫았다.

 "뭐—얼, 그리고 전부 버리기엔 아깝답니다. 오늘, 이렇게 이 자리에 있던 게 당신의 명예를 만회할 기회로 이어질지도 모르지요. 아무 일이든 생각하기 나름이에요."

 위로도 되지 않는 말로 라이프를 밀어내고, 로즈월은 빌헬름을 응시했다. 그리고 어깻죽지까지 닿는 머리카락을 매만지고, 매력적인 미소를 머금었다.

 "역시 왔구나아—. 카스툴에서 너희…… 아니, 너를 점찍은 게 정답이었어."

 "변함없이 영문 모를 소리를. 그보다 우리는 들어가도 되는 거로군?"

 "정담을 나누는 애교 정도 있어도 될 텐데에—. ——물론, 들어가도 되다마다."

 긴 이야기를 할 맘은 없다고, 여느 때와 같이 무뚝뚝하게 응수해준다. 그 뒤로 빌헬름이 보르도를 돌아보자, 『맹견』이라고 불리는 남자는 묵직하게 끄덕였다.

 "좋아! 지금부터 체르게프 부대는 왕성에 들어간다! 성안의 각처, 주요한 장소는 전부 우리가 굳게 지키자! 열개 조로 나눈다! 편성은 사전에 정한 그대로다!"

 도끼창의 물미로 지면을 때리고 지시를 내리는 보르도를 따라 체르게프 부대가 여러 조로 나뉜다. 앞으로는 각 조가 역할에 따라서 성안을 철저히 수비하려는 의도다.

"라이프 공은 이곳에서 기다리시오. 성안은 우리 체르게프 부대가 경비하지. 정문, 결코 아인 놈들에게 넘겨주지 않도록."

"──윽! 당연한 말을 늘어놓지 마라. 날파리 한 마리 보낼까보냐. 꺼져라, 들개 무리가!"

라이프의 오기 어린 말을 거들떠보지 않고, 빌헬름 일행도 성 안으로 뛰어갔다. 그때, 그 뒤를 따라 달리면서 로즈월이 흥미롭게 한쪽 눈을 감았다.

"조를 나누었지만, 넌 변함없이 단독행동이인─ 걸까?"

"감찰역으로 그림 녀석이 있어. ──성가실 따름이지."

힐끗 뒤쪽에 눈길을 주자 말없는 그림이 나란히 달리는 캐럴에게 배려 받고 있다. 일방통행의 대화로도 의사소통은 가능한 모양이다. 그 사실에 작게 코웃음을 쳤다.

"병사가 다 나가고 없군."

성 안에 각 조가 흩어지는 가운데, 한산해진 통로와 시설에 눈길을 던지는 빌헬름이 중얼거렸다.

루그니카 성 안에 빌헬름이 들어온 건 사령부의 회의에 초대되었을 때 이래 처음이다. 하나 그때는 불필요할 만큼 사람이 많던 성 안에, 지금은 거의 인기척이 느껴지지 않았다.

"아이히아의 피해로, 각지의 전선에 상급 사관들이 파견되고 있으니까 말이야. 그리고 이번 대규모 봉기로, 피해가 큰 땅에 병사를 보내도록 폐하께서 친히 내린 말씀도 있었지."

"그건 또……."

"왕명은 소홀히 할 수우——는 없어. ——설령, 그것이 적의 의도대로여어——도."

루그니카 왕족은 하나같이 호인에다가, 국정에 적합하지 않은 장식들뿐.

그것은 널리 알려진 풍평이지만, 아무래도 밑도 끝도 없는 엉터리 소문도 아닌 모양이다.

"그럼 왕성 경비는 뻥뻥 뚫렸단 말인가?"

"최소한의 근위병과 라이프 공 같은 경비대가 남았을 뿐일까? 자기 몸 하나만 건신하려고 하지 않는 폐하의 자세는 훌륭하아——시지만, 나라의 중심으로서는 사알——짝 문제일지도 모르지. 지금쯤은 왕국의 안녕을 위해 용에게 기도를 바치고 있을지도 모를걸?"

"마지막이 남의 힘에 기대는 게 아니라면, 애국심 자체는 훌륭할지도 모르겠지만—— 아니."

거기까지 말한 시점에서, 빌헬름의 직감이 또다시 반응했다.

아인족이 왕성을 노린다면, 최종적인 목표는 왕국의 심장, 국왕 말고 있을 수 없다.

그리고 왕국 전토에 아인을 봉기시켜 성에 남은 국왕을 확실하게 포착하는 방법——『친룡왕국』루그니카의 국왕이 나라의 위기 때에 발길을 옮길 곳은 하나밖에 없다.

그조차 발가 크롬웰의 손바닥 위의 유도라고 치면——.

"빌헬름! 난 지금부터 폐하의 옥체를 확보하러 간다! 위층에……."

"보르도! 난 예배당이다! 불복은 있나!?"

위층을 목표하는 보르도의 말을 가로막고 빌헬름은 자신의 의사를 내던졌다. 자신의 직감에 따르는 자세와 말투에, 보르도는 휘둥그레 눈을 뜨다가, 직후에 웃었다.

"──아니, 없어! 무슨 일이 있든지 간에 체르게프 부대의 마음가짐을 잊지 마라!"

"그딴 건 처음부터 몰라."

"그러면 그림에게 들어라. 그림! 빌헬름의 고삐를 놓지 마라!"

그 말에 힘차게 방패를 울리는 소리가 응답하고, 빌헬름이 얼굴을 찌푸렸다. 보르도는 도끼창을 메고, 서로의 무운을 맹세하고 달리기 시작했다.

"넌 어쩔 거지? 애초에 왜 우리를 따라오는 거야."

보르도와 헤어지고 왕성 지하의 예배당으로 가면서 빌헬름은 동행할 맘으로 가득한 로즈월에게 의문을 던졌다. 그 말을 듣고 그녀는 한쪽 눈을 감았다.

"나도 나대로 목적이 있어. 내 표적이 어느 쪽에 나올지, 이것마안─은 도박 요소가 크으─지만…… 지금은 하나, 홀딱 반한 남자의 판단을 믿어볼까 생각해서."

로즈월의 흰소리를 듣고 그림과 캐럴이 기겁했다. 하나 정작 빌헬름은 진정 어이없단 얼굴로 혀를 차고, 그녀의 시선에서 달아나듯이 앞을 보았다.

"죽어도 모른다. 한창 싸우는 중에 뒤쪽을 신경 쓸 만큼 착하지 않아."

"……그 말을 입에 담은 만큼, 변했다고 생각하지마안—."

"변하겠냐. 변한다고 해도——."

그건 빌헬름이라는 인간이, 피가 흐르지 않는 검으로 정련되어갈 뿐인 이야기다.

역시 그것이야말로 자신이 검에서 찾아낸 답일 터인 것이다.

——뇌리에 테레시아가 스치는 것을, 빌헬름은 어금니를 깨물어 털쳐냈다.

타이르지 않으면 스스로 그것을 믿을 수 없어지노라고.

마치 그런 사실에서 눈을 돌리듯이, 빌헬름은 곧게 달리기 시작했다.

3

——알현의 홀에 발을 디딘 순간, 보르도는 농밀한 공기의 변화를 생생하게 느꼈다.

화끈대는 투기의 감각은 절대적인 강자와 맞섰을 때의 그것이다. 부하와 동행하지 않고 다른 장소에 배치한 것이 정답이었다. 이것만은 아마 자신밖에 견딜 수 없다.

"……빌헬름 녀석에게는 몇 번 감사해도 모자라겠어."

압도적인 투기의 압력—— 요즘은 부쩍 빈도가 줄었지만, 연병장에서 빌헬름과 상대했을 때는 항상 이것을 맛보고 있었다. 보르도에게는 이골이 난 부류의 공포심이다.

자신의 실력이 뒤떨어진다고, 보르도가 순순히 인정하는 상대는 적다. 그것은 그의 오기가 센 것이 아니라, 실제로 그의 실력이 매우 드문 수준이기 때문이다.

어릴 적부터 무(武)에 마음을 붙여 혜택 받은 체격과 재능을 살려서 기사의 길을 걸었다.

집안과 재능 양면에 뒷받침 받아 보르도의 인생은 순풍에 돛단 배 그 자체라고 할 수 있으리라. 잔소리 많은 형 같은 시종과 함께, 보르도의 걸음은 항상 양달 속, 순풍을 받고 있었다.

그런 보르도의 인생에 새로운 흥취와 변화의 바람을 일으킨 게 빌헬름이다. 건방지고 반항적인 소년에게 보르도 쪽이 애를 먹은 기억은 헤아릴 수도 없다. 다만 그 수고를 허용해버릴 만큼, 보르도는 빌헬름에게 구원받고 있었다.

소년에서 청년으로 변하고, 그 검의 단련도는 왕국에서 필요 불가결한 것으로 변한다.

피보트도, 그것을 알고 있었기에 빌헬름을 위해서 목숨을 내던진 것이다. 그의 존재가 왕국의, 보르도의, 그 미래를 좌우하는 중요한 존재라고 내다봤기에.

그리고 실제로 빌헬름의 존재가 지금 보르도의 생사를 판가름했다.

"_____."

알현의 홀에 깔린 붉은 융단, 그것을 더욱 거무칙칙한 피로 물들이면서 쌍신검을 쳐드는 장신이 보르도 쪽으로 돌아섰다. 생기 없는 눈과, 비릿하고 귀에 거슬리는 호흡 소리. 산 사람이었을 때의 존재감이 형적도 없어진, 사인 리브레 페르미다.

그러나 송장 병사가 되어서도 아인족 최강의 존사, 그 투기는 여전히 건재했다.

"스핑크스는 없다, 라. ……하지만 네놈은 피보트의 원수다. 추레한 야만족."

구태여 입정사납게 적을 욕함으로써 보르도는 자신의 전의를 난폭하게 고무했다.

그러지 않으면 틀어박히는 투기의 파도에 휩쓸려 선수를 양보해버릴 수도 있다. 그만한 귀기, 그만한 차이, 전사로서의 밀도 차이가 뚜렷하게 그곳에 존재하고 있다.

보르도가 그에 굴하지 않고 넘어간 건 그 패배감을 이미 몇 십 번이나 맛보았기 때문이다.

빌헬름 트리아스와의 상대로, 보르도는 항상 그 패배감에 범벅되었다.

"이제 와서 패색이 농후한 적에게 도전하는 걸 두려워하진 않는다. ──간다, 리브레 페르미!"

메고 있던 전투도끼를 머리 위에서 휘돌리고, 짐승처럼 포효하며 보르도는 융단을 세게 밟았다. 거구가 튕기듯이 앞으로 날고 쌍신검을 거머쥔 사인이 그것을 받아쳤다.

거센 불똥과 강철이 맞물리는 마찰음이 울려퍼지고, 『맹견』과 『독사』의 격전이 시작되었다.

4

예배당의 대문 앞에, 머리를 잃은 근위병의 유해가 여럿 나뒹굴고 있었다.

왕성 경비의 임무를 맡은, 얼마 안 되는 근위기사들이다. 그들이 분전이 허망하게 무너진 것은 굴러다니는 기사검과 검극의 흔적이 증명하고 있다. 패배자, 즉 약자에게 줄 정은 없다. 그것이 빌헬름의 지론이었지만, 이때는 왠지 기묘한 감개가 가슴에 움텄다.

그것은 이 유해들이, 무엇을 위해 싸우고 있었는지 알고 있었기 때문일지도 모른다.

"———."

감상을 내버리고 빌헬름은 애검을 꼬나들고 큰 문을 열어젖혔다. 천천히 삐걱이는 소리와 함께 문이 열리자 예배당에서는 청량한 바람이 통로로 흘러들었다.

왕성 지하에 건설된 예배당은 마법등의 푸르스름한 빛으로 비추어지는 장엄한 공간이다. 문 좌우에 긴 의자가 열을 이루어 늘어서고, 정면 벽에는 나라의 문장인 신룡의 문장이 조각되어 있다. 그리고 그 조각에 기도를 바치는 제단에, 두 인영이 나란히 서 있었다.

"——예배당에서, 왕국의 인간은 용에게 기도한다. 제국이라면 힘에, 성왕국이라면 정령에, 서쪽의 도시국가에서는 모르지만, 뭔가 기도를 바칠 상대는 있겠지."

"그럼 너희는 뭐에 기도하는 거지? ——아인은 예배당에서, 누구에게 뭘 비나."

"어디 그래. 우리가 기도한다면, 그건 동포와 선조의 영혼일 게야. 그것 말고 기도할 방법을, 적어도 나는 갖추고 있지 않으니 말이다."

쉰 목소리가 응수하고, 두 인영── 거한과 조그만 소녀가 이쪽을 돌아보았다.

소녀의 내력은 이제 와서 설명할 필요도 없다. 낯익은『마녀』스핑크스다. 그리고 그 옆에 서 있는 거한, 그가 바로『아인전쟁』최대의 적, 거인족의 대참모──.

"발가 크롬웰인가."

빌헬름의 부름에 거한이 끄덕였다. 하지만 그 표정은 살필 수 없다. 왜냐하면 거한은 그 온몸을 하얀 천으로 덮어 이때까지 정체를 숨기고 있기 때문이다.

"맞노라. 그러는 네놈은『검귀』렷다. 과연, 겁없는 표정에 비정상적일 정도의 귀기……. 싸움은 젬병인 나라도 알겠으이. 과연 리브레를 꺾은 검사로다."

"리브레를 꺾었다, 라고?"

아이히아의 결판을 감안하면 굴욕적일 수밖에 없는 평가다.

사실을 뒤틀어서 보고한 마녀는 검귀의 시선을 개의치 않고 로즈월을 응시했다.

"당신이 이곳에 왔다, 라는 말은…… 국왕이 이곳에 올 일은 없을 것 같군요."

"개인으로서는 별반 집착할 이유는 없지마는. 그으─저, 네 의대로 놀아나는 건 매우 마음에 안 들어. 네 모든 걸 부정하고,

마지막에는 목숨을 짓밟아주지."

무감정한 스핑크스의 말에, 뻗은 두 손에 수갑을 장비한 로즈월이 대답했다. 그녀는 가볍게 손목을 돌리더니 유난히 그럴싸한 동작으로 격투전의 자세를 잡았다.

그녀의 배후에서는 캐럴이 장검을, 그림이 방패를 잡고 똑같이 싸움에 대비하고 있다.

"용감한 일이로고. 고작 넷이서 우리를 상대할 작정이라니."

"너희야말로 소수로 본성에 돌입하다니 제법이셔. 재수없게 입이 가벼운 동료가 있던 바람에 작전도 물거품이야. ──여기서 끝내주지."

"……작전을 아는 자는 엄선했을 터인데, 죽음에 임박해 입이 가벼운 자가 나왔나. 아니, 동포를 원망하지 않으리. 여기까지 숨어든 이상, 흐름으로서는 최상이지."

"성에 숨어들 때까지는 확실히 말이지. 경비병 놈들은 뭘 하고 자빠졌는지."

"지하수맥으로 통하는 비밀 통로…… 지금은 아무도 모르지. 단명인 까닭의 구멍이렷다."

발가가 발꿈치로 바닥을 밟아 우직하게 침입 경로를 밝혔다. 이쪽이 작전을 간파한 내막을 설명했기 때문인지, 의리있는 대응을 해주고 있다. 무심코 혀 차는 소리가 나왔다.

"예전, 아직 용과의 맹약이 이루어지기 전…… 이 땅에 성이 세워졌을 때, 그 건설에는 아인족도 손을 거들었다더군. 당시, 인간과 아인의 관계가 어땠는지 따위 추량하는 것도 어처구니

없지만, 얄궂은 노릇이지. 그때가 있기에 오늘의 응보가 성립된다."

"거창하신 의견이군. 그런데 인선이 안 좋은데. 너는 지능전 말고는 쓸모가 없다고 들었다고. 실질적으로 전력은 옆의 마녀뿐이지 않냐."

"……확실히, 원래의 나라면 그렇겠지."

목소리를 죽이는 발가에게 빌헬름은 눈썹을 좁혔다. 의미심장한 중얼거림이다. 그리고 빌헬름의 반응에 발가는 목구멍 안쪽에서 낮게 웃음소리를 냈다.

"노림수가 성공하면 이곳에는 국왕이 있었을 터. 그 국왕을 해치겠다면 근위를 깨뜨릴 수밖에 없어. 그러기 위한 수단, 내가 준비하지 않았다고도 생각하느냐?"

"요점만 말하시지."

"정서가 없는 인간이구먼. ……스핑크스, 술식을."

단적인 빌헬름의 대답에 발가는 옆의 스핑크스에게 말을 던졌다. 그 부름에 스핑크스는 거구를 올려다보고 살짝 갸웃했다.

"괜찮은 건가요? 한번 시작하면 정지는 곤란…… 아니, 불가능합니다만."

"상관없다. 원래부터 동포들에게 보답하기 위해서도 살아서 돌아갈 심산이라곤 없어!"

언성을 높이고 발가가 걸치고 있던 하얀 옷을 벗어던졌다. 그 안에 숨어 있던 건 대머리에 귀신 같은 표정의 노인이다. 그러나 거인족 특유의 근육의 갑옷은 건재하고, 더욱이 특필해야 할 건 바위 같은 육체, 그 피부에 그려진 보라색 문양── 빛을 내는, 마법진이다.

"──인체에 마법진?! 무슨 술식이야?!"

"말했을 터다. 네놈들 인간은 용에게 기도한다. 허면 우리는 동포와 조상신에게 기도한다고!"

캐럴의 외침에 발가가 묵직한 목소리로 대답했다. 노인의 육체를 토대로 술식이 기동하고 그려진 문양의 광채가 증가하더니, 발가는 품속에서 뭔가를── 작은 상자를 꺼냈다.

"일찍이 거인족이 정녕코 거인으로서 두려움 사던 시대의 증거, 거인의 시조가 지녔던 뼈이니라!"

"결국 뼛조각 하나로는 『불사왕의 비적』으로도 송장 병사로서 재현하는 건 이룰 수 없습니다. 하오나 그곳에 혈육이 조화하는 자손과, 막대한 마나를 공급할 수 있으면 이야기는 다릅니다."

"발가 크롬웰의 육체로 거인의 시조를 재현할 속셈인가!"

"아인족의 오기를, 긍지를, 그 눈에, 그 몸에, 영혼에 새겨라, 인간들──!!"

포효하고, 발가가 하얀 뼛조각을 자신의 가슴 중심에 찌르듯이 쑤셔넣었다.

직후, 스핑크스의 『불사왕의 비적』이 발가 크롬웰의 육체에 그려진 마법진으로 증폭되어 그 무시무시한 의도가 성취된다
──.

"오, 오오, 오오오오오──!!"

짐승 같은 목소리는 서서히 커지고, 그 발생원 또한 서서히 높아진다. 원인은 목소리를 지르는 발가의 폐의 비대화와, 그의 거구가 곱절, 거기에 다시 곱절로 거대화하기 때문이다.

　몇 초 뒤, 술식의 발동광이 수그러들었을 때, 예배당의 안쪽을 가득 메우고 있던 건——.

　"이것이, 거인족의 시조라고……? 그냥 괴물이 아닌가……!"

　목소리를 떨면서 거구를 올려다보는 캐럴이 그렇게 뇌까렸다. 그 목소리에 포함되어 있던 건 틀림없는 공포. 하지만 그 사실로 그녀를 탓할 수 있는 인간은 아무도 없으리라.

　예배당의 천장에 도달한 발가의 거구는 너끈히 10미터 이상으로 거대화하고 있었다. 지하 공간에 몸이 다 들어가지 않아 거인은 반쯤 웅크린 형국이다. 그때, 별안간 거구가 팔을 앞으로 뻗었다.

　무섭도록 느릿하게 보이는 움직임——임에도 불구하고, 그 속도는 폭력적일 만큼 빠르다.

　"——피해!!"

　창졸간에 소리를 지르고 빌헬름은 정면으로 육박하는 흉악한 장타를 옆으로 뛰어 피했다. 똑같이 로즈월도 옆으로 뛰어 회피하고, 그림이 캐럴을 감싸며 손바닥 앞으로 뛰쳐나갔다.

　허리를 낮추어 방패를 잡고, 거수의 돌진에 필적하는 위력을 그림이 막았다. 소수점 몇 초의 팽팽한 대항도 없이 힘에 밀려나가 문 저편의 통로까지 캐럴째 날아간다.

　"두 사람이——."

"저 바보가 뒤로 뛰어서 충격을 죽였어! 그보다, 이쪽으로 온다고!"

두 사람을 걱정하는 로즈월. 그 옆에서 날카롭게 외쳐 주의를 환기하고, 빌헬름은 애검을 고쳐잡았다. 검귀는 거대화한 발가와 부유하는 스핑크스를 쏘아보았다.

『마녀』는 그 안광에 눈길도 주지 않고 『거인』이 붕괴시킨 천장을 올려다보았다.

"발가, 이 자리는 맡겨도? 전 다음 단계로 요·이행할 생각입니다만."

"마음대로 하여라. ──난 리브레의 원수를 갚기로 하지."

"그럼 그러시길. 발가, 요·건투를."

"……네놈에게도 신세를 졌다. 그 기미도 모르겠지만은."

자유를 허락받은 스핑크스가 떠날 적에 발가가 남긴 말에 갸우뚱했다. 하지만 마녀는 아무 말도 없이 무너진 천장의 구멍을 지나 위층으로 자취를 감추었다.

"스핑크스……!"

"마녀를 쫓아. 복도에서 자고 있는 두 사람을 데리고."

마녀의 이탈에 분개하는 로즈월에게, 통로 쪽에 검을 겨누는 빌헬름이 내뱉었다. 그 단언에 로즈월은 눈을 크게 뜨고, 발가의 거구를 힐끔 쳐다보았다.

"너 혼자서, 저 발가를 상대하겠다고? 그으──건 아무래도 무모하지 않아?"

"마녀는 방치할 수 없어. 그리고 저놈의 상대는 주먹이나 방패론 궁합이 안 좋아. 받아서 흘리는 기술이 주체인 캐럴의 검도 똑같지. 접근해서 벤다. ——내 사냥감이야."

칼끝을 고로 발가에게 겨눈 빌헤름에게서, 사나운 귀기가 터져 나왔다.

"역시. 정말로 홀랑 넘어갈 것만 같아. 무사히 재회할 수 있으면 키스하고 싶을 정도야."

"소름 돋는 소리 말고 냉큼 꺼져."

"정말로 야박해애—라. 혹여 달리 마음에 둔 사람이라도?"

상황도 분별 않고 놀리는 어조를 계속하는 로즈월에게 빌헬름은 콧방귀를 뀌었다.

한순간, 뇌리에 붉은 머리의 소녀가 스칠 뻔했지만, 그 사실은 일절 거론하지 않는다.

"무운을 빌겠어."

"너도, 힘껏 죽다 말아라."

살벌한 말로 서로의 건투를 맹세하고, 로즈월이 발을 빠르게 놀려 예배당을 뛰쳐나갔다. 통로에서 두 사람을 회수해 위층에서 스핑크스와 일전을 겨룰 터이다. 그곳에서 마녀를 무찌를 수 있을지 어떨지는, 세 사람이 하기 나름이라고 말할 수밖에 없다.

그것이 일종의 신뢰임을, 빌헬름은 자각하지 못했다.

"내 쪽도, 남을 걱정할 여유가 없을 테니 말이지."

"우쭐대지 마라, 애송이. 네놈 따위가 우리의 비원을 막을 수 있을쏘냐——!"

몸을 낮추어 검을 잡은 빌헬름에게 노성을 터트리며 발가의 강완이 휘둘러졌다. 육박하는 상궤에서 벗어난 팔의 위력에 몸을 던지고, 검귀는 입끝을 치켜올렸다.

"강하면 지나간다, 약하면 꺾인다. 그뿐이다. ──마음의 강함 따위 관계있겠냐."

5

파고들어 혼신의 전투도끼를 상단에서 수직으로 내리쳤다. 쌍신검의 한쪽 날이 그것을 받고, 삐걱이는 소리와 함께 위력이 흘려지는 걸 한계를 초월한 완력으로 억지로 돌파했다.

도끼질이 사인의 몸통을 타격하고 비늘과 선혈을 튀게 해 리브레가 크게 몸을 젖혔다.

"치이이이에에에이!!"

상처가 나고도 고통스러운 소리 하나도 지르지 않는 적에게, 포효를 터트리는 보르도가 추격을 가했다. 초중량의 도끼창을 팔의 연장인 것처럼 휘둘러대고, 칼날에 물미, 자루를 구사해 연격을 때려넣었다.

그 모든 것을, 리브레의 송장 병사는 유해에 남은 전투기술 전부로 방어했다. 몸놀림과 쌍신검의 방어술에 농락되어 자세가 무너진 보르도를 참격이 날려버렸다. 어깻죽지와 아랫배를 선열하게 도려져 피를 뿜으면서도 보르도는 버텨섰다.

강적, 틀림없이 평생에 손꼽히는 강적이다. 이것이 송장 병사가 되어 실력이 열화된 것이라니, 믿기 어렵다. 생전의 적이 이른 경지를 생각하는 바람에 발생하는 몸서리는 공포와 전의 어느 쪽이 원인인가.

"크, 아──! 피가 끓는다! 피가 끓노라, 리브레 페르미!"

진실이 어느 쪽이더라도 지금 이 순간은 전의야말로 진실이라고 자신에게 큰소리치는 것이다.

피 범벅이 되면서 기운을 내려고 언성을 높이는 보르도를, 빛이 없는 리브레의 눈이 보았다. 사인은 전사의 함성에 아무 반응하지 않고 손바닥에서 쌍신검을 회전시켜 전투를 속행했다.

리브레 페르미의 쌍신검이 낳는, 필살의 살육무도──.

"끄, 오오오오오──!!"

참격의 폭풍에 마음이 겁을 낸다. 하지만 뒷걸음질 칠 뻔한 발바닥이 계단 밑에서 전해지는 진동을 느꼈다. 격렬한 전투의 여파가 여기까지 전달되어 전우의 분전이 보르도의 투지에 불을 붙였다.

──자신은 발밑이 허술하다고, 최후에 피보트가 그런 소리를 했었다.

그 발밑에서 전해지는 전우의 분투에 힘을 얻은 지금이라면, 그는 뭐라고 말할까.

뻔하다.

"그런 의미가 아니라고, 넌 웃을 테니까 말이다, 피보트──!!"

포효하고 육박하는 살육무도에 보르도는 마음을 북돋아 도끼창을 메고 돌진했다.

빌헬름 같은 전투 기예는 없다. 그림처럼 받아낼 수는 없다.

캐럴처럼 요령껏 피하지 못하고, 로즈월의 견식도 자신에게는 없다.

따라서 보르도 체르게프는 자신의 밑천, 은총을 받은 육체와 재능에 집중해 도박에 나섰다.

"——오오오오오!"

폭풍 같은 참격에 온몸이 저며 이글대는 통증과 출혈을 맛보면서 치켜든 전투도끼가 파괴적인 위력을 수반해 사인의 한복판에 내리꽂혔다.

충격이 작렬한다. 그리고, 결판은——.

6

작열하는 백광, 닿은 것을 순식간에 증발시키는 죽음의 열선이 발사되어 바닥과 벽에 예리한 상흔이 새겨졌다.

예배당의 천장을 지나 왕성 1층의 통로로 달아난 스핑크스. 지하의 전투에서 이탈해 여전히 악을 이루고자 꾀하는 그녀를 막은 건 뒤쫓아온 군복 차림의 여자다.

"당신도 정말로 끈질긴 분이군요. 요ㆍ배제입니다."

"그으—래? 네가 일찍 침몰해주면, 나도 숙녀로 돌아갈 수 있는데."

석벽을 차며 삼각 뛰기로 동통로 상공을 부유하는 스핑크스에게 주먹을 후려친다. 스핑크스는 좌우로 몸을 흔들어 권격을 피하지만, 로즈월은 재차 벽을 차 긴 다리가 허공에 아름다운 호를 그렸다. ──발차기가 마녀를 직격해 단숨에 고도를 끌어내렸다.

"그림, 맞춰줘!" "──윽!"

거기에 통로 앞뒤로 포위하듯이 캐럴과 그림의 공격이 마녀를 뚫었다. 동시 공격에 스핑크스는 몸을 돌리고, 더욱 치명적인 검격 쪽에 마력의 방패를 형성, 방어했다.

"웃──?!"

하지만 당연히 그래서는 그림의 방패 공격을 무방비하게 당하는 꼴이 된다. 배후에서 받은 타격에 소녀의 몸이 크게 젖혀지고, 통로 저편── 대청으로 날려갔다.

"됐다!"

"──아아──니, 야단 났어. 녀석은 이 좁은 통로에서 해치워두고 싶었어."

결과에 쾌재를 외치는 캐럴과, 대조적으로 실책이라고 뺨을 일그러뜨리는 로즈월. 말없는 그림도 합쳐 세 사람은 튕겨나간 스핑크스를 쫓아 대청으로 뛰어들었다.

──직후, 세 사람을 노리고 쏟아지는 열선이 통로의 출구를 하얗게 불살랐다.

"요·주의입니다. 어떠한 사냥감도, 몰아넣은 순간에야말로 이빨을 드러낼 가능성이 있습니다."

대청, 통로보다는 훨씬 천장이 높은 방의 허공에 스핑크스가 죽음의 열선으로 로즈월 일행을 환영했다. 도망칠 곳이 없는 장소에서 절호의 타이밍.

피할 수 있을 리 없는 일격에 마녀는 필살을 확신했다. 하지만 —————.

"————? 대체, 어떤 속임수지요?"

"뭐—얼, 어려운 이야기가아— 아니지."

열선에 지져져 하얀 연기가 자욱한 통로에서 로즈월 일행이 상처 없이 나타났다. 그리고 스핑크스의 의문에 로즈월은 두르고 있던 망토를 내던지고서 대답했다.

"내 망토는 한 번, 어떤 마법이든 막을 수 있는 술식으로 구성되어 있었단 거어—지."

"과연. 그 방어력으로 아군째 막았다, 입니까. 당신의 주도면밀함에는 기가 막힙니다. 어지간히 절 죽이고 싶었던 거군요."

"물론 그렇지만…… 아아—마, 그 인식이라도 아직 어설프다고 생각하지이—만."

상공과 지상, 제공권을 빼앗긴 대치지만, 로즈월의 의지는 꺾이지 않았다. 그 옆에서 감싸진 캐럴이 장검을 하단으로 잡으면서 앞으로 나섰다.

"폐를 끼쳤습니다, 메이더스 님. ——잠깐, 곁을 떠나도 될는지요?"

"아아, 자유롭게 하렴. 슬슬, 기겁하게 해주도록."

임시, 하지만 긴 관계가 된 주종의 대화에 스핑크스가 갸우뚱했다.

"그녀로는 당신에 비해 역부족……. 개죽음만 되는 건 아닌지?"

"『검성』의 계보를 섬기는 당가, 레멘디스의 검술을 얕보지 마라, 천한 놈."

고개를 갸웃하는 스핑크스, 그 마녀의 시선에 큰소리를 치고 캐럴이 장검을 쳐들었다. 직후, 가벼운 도약으로 하늘에 오른 그녀는 똑바로 마녀에게 검을 휘두렀다.

그 잔재주 없는 직진에 마녀는 빛나는 손끝을 겨누었다.

"역시 개죽음이…… 요·공부였군요."

열선이 발사된다. 그것은 공중에 있으며 날개가 없는 캐럴에게는 피할 방도가 없다. 덧없이 그녀는 열선에 꿰뚫려 그대로 증발해 목숨을 버린다──고는, 되지 않았다.

"하?"

"말했을 터다. ──레멘디스를 만만하게 보지 마!"

어안이 벙벙해진 스핑크스, 그 눈앞에서 캐럴은 죽음의 열선을 옆으로 뛰어 피했다. 허공에 있음에도 아무것도 없는 공간을 박차서 더욱 가속해 상승한다.

그리고 반달을 그리는 참격이 무방비한 마녀의 왼팔, 그것을 중간에서 베어 날렸다.

"크윽──!"

절단된 팔이 날고, 피보라를 뿌리는 마녀의 몸이 낙하했다. 거기에 캐럴은 추격을 가하려고 하지만, 남은 마녀의 오른팔이 열선을 옆으로 후리며 방사. 캐럴은 허공을 박차 가까스로 열선을 피했다. 하지만 마녀의 수난은 끝나지 않는다.

"받으시게. ──이날을 위한, 20년의 내 광분!!"

낙하하는 스핑크스의 바로 밑에서, 대기하던 로즈월의 주먹이 바람을 휘감고 찔러올라갔다.

　앳된 소녀의 몸통에 틀어박힌 권격은 수갑 너머로 날카로운 위력을 관통시켜, 뼈가 부서지고 내장이 파열하는 파괴음을 대청에 성대하게 울려퍼뜨렸다.

　"──윽!!"

　천하의 스핑크스도 이 위력 앞에는 새치름한 얼굴을 유지하고 있을 수 없다.

　치명적인 위력에 핏덩이를 게워내고, 깜찍한 용모가 고통으로 일그러졌다. 말이 되지 못하는 목소리는 피와 구토에 숨겨지고 날아가는 몸이 대청 한복판까지 맹렬하게 굴러갔다.

　왼팔의 결손에 따른 대량 출혈과, 파괴적인 충격에 따른 내장의 전손── 실혈과 격통으로 일반인이라면 즉사할 수도 있는 대미지지만, 마녀 상대로는 그걸로도 방심할 수 없다.

　"머리를 깨고, 심장을 멈출 때까지는 결코…… 말야."

　착지하고 스핑크스를 살피는 캐럴을 물러서게 했다. 그녀에 대한 위험을 배려, 라기보다는 개인적인 이유를 우선했다. 스핑크스의 숨통은 자신이 끊는다.

　그대로 스핑크스에게 걸어가 일격을 때려넣고자──.

　"……놀랐, 습니다. 여기까지 망가질 줄은…… 에흑, 예상 외, 입니다."

　핏덩이를 흘리고 몸을 일으키는 스핑크스가 그렇게 말했다. 기침하는 마녀의 얼굴은 핏기를 잃어 결코 행동할 수 있는 상태가 아니다. 그러나 이루 말할 수 없는 섬뜩함이 자극받았다.

"떨어진 게 왼팔이라, 다행이야……."

뭔가 하기 전에 파고들어 머리를 때려부순다. ——하지만 로즈월의 주먹보다 스핑크스가 남긴 오른팔로 자신의 로브를 벗는 쪽이 빠르다. 천이 찢어지는 소리가 나고 드러낸 소녀의 하얀 살결에 보라색 문양이 도드라졌다. 발가에게 시술했던 것과, 같은 문양이.

"——알 지와르드."

죽음의 열선—— 지와르드의 극대 마법이 영창되었다.

손끝에서만 발사되었던 열선이 스핑크스의 작은 손바닥 전체에서 방출되었다. 다섯 손가락과 손바닥이 만들어낸 그것은 모든 것을 쥐어뜯어 증발시키는 죽음의 손톱이다.

"————."

정면으로 대청을 비스듬히 소실시키면서 죽음의 열선이 육박한다. 로즈월이라도 회피곤란한 일격에, 그 목이 희미한 떨림으로 막혔다.

죽음을 각오해서, 가 아니다. 하얀 열파가 닿기 직전, 눈앞에 끼어든 그림자가 있다.

"——!"

침묵하는, 목소리를 잃은 청년은 방패를 들고 그 열선을 정면으로 받아내고 있었다.

7

벽이 짓쳐드는 듯한 압박감을 수반한 장타가 잇달아 예배당의 바닥을, 천장을 붕괴시켰다.

『거인』의 장타는 스치기만 해도 몸째로 앗아가 버릴 수 있는 위력이다. 하지만 폭풍에 머리카락을 흐트러뜨리면서 빌헬름은 그 팔의 코앞을 빠져 나가 참격을 때려넣었다.

"헛수고다, 풋내기! 그런 싸구려 검으로 진짜 거인을 벨 수 있을까 보냐!"

그러나 바위와 강철을 능가하는 거인의 팔 강도가 검귀의 일격을 가뿐하게 튕겨냈다.

되튕기는 충격에 자세가 무너지자 다른 한쪽 팔이 옆으로 들이쳤다. 그 팔을 발판 삼아 도약해 회피를 시도한다. 하지만 발판의 속도에 자세가 무너져 치명적인 빈틈이 생긴다.

"큰소리, 좋고—— 하나, 이걸로 끝이니라!"

"끄, 아——?!"

공중의 빌헬름에게 발가가 벌레를 때려잡듯이 팔을 내리쳤다. 창졸간의 방어, 하지만 압도적인 타격력 앞에서는 의미가 없다. 온몸 구석구석까지 얻어맞아 빌헬름은 예배당 바닥에 튕기고 긴 의자의 열에 처박혔다. 부서진 의자 밑에 깔리고 침묵이 내려앉았다.

"별거 아니군. 이대로 왕성 전부를 파괴해서……."

"거들먹, 대지 말라고."

"크음?"

의심의 목소리마저 대음량인 거인을 노리고, 잔해에서 빌헬름이 튀어나왔다. 어마어마한 출혈에 범벅된 검귀지만 그 두 눈은 전의로 형형하게 빛나는 상태다.

당황해서 휘두른 오른팔을 몸을 숙여 피하고, 늦게 오는 왼팔을 도약으로 완벽하게 피했다. 그대로 발가의 팔을 타고 상박을 뛰어 올라가 부릅뜬 안구에 검끝을 찔렀다.

강철보다 우월한 피부가 있을지언정 인체 급소가 무른 건 변함없다. 안구는 찌르기의 예리함에 쉽사리 꿰뚫리고, 분출되는 유리체를 뒤집어쓰는 빌헬름 앞에서 발가가 절규했다.

"궈어어어억———!!"

회심의 손맛을 느끼며 검을 뽑아내고 격통에 날뛰는 발가의 어깨에 매달린 검귀가 비웃었다.

타격 당한 온몸은 삐걱대고, 한순간의 불찰로 늑골과 내장 일부가 파괴되었다. 긴장을 풀면 치미는 핏덩어리에 목이 막히고, 타는 듯한 통증에 호흡마저도 불안해진다.

그러나 이래야 하는 법. 이래야 전장이다.

"르르르르아아아아!"

포효하고 빌헬름은 상처를 누르는 발가의 손가락을 노렸다. 관절 부분에 참격이 들어가지만 손맛은 딱딱하다. 참격은 먹히지 않는다. 하지만 그건 패인과도 절망과도 직결하지 않는다.

튕기는 팔을 되돌려 절규하는 입술로 검끝을 쑤셔넣었다. 피부를 뚫고 고기를 뚫어 치열을 도려내는 감촉이 있어, 입안을 유린당한 발가가 다시 절규했다. 거기에 힘으로 휘두르는 팔이 우발적으로 빌헬름을 직격, 팽그르르 도는 몸이 바닥에 격돌해 날아갔다.

주먹을 지면에 내려쳐 억지로 구르는 기세를 잡았다. 무릎을 떨며 일어섰다. 하지만 일어선 검귀는 자신의 꼴나사움에 혀를 차고 거인을 쏘아보았다.

그 입술에 박힌 검은 지면에 떨어진 빌헬름에게서는 너무나 멀다.

"이것이, 싸움의 아픔……! 내가 약삭빠른 머리로 잔수작을 부리는 동안에, 동포들에게 맛보게 한 고통인가! 어찌나 독선적이었는고……!"

이를 가는 빌헬름의 눈앞에서 신음성을 지르는 발가가 상처에서 손을 뗐다. 그때, 왼쪽 눈의 상처가 붉은 증기를 뿜으며 삽시간에 상처가 아물어갔다. 그 동안 발가의 몸의 문양은 한층 더 강하게 빛나 『불사왕의 비적』인지 뭔지의 무시무시한 효과를 실천했다.

"하지만 동포의 분노와 굴욕을 풀기 전에는 결코 지지 않는다! 아무리 네놈이 강하더라도, 우리의 긍지 앞에서는 결코 이기지 못할 것임을 깨달아라──!!"

"주절주절…… 말했잖냐. ──마음의 강함이, 승패에 관계 있겠냐!"

내뱉는 빌헬름에게 포효하는 발가가 두 팔을 맹렬하게 때려박았다.

강풍을 두르고 치명적인 파괴력이 휘몰아치는 가운데, 빌헬름은 검을 도로 빼앗으려 과감하게 전진했다. 상대는 내구력과 재생력의 괴물이다. 빈손으로는 대적할 수 없다.

　발가가 싸움의 초보자로 그저 힘에만 맡겨 공격해오기에 가까스로 싸우고 있다.

　그렇다. 싸움에 마음 따위 무관계하다. 발가가 빌헬름을 궁지에 내몬 건 아인족의 오기와도 긍지와도 관계없다. 그저 『거인』이 강하기 때문에. 그뿐이다.

　"민폐라고, 이놈이고 저놈이고! 내게 쓸데없는 걸 섞으려고 하지 마!"

　그저 한 자루의 검이어라──그 사고에, 쓸데없는 뭔가까 잇달아 흘러든다.

　누구나 다, 이유, 의의, 신념, 자랑이니, 긍지이니.

　싸우는 이유가 있는 게 그렇게 잘났는가. ──검을 휘두르는 의미가, 필요한가.

　『꽃은, 좋아졌어?』

　아니, 싫다. 싫고말고. 그건 전부 자신에게 쓸데없는 감정이다.

　『왜, 검을 휘두르는 거야?』

　그것밖에 없다. 그것밖에 필요 없다. 그것만으로도 충분하기 때문이다.

강철의 아름다움에 매료되고, 그 깨끗함을 동경하고, 검이기를 바랐으니까.

"뭉개져라, 인간! 왕국 붕괴의 첫 소식에, 검귀의 죽음을 덧붙여라!!"

"나의! 모든 건! 나만의 것이다!"

"네놈 말고 누구도, 지금은 그렇게 생각하진 않아!! 나와 마찬가지로, 네놈도……!"

우람한 팔이, 지탄이, 접근하려고 하는 빌헬름을 농락했다.

펼쳐지는 위력들이 바닥을 부수고, 오가는 말이 검귀와 거인에게 꽂혔다.

오기와 오기, 긍지와 긍지의 격돌. ──그런 것은 결코 아니다. 싸움에 마주하는 방법이, 서로에게 내미는 것이 너무 다르다. 목표하는 것이, 너무나 다르다.

그런데도 겨루는 자들끼리, 싸움은 성립한다.

따라서 승패를 가리는 건 걸고 있는 것이 아니다. 승패를 가리는 건 힘의 강약이다.

그것이 빌헬름의 논리이자, 검귀가 믿는 자신의 강함의 근원 ── 그렇기 때문에 그 승패는 필정이었을지도 모른다.

자신의 강함을 강철의 강함이라고 믿는 검귀가, 그 안에 불순물만 떠안고 있었으니까.

"커, 헉……."

"──이번에야말로 끝이니라."

채 피하지 못하고 권격을 정면으로 받은 빌헬름이 벽가에 주저앉고 있었다. 왼팔이 크게 꺾이고 깨진 이마에서 대량의 피가 시야를 가릴 정도로 흐른다.

그렇게 움직이지 못하게 된 검귀에게 거인은 천천히 움켜쥔 주먹을 들어올렸다.

입을 다문 채, 머리 위에 뜨는 주먹을 쳐다본다. 저게 떨어지면 자신의 육체는 무자비하게 짓뭉개져 피를 쏟아내는 고깃덩어리로 모습을 바꾸리라.

『죽음』이 목전에 있다. 여태껏 많은 타인에게 죽음을 내려온 자신에게 찾아드는, 죽음의 기회.

검도 수중에 없고, 그것을 움켜쥐고 휘두르던 이유도 찾지 못한 채, 여기서——.

"끝나라, 검귀. 이윽고 지옥에서 나나 리브레와 만날 일도 있으리라——!!"

주먹이 떨어진다. 그대로 빌헬름의 명운은 충격에 짓뭉개져서——.

"——그림!! 맞춰줘!!" "오오——!!"

끝나는 순간에, 여자의 목소리와 잠긴 남자의 목소리가 들리고, 충격파가 예배당을 거세게 흔들었다.

8

——로즈월이 열선에 소실되기 직전, 그림은 그녀 앞에 끼어들고 있었다.

"———."

뭔가 승산이 있던 것도, 확실하게 살아남을 자신감이 있던 것도 아니다. 그중 어느 쪽과도 그림의 인생은 인연이 없고, 오늘까지 있을 수 있던 건 악운의 결과에 불과하다.

따라서 이 순간, 그림이 백광에 방패를 맞춘 결과도, 그의『악운』의 산물이었다.

"단순한 방패로……."

막을 수 있는 공격이 아니다. 왕성의 대청을 찢어발기고 공격을 받았다고 여겨지는 근위기사의 주검은 육체가 증발해 있었다. 갑옷을 뚫는 위력이 있으면 방패 또한 똑같은 결말을 맞이한다.

"그림——!"

백광을 받는 순간, 캐럴이 비명 같은 소리를 질렀다. 평소에는 늠름한 캐럴이지만, 그 심성은 상냥하고 순수하다. 연약한 마음을 유리 같은 껍질로 가리고 있다. 그러므로 그녀의 성질은 딱딱하게 보이면서, 몹시 연약하다. 받쳐주고 싶다고 강하게 생각한다.

지금은 그녀가 받치고 있을 뿐인 자신이, 그런 생각을 하는 건 주제넘지만.

——지금도, 이 싸움에 임하기 전 그녀의 배려에 구원받은 직후지만.

"———."

열선을 받아 그림이 쥔 방패의 손잡이가 고열을 띠었다. 마치 끓어오르는 냄비에 손을 쑤셔넣는 것 같은 아픔이 퍼지지만, 그 림은 결코 방패를 거두지 않았다.

검은 쓸 수 없다. 목소리는 잃었다. 그렇기 때문에 최후의 방 패는 놓지 않는다.

"나의, 알 지와르드가――?"

정면. 마법을 쏜 마녀가 경악으로 목을 떨었다. 그녀의 손바닥 에서 방사된 백광, 그림의 방패가 그것을 막고 모든 것을 태우 는 열선이 대청의 천장으로 반사되었다.

열, 그 이상의 피해는 없다. 방패는 열선을 완벽하게 막아내어 그림과 로즈월을 구했다.

잡고 있는 방패 뒷면에는 캐럴의 친가인 레멘디스 가문의 문 장이 있다. 부상의 쾌유 축하라며, 캐럴이 그림에게 건넨 보물 이다. 그것이 이렇게 생명을 구했다.

"――오오!"

고열에 손바닥이 타고, 그 아픔에 잠긴 목이 함성을 질렀다. 그림의 방어에 튕겨나간 열선은 천장을 크게 파괴하며 대청 바 로 위쪽 방의 바닥이 마침내 붕괴했다.

대청의 바로 위―― 그건 마침 『맹견』과 『독사』가 부딪히고 있는 알현의 홀이다.

"뭐, 뭐냐――?!"

열선의 파괴에 바닥이 없어져 붕괴에 말려든 인영이 대청에 추락했다. 걸걸한 목소리를 지르는 건 상처투성이의 보르도로, 거구는 벽에 전투도끼를 박아서 자세를 제어. 난폭하게 지면에

찢으면서도 치명적인 피해를 굴러서 모면했다.

"끅……. 여긴, 대청인가……? 도대체 무슨 일이."

머리를 흔들고 혼란스러워 보르도가 시선을 내돌렸다. 하지만 그 곁에 낙하한 그림자는 무방비한 추락이었음에도 불구하고 천천히, 부상이 느껴지지 않는 움직임으로 일어섰다.

녹색 비늘로 덮인 장신—— 그것은 틀림없이 사인 리브레 페르미다.

"이건, 형세 역전일까요."

마법이 막힌 스핑크스가, 그러나 최강의 송장 병사의 원군을 얻고 훌쩍 날았다. 마녀는 우두커니 선 리브레 곁으로 이동하더니, 말없는 송장 병사 앞에서 오른팔을 뻗었다. 그리고 무릎을 꿇은 그림과 주먹을 거머쥔 로즈월 일행을 가리켰다.

"수적으로는 그쪽에 유리합니다만, 질적으로는 이쪽이 유리합니다. 리브레, 요·경청입니다. 지금부터 당신이 주력이고, 나는 원호로——."

그렇게 말하고 송장 병사에게 지시를 내리는 스핑크스—— 그 말이 불현듯 중단되었다.

원인은 참격이다. 그것도 바로 옆에서 터진, 예상 밖의 일격.

"——에?"

로즈월 일행에게 겨누고 있던 오른팔이, 상박에서 끊어져 빙글빙글 공중을 날았다. 생각 못한 모양새로 두 팔을 잃고 출혈하는 마녀는 리브레 쪽으로 돌아보았다.

쌍신검을 그은 송장 병사—— 리브레 페르미는 마녀를 한 차레 힐끗 보고, 무기를 떨어뜨렸다. 그 가슴에는 깊고 예리한, 거친 도끼질의 상처가 치명적으로 새겨져있는 걸 알 수 있다.

이미 리브레 페르미의 송장 병사는, 보르도 체르게프에게 패배했던 것이다.

"설마, 끝나기 직전에…… 최후의, 맹세를 다했다……?"

괴롭게 스핑크스가 뇌까리자, 다음 순간에 리브레의 유해는 그 윤곽을 잃었다. 허물어지는 장신은 로브를 남기고 그 육체는 단순한 잿덩어리로 탈바꿈하고 있었다.

아인족 최강의 전사, 그 사후마저도 이용당한 사인의, 진정한 최후의 모습이다.

"형세는, 다시 역전한 모양인걸, 스핑크스."

"큭……."

송장 병사의 죽음을 지켜보고, 더해서 마법을 행사할 팔을 잃은 스핑크스에게 발을 내딛은 로즈월이 잔혹한 선고를 전했다. 여유를 잃어버려 처음으로 얼굴에 초조감을 띤 스핑크스는 남은 수단── 부유 마법을 구사해 대청에서 통로로 날아들어 달아나려고 했다.

"──윽! 도망가게 둘 수는……!"

"이제 와서 도망칠 수단 따아─위 있지도 않아. ──저것의 처리는 맡기게나."

쫓으려는 캐럴을 제지하고 로즈월이 마녀에게 가할 마지막 일격을 사서 맡았다. 그대로 통로로 향하는 그녀는, 모습이 사라지기 직전에 고개를 뒤로 돌렸다.

"감사를 표한다, 그림 파우젠 군. 네가 없었으면 내 본바람은 이루지 못했어. 여태까지 널 경시했던 걸 사죄하지. 캐럴 군에게도 미안했어."

"_____."

"제, 제게 사과하실 만한 일은! 그보다도, 놈을!"

멍해진 그림 옆에서 놀림을 당한 캐럴이 얼굴을 붉히며 언성을 높였다. 로즈월은 평소와 똑같이, 어딘가 표표한 얼굴로 끄덕이더니 그 발끝으로 바닥을 쳤다.

"아직 계단 밑에서 울림이 오고 있어. 빌헬름 군의 원호를. 나중에 합류하지."

그 말만 남기고 로즈월은 통로를 달려 스핑크스의 그림자를 쫓아갔다. 그리고 남겨진 그림과 캐럴은 함께 끄덕이고 보르도 곁으로 달려갔다.

"……리브레와, 마녀는 정리했나. 빌헬름은 어쩌고 있지?"

"예배당에서, 술식의 효과로 거대화한 발가 크롬웰과 교전 중입니다. 솔직히 놈에게 우리의 조력이 필요한지는 의문이 있습니다만……."

보르도에게 대꾸하면서 캐럴이 복잡한 얼굴로 그런 식으로 말했다.

어딘가 고집스러운 그녀의 태도는 빌헬름에 대한 조력을 거부하는 것이 아니라, 검귀의 역량을 안 다음에 나온 판단이다. 다만 역시 빌헬름과 캐럴의 궁합은 좋지 않다.

지나치게 적대시한 나머지, 그녀는 빌헬름을 오인하고 있다.

"———————."

"……흥, 건방지긴. 하지만 그래야지, 너도 체르게프 부대의 사내다."

말없이, 그림이 무릎으로 선 보르도에게 손을 빌려주었다. 보르도는 그 동작에 사납게 웃고, 손을 잡고 거구를 들어올렸다. 전투도끼를 메고 눈이 동그래진 캐럴에게 끄덕였다.

"확실히 빌헬름은, 그 검귀는 우리의 힘 따위를 기댈 리 없지. 가 봤자 방해물 취급만 당할지도 몰라. 하나 그래도 상관없다. 불필요하다고 말한다면 그것도 일흥—— 그러나 만약 놈이 못 미치는 경우가 있다고 하면, 말이다."

"있다고 하면?"

"그제야 힘을 빌려줄 수 있어. ——갚아야만 하는 빚이, 우리는 놈에게 너무 많으니 말이다!"

이렇게 호쾌하게 캐럴의 어깨를 두드리고, 보르도가 예배당을 향해 달리기 시작했다. 그 등을 따르면서 그림은 복잡한 얼굴의 캐럴에게 웃어보였다.

그리고——.

9

"——그림!! 맞춰줘!!" "오오——!!"

내리치는 주먹에 끼어든 인영이 바로 밑에서 공격을 때려넣어 갔다.

장검의 칼끝이 거대한 주먹의 손가락 틈새에 파고들고 방패의 타격이 손목을 맞받아쳤다. 그리고 그 두 충격보다 한발 늦게 호를 그린 건 도끼창의 강력한 일격이다.

　"큼, 으으으음──!!"

　낮은 신음성을 지르고 보르도의 전투도끼가 희미하게 정체하는 주먹의 손가락 밑동을 메다쳤다. 피부의 경도는 도끼의 절단력을 막았지만, 타격력까지는 튕겨내지 못했다. 쓰러지는 나무와 비슷한 파괴음이 울리고 주먹의 중지와 검지가 밑동부터 반대 방향으로 부러졌다.

　"끄, 으……?!"

　주먹이 쪼개지는 고통에 발가가 고통 어린 비명을 지르고, 주먹이 빠지자 보르도가 웃었다. 그 뒤에 사납게 이를 드러내는 거구는 벽가에 주저앉은 빌헬름을 보고 더욱 웃음이 깊어졌다.

　"왜 그래 왜 그래, 빌헬름! 너답지 않군! 포기했나? 그러고도 너, 영광스러운 체르게프 부대의 돌격대장이란 심보냐!"

　"──으."

　바보에게 거리낌 없는 목소리로 한마디 듣고 빌헬름은 바닥을 짚은 손을 주먹으로 오므렸다. 목구멍에 있는 핏덩이를 뱉어내고, 벽을 짚어 힘을 담아서 어떻게든 일어섰다.

　"제멋대로……. 그리고 도우라는 주문 안 했다."

　"와하하하! 오기라니 더욱더 희한한데! 죽지 않은 보람이 있어! 피보트 녀석들에게도 들려주고 싶은 바다!"

　"────."

악의 없는 보르도의 말에, 빌헬름은 말문을 잃었다.

그 말대로다. 빌헬름은 또다시 『죽음』에서 다른 누군가의 손으로 구원받았다. 피보트와 체르게프 부대의 동료 때와 비슷하게, 목숨을 건지고 말았다.

빌헬름은 말이 나오지 않는다. 대신에 발가가, 보르도 일행을 보고 고개를 저었다.

"원군…… 아니, 네놈들이 여기에 있다는 말은, 리브레와 스핑크스는 산화했고."

"리브레 페르미는 재로, 마녀 스핑크스는 메이더스 님이 저승길로 안내한다. 아인연합의 주도자도 발가 크롬웰…… 네놈이 마지막 한 명이다."

장검의 칼끝을 들이밀고 두 사람의 전사를 캐럴이 고했다. 그 말에 발가는 피로 더러워진 얼굴을 손바닥으로 가리고, 불과 몇 초만 침묵하다가 목을 그렁거렸다.

공기가 터지는 듯한 그 소리, 연쇄하는 그것은 생각도 못한 웃음소리였다.

"왜, 웃지!"

"네놈들 인간이, 아무것도 모르고 있기 때문이다. 이만큼 죽고 죽이고도 우리의 주장의 의미도, 의의도, 아무것도 모르고 있기 때문이야!"

폭음 같은 외침이 예배당에 메아리치고, 바람으로 착각할 노기가 지하의 공기를 휘저었다. 발가는 그 얼굴에 분노를 띠고 이를 갈면서 두 팔을 벌렸다.

"멈추지 않는다, 전쟁은. 설령 리브레와 스핑크스가 산화하고, 네놈들이 나를 여기서 죽이더라도…… 아인족의 분노는 결단코 멈추지 않아. 증오는 사라지지 않는다."

"———."

"가령 오늘의 싸움이 불발로 끝나도, 머잖아 아인족의 분노는 왕국을 불사른다. 네놈들이 우리의, 동포의, 조상신의, 분노의 이유를 깨닫지 못하는 한——!!"

언성을 높이며 단언하는 발가의 격노에 캐릴과 보르도도 입을 다물었다. 그곳에 담긴 격정은 싸움이 끝나지 않는다는 그의 주장을 뒷받침하기에 충분한 열량이 있었다.

많은 사람들이 상처 입고 나라가 피폐해지고 그런데도 끝나지 않는 싸움. ——그 가능성에 생각이 미치자, 시야가 넓은 보르도 일행은 비로소 그 무게를 이해했다.

하지만 그렇지 않은 자도 이 자리에는 있다.

"——구질구질하게, 쓸데없는 사정을 주절대지 마시지."

단언한 건 온몸에서 검기를 뿜는 빌헬름이다.

검귀는 머리에 묻은 피를 난폭하게 닦아내더니 거칠게 숨을 내뱉고 『거인』을 쏘아보았다.

"지금, 이 순간에 모든 걸 걸어라. 네가 죽은 다음의 사정? 이 전쟁이 어떻게 되는가? 그런 이야기에 무슨 의미가 있지. 지금, 여기서, 네가 어떻게 할지가 네 전부다!"

"천박해……. 아니, 그 이전에 미숙하다! 네놈은 시야가 좁아! 생각이 어설퍼! 자신의 싸움이 전부더냐! 네 손이 미치지 않는 싸움은! 이 싸움의 끝은! 어쩔 거지?!"

"——달려가서, 벤다. 끝이 날 때까지, 모조리 벤다."

간결한, 빌헬름의 대답.

그 천박하고, 미숙하고, 어처구니없는 대답에 발가 크롬웰은 말문을 잃었다.

그러나 즉각 부정이 나오지 않은 이유는 어이없어서가 아니다. 단언이기 때문이다.

빌헬름 트리아스는 그 말에, 오로지 진심을 쏟아붓고 있기 때문이다.

"그것 말고, 없어. 다른 방법을 몰라. 그러니 나는 벤다."

원래 빌헬름 트리아스에게 할 수 있는 일 따위, 그런 것 말고는 아무것도 없다.

목숨을 받았다. 빌헬름은 피보트 일행에게, 그리고 이곳에서 보르도 일행에게.

목숨을 받았고, 그 사실에 의미가 있다면, 빌헬름에게 누군가가 뭔가를 바란다면.

——싸우는 것 말고는, 빌헬름은 그에 부응할 수 없다.

"……말, 나눌 가치 없음. 대화할 필요, 이 자리에 없음. 말하기에, 부족한지고."

빈손인 채로 검기를 발하는 빌헬름에게, 발가가 힘없이 고개를 저었다.

일이 이 지경에 이르러 검귀와 거인은, 인간과 아인은 완전히 결렬했다. 서로 이해할 수 없는 존재라고 서로에게 고하고, 한

번 멈춘 싸움이 재개된다.

빌헬름의 애검은 발가의 입술에 박힌 채다. 검귀는 공격을 헤집고 검을 도로 빼앗아 거기서부터 싸움을 시작해야만 한다.

"──이길 것 같으냐, 인간!!"

발가 크롬웰이, 『거인』이 부르짖었다.

"승패에는 관심이 없다. ──너는, 여기서 내게 베여라."

빌헬름 트리아스가, 『검귀』가 응수했다.

──최종 결전이 시작되었다.

10

몸을 뒤집어 손끝을 피했다. 기진맥진, 만신창이. 체력도 부상도 활동 한계에 가까우며, 그런데도 육체는 오히려 만전일 때보다도 기민하게 반응한다. 완전히 불타기 전의 양초가 가장 강하게 빛나듯이, 생명 외의 불필요한 것이 덜어져 자신이 예리하게 곤두서는 감각이 있었다.

미혹을 뿌리쳤다. 지금, 보이지 않는 무거운 돌을 전부 버리고, 빌헬름의 심신은 가뿐하다.

"──하하."

좋은 감각이다. 좋은 기분이다. 더할 나위 없을 만큼, 싸움에 마음이 사로잡혀간다.

사선상에 지금, 자신과 발가 두 명밖에 존재하지 않는 듯한 느낌이다.

예배당에 끼어든 보르도와 그림은 이 일대일 대결에 끼어들 마음은 없는 모양이다. 분위기를 망치지 않는 데에 안도하는 한편, 전장을 맡긴 것이라는 이해도 있다.

"———."

지탄이 바닥을 깨고, 옆으로 들이치는 타격을 벽을 박차고 뜀으로써 회피한다. 착지한 순간에 낮게 질주를 시작해 연속해서 들어오는 육탄 공격을 뒤로 흘리고 접근했다.

시시한 사고를 버려두고, 순수한 자신만으로 생명의 쟁탈전에 몰두한다.

"쫄래쫄래, 성가신 인간이——!!"

예배당을 뛰어다니며 조준을 좁히게 두지 않는 빌헬름에게 발가가 애달은 목소리를 질렀다.

튼튼하게 만들어진 지하 시설이지만 이미 그 참상은 장엄함을 남기고 있지 않다. 재건에는 수고와 시간이 들 것이다. 무사한 건 발가의 배후, 벽에 조각된 용의 문장 정도다.

피해는 예배당만이 아니다. 스핑크스와 리브레의 송장 병사, 영자와의 다툼으로 성내는 황폐해졌을 터다. 둘 모두 갚아야만 하는 빚이 있었는데, 옆에서 빼앗겨서 기분은 좋지 못하다. 하지만 보르도도 그림도 살아 있다. 그렇다면, 뭐 됐다.

"한눈 팔 여유가 네놈에게……!"

"——그럴 필요를 없애기 위한 확인이다. 소란 피우지 마."

목소리를 떠는 발가에게, 빌헬름은 자신 속의 마지막 불순물을 버렸다.

따라서 지금, 검귀가 완전히 각성한다.

"돌려받으마——!"

분노를 담은 손등치기를 간발의 차이로 피하고, 거인의 품속에 검귀가 파고들었다. 반대쪽 팔이 가슴으로 날아드는 빌헬름을 뜯어내려고 하지만, 그 손끝을 발판 삼아 검귀는 다시 도약. 마침내 그 뻗은 손길이 발가의 입술—— 꽂힌 애검을 거머쥐고 옆으로 베어버렸다.

피보라를 뿌리며 착지하는 검귀에게 발가는 고통으로 신음하면서도 장타를 꽂아넣었다. 자신의 무릎맡을 노리는 일격을 거들떠보지 않고, 빌헬름은 위치를 바꾸어서 검격을 휘둘렀다.

——세로의 참격이 뻗고, 발가의 오른손 손톱이 셋 날아갔다.

한 장이 사람 머리 정도씩이나 되는 손톱, 그 손톱과 손가락 틈새에 검격을 밀어넣어 손끝을 찢어발겨 손톱을 벗겨낸 것이다. 작열의 통증에 발가의 목이 턱 막히고, 뒤로 젖히는 몸에 검귀가 뛰어들었다.

노리는 곳은 목 위의 급소—— 그 어느 것도 아니라 뒤로 젖힌 발가의 가슴이다.

보라색으로 빛나는 문양, 개중에서도 유달리 빛나는 그 가슴에, 거대화의 원인이 된 뼛조각이 박혀있다.

"끄, 르르르아아아——!!"

역수로 검을 움켜쥐고 혼심의 힘으로 내리친다. 칼끝은 발가의 쇄골, 그 안쪽의 살점에 박혀들어 희미하게 끄트머리가 파묻힌다—— 다음 순간, 뼛조각에 검끝이 닿았다.

검끝에 딱딱한 감촉을 느낀 직후, 빌헬름은 발가의 턱을 박차고 검에 기세와 체중을 실었다. 지레의 원리로 힘이 들어가 뼛조각을 건 채로 검이 살점을 헤집었다.

"네노오오옴──!!"

간신히 빌헬름의 노림수를 깨닫고 발가가 가슴 앞에서 힘껏겨 두 손을 합쳤다. 직전에 이번에는 배를 차고 검귀의 몸은 수직으로 반전, 휘젓는 듯이 검이 움직이고, 마침내 뼛조각은 마침내 뜯겨 나오면서 압도적인 빛이 예배당을 가득 채운다.

"끄, 으어어어?!"

시조의 뼈를 빼앗겨 거대화의 원인을 잃은 발가의 육체가 급속하게 힘을 잃었다. 몸에 새겨진 문양은 아직껏 빛을 내고 있지만, 원래 그의 몸으로는 주입받은 힘에 비해 그릇이 한참 부족하다. 그 결과 육체의 약체화와 마법진의 강화 사이에서 몸이 버티지 못한다.

"오, 오오오……."

온몸 곳곳에서 피를 뿜고 발가는 그 자리에 무릎을 꿇었다. 10미터를 넘고 있던 거구는 소리와 함께 쭈그러들어 그 크기가 서서히 줄기 시작하고 있었다.

"────."

두 눈에서 피눈물을 흘리고, 발가는 희미하게 신음하면서 정면의 빌헬름을 노려보았다. 방심 없이 검을 잡은 채로 빌헬름은 그 시선을 정면으로 받아넘겼다.

그리고 발가는 상처를 만지던 손을 들어 올려 빌헬름에게 주

먹을 겨누었다.

"……이미 승기는, 이 순간밖에 없노니."

"——오오."

전의상실이 아니라 마지막 일대일 결전의 선언—— 그 요구에 검귀는 응했다.

"간다, 인간."

"와라, 아인."

서로 조용한 선고를 나누고, 거인과 검귀의 마지막 교차가 시작된다.

함성을 지르는 힘마저 팔에 쏟아붓고, 발가는 거목을 꼬아 합치듯이 굵고 우람한 두 팔을 단숨에 내리쳤다. 만신의 힘을 담은 일격은 바닥을 깨트리고 예배당은 물론이고, 왕성 전체가 크게 흔들리는 듯한 착각을 주었다.

하지만 그 일격의 타점에 빌헬름의 모습은 없다.

"시, 이이이이——!!"

스치듯이 타격을 피하고 빌헬름은 발가의 발밑으로 기어들어갔다. 찢어지는 기합에 참격이 뻗어나가고, 그것은 발가의 두 다리의 정강이를 베어갈랐다. 어마어마한 손맛에 살점과 뼈가 잘리고, 강도가 떨어진 육체에 참격이 들어갔다. 그대로 회수하는 칼이 대퇴부에 박혔다.

"오, 오오오오——!!"

허벅지를 베고, 연이어 허리에 일격, 몸을 돌려 복부에 찌르기를 꽂아넣고, 세로로 돌아서 가슴을 깊숙히 베어버린다. 공중을 회전하는 기세로 두 어깨에 참격을 넣고, 생긴 열상이 잇달아 피를 뿜었다.

미쳐 날뛰는 은빛 섬광이 거인의 육체를 저미고 마지막으로 목을 후려치는—— 일섬.

"기억해두어라, 인간."

한 호흡 사이에 무수한 검격을 펼치고 착지하는 빌헬름에게 발가의 목소리가 닿았다.

거인은 피가 흐르는 목의 상처도 놔둔 채로 등지고 선 검귀에게 차분한 목소리로 말했다.

"——이걸로, 아인족의 분노가 끊기리라고 여기지 마라."

무릎을 꿇고, 발가의 거구가 힘을 잃고서 머리부터 바닥에 찧었다. 그 충격이 쐐기가 되어 균열이 들어가있던 예배당의 지면이 붕괴했다. 생긴 구멍은 왕성 지하보다 더 지하의 암흑으로 이어지고, 발가의 거체가 암흑 속에 삼켜졌다.

"……얼마든지 와."

추락한 발가를 지켜보고 큰 구멍 옆에 서면서, 빌헬름은 단언했다.

피로 물든 검귀는 배후에, 예배당의 벽에 새겨진 왕국의 문장을 등지면서——.

"내 검이 있는 한, 받아주마. 베고 또 베다가, 끝이 올 때까지."

그것이, 검귀와 거인의, 빌헬름과 발가와의 결판, 그 선언이었다.

11

품속에서 꺼낸 건 손바닥에 굴릴 수 있을 정도 크기의 철구다. 안까지 강철로 만들어진 그것은 겉보기와 반해 무겁고, 깜빡 발에 떨어뜨리면 발가락 뼈를 깨트릴지도 모른다.

당연히 던져진 철구의 직격에는 권격에 필적하는 위력이 담겨 있었다.

"커, 허윽……."

등의 중심과 하복부에 한 방씩, 로즈월이 투척한 철구가 파고들었다. 그 위력에 스핑크스는 고통의 비명을 지르고, 고도를 유지하지 못하고 벽에 격돌했다. 그대로 벽을 타고 바닥에 미끄러지는 마녀에게 연이은 추격의 철구가 내쏘아졌다. 뼈가 삐걱거리고 피가 튀었다.

"──날아서 도망치는 건, 이제 포기한 걸까아──?"

다음 철구를 손아귀에서 돌리면서 로즈월은 궁지에 내몬 스핑크스에게 물었다.

대청에서 달아나 왕성 안을 마구잡이로 도망쳐다니는 스핑크스. 하지만 두 팔을 잃어서 제대로 마법은 쓸 수 없고, 점점이 떨어진 피가 도망친 흔적을 남기는 상태로는 도저히 도망칠 수 없다.

결과적으로 로즈월은 느긋하게 원거리에서, 유린하듯이 철구를 계속 내쏘고 있었다.

"이, 철의 공이…… 나를, 떨어뜨릴 수단……."

"제에—법 멋진 물건이지? 원래 무참하게 널 죽일 수단으로 준비했던 무기의 부산물이야. 공교롭게도 내 가는 팔로는 그쪽은 다룰 수 없어서 말이이—지. ——그렇다고는 해도 슬슬 철구의 잔탄도 다 되겠군. 슬슬 막을 내리기로 할까."

통로 끝에 나뒹구는 마녀에게 손아귀의 철구를 때려박아 뼈를 부수었다. 신음하는 마녀를 내려다보면서 로즈월은 그 숨통을 끊기 위해서 주먹을 당겼다. 하지만.

"당신은, 발가 이상으로…… 성격이 나쁜, 모양입니다. ……요·주의입니다."

"호오? 네가 내게 충고라니 재미있군. 주의라니 뭐에 말이지?"

"——발목을, 채이지 않도록."

무감정하게 스핑크스가 말하고, 그 머리를 통로의 벽에 문질렀다. 피에 젖은 옅은 홍색의 머리카락이 벽에 얽혀 무슨 일인지 눈썹을 좁히는 로즈월의 귀에 희미한 소리가 닿았다.

통로에 숨겨진 장치가 기동하고, 스핑크스가 회전하는 바닥에 삼켜졌다.

"————."

그대로 바닥 밑으로 사라지는 스핑크스에게, 로즈월은 이게 왕성 각처에 설치된 비밀 통로의 장치—— 성에 아인의 침입을 허용한, 그 일부라고 판단했다.

"하지만 별다른 시간 벌이도 못 되지."

스핑크스가 사라진 부분을 공들여 조사해, 로즈월은 싱겁게 장치의 장소와 작동 방법을 간파했다. 그리고 똑같이 장치를 기동하고, 본인도 바닥 밑의 통로로 떨어졌다.

착지해 도달한 어둠 속에서 로즈월은 시력을 집중했다. 희미하게 물이 흐르는 소리가 들리는 그 장소는 왕성 지하에 면면히 이어지는 지하수맥의 갱도다. 광원은 벽에 박힌 광석의 엷은 빛만 있을 뿐. 발 디딜 곳이 좋지 못한 길을, 로즈월은 피 냄새를 쫓아 걷기 시작했다.

피의 잔향은 그리 멀지 않다. 그러나 그것은 도중에 별안간 다른 이취로 바뀌어, 그 변화에 불온한 것을 느끼고 발놀림이 조급해진다. 그리고 그녀가 안쪽에 도달했을 때——.

"거기 있는 건, 메이더스 여사인가?"

갈라진 남자 목소리에 불려서, 로즈월은 발을 멈추었다. 정면, 어둠에서 느릿하게 얼굴을 보인 건 왕성의 정문에서 헤어졌을 터인 라이프 바리에르다.

"역시 그런가. 그쪽도 아인을 쫓아서 지하로 뛰어든 모양이군."

"그렇단 말은, 라이프 공도 같은 입장……이란 마알——씀인가요."

정기사는 로즈월을 확인하자 그 손에 치켜들고 있던 단통을 허리로 되돌렸다. 본 적이 없는 무장, 아마도 초상적인 힘을 발휘하는 마법병기 『미티어』다. 하지만 로즈월은 그 사실은 언급하지 않고, 그의 배후를 들여다보았다.

"이곳에, 아인족의 주력인 스핑크스가 도망쳐들어왔습니다.

짐작 가는 곳은?"

"마녀라. 안심하도록. ──그거라면 방금 내가 처리했다."

"─────."

그 라이프의 단언에, 로즈월은 숨을 죽였다. 라이프는 희미하게 뺨을 굳히는 그녀를 보자, 그 음습한 표정에 비열한 웃음을 지으며 말을 뒤이었다.

"성에 들어온 아인을 소탕하고 도망치는 놈들을 쫓아서 이 통로로 들어왔지. 왕성의 지하에 이와 같은 곳이 있던 건 예상 밖이었지만…… 그 도정에서 방금 막 팔을 잃은 마녀와 만났다. 입씨름할 것 없이 태워줬다만."

"태워 죽였다……. 시체는?"

"재가 됐지. 어떤 원리인지는 모르지만. 다만 불탄 자국에는 이게 남아 있더군."

품속을 뒤지다가 라이프가 꺼내어 보여준 것은 목장식이다. 허술한 끈에 반지를 끼우고 목에 거는 모양새를 했을 뿐인 간소한 것── 그러나 로즈월에게는 큰 의미가 있다.

"──그거, 받아도 상관없을까─요?"

"뭣이?"

"마법적으로 가치가 있는 물건일지도 모릅니다. 실로, 연구욕을 자극하는지라."

로즈월의 요구에 라이프는 잠시 말없이 고민에 잠겼다. 하지만 그는 곧바로 탄식하더니 로즈월의 손에 그 목장식을 내던졌다. 그리고.

"주는 거야 상관없다. 하나 당신은 논공에서 증명해줘야겠어. 이 라이프 바리에르야말로 물가에서 『마녀』 스핑크스의 도망을 저지하고 처리한 공로자라고."

"……네, 알겠어요. 은혜를 입었습니다, 라이프 공."

받아든 목장식—— 반지를 세게 움켜쥐고, 로즈월은 그 말만 대답하고 발길을 돌렸다.

이게 손에 들어오면 더 이상 이곳에 용무는 없다. 스핑크스의 마무리가 가로채인 건 불찰이지만, 죽었다면 아무 지장도 없다. 전부, 예정대로다.

"선생님, 뒷정리는 끝났습니다. ——나머지는, 미래를 위해서."

반지, 그 형상을 사랑스럽게 손가락으로 확인하고, 로즈월 J. 메이더스는 그렇게 중얼거렸다.

어둠 속, 아무에게도 보이지 않는 그녀의 얼굴은 몹시 안심한 얼굴로 미소 짓고 있었다.

——멀어지는 로즈월의 등을 배웅하고, 라이프 바리에르는 작게 콧방귀를 뀌었다.

"뭘 생각을 하고 있는지…… 섬뜩한 여자야."

반지를 회수하고 로즈월은 시급히 지하에서 떠날 작정인 모양이다. 안성맞춤이긴 하지만 납득하지 못할 태도였다. 마치 당초부터 목적이 그것뿐이었던 것처럼.

"아무렴 어때. 여우년의 목적 따위, 나와는 아무 관계도 없지."

라이프에게 중요한 건 자신의 야심이 가는 대로 출세하는 것, 그것뿐이다.

지난날의 아이히아 습지대에서의 패전 이래, 라이프의 입장은 역풍을 받기만 할 뿐. 한때는 대군의 지휘관이었던 입장이 한직으로 내쫓겨 작위의 격하도 검토되고 있는 형편이다.

이게 말이 되는가. 무능한 것이나 약자가 설치는 가운데, 왜 식견이 있는 자신이 폄하되는가.

"전부 되찾는다—— 아니, 잃은 것 이상을 얻는다."

그러기 위해서라면 뭐든지 하리라. 왕국에 대한 충성심 따위, 시궁창에나 버려라.

라이프의 왕국은 라이프 자신, 라이프의 세계는 라이프만의 것이다.

"————."

돌아서서 라이프는 갱도 후미진 곳에 걸레짝처럼 널브러진 작은 그림자를 들쳐메었다. 팔을 잃어서 가벼운 몸을 포대기에 숨기고, 로즈월과는 다른 길로 지하를 빠져 나가기 위해서.

그 배신이야말로 라이프 바리에르의 긴 세월에 걸친 야심, 그 시작이었다.

12

——루그니카 왕성에서 발생한, 소수정예에 의한 아인족의 습격.

결과적으로 왕족의 피해는 미연에 막아내긴 했으나, 왕성의 각처는 파괴되고 급기야는 아인족에게 침입을 허용한 지하수맥의 갱도가 발견되는 등, 사후 처리는 쉽지 않다.

이번 사건으로 큰 공을 인정받은 체르게프 부대도, 사후 처리에 구속되는 건 필정이다. 단 빌헬름만은 그 잡무 태반을 그림에게 내던지고 성에서 빠져 나와 있었다.

"맞춰줄 수 있겠냐……."

싸움보다 피곤한 얼굴로 붕대를 뜯어내고 빌헬름은 소동이 수습된 성 아래로 향했다.

발가를 비롯한 주력이 쓰러짐으로써, 왕국 각지의 봉기도 종식된 모양이라, 왕도는 일단 평온을 되찾았다. 그 사실에 기묘한 감개를 느끼면서 향하는 곳은 하나다.

"―――."

스스로도 왜 기진맥진한 몸을 떠밀어 그곳으로 가는지는 당최 뚜렷하지 못하다.

애당초 그만한 소동이 있었던 다음 날이다. 왕도가 평온을 되찾았다고는 해도, 왕성의 피해를 감안해 많은 가게가 영업을 자숙하고 있어 인적은 변함없이 서먹한 상태다.

멀쩡한 신경을 가진 사람이라면 소동에 휘말리는 걸 두려워해 나돌아다니지 않을 것이다. 즉, 오늘에 한해서 집에 틀어박혀 있는 사람들 쪽이 정상적인 정신을 가지고 있는 사람이다.

이런 상태인데도 평소처럼 산책하러 나왔다고 하면――.

"어딘가 잘못됐다고 하겠건만……."

잰걸음으로 황폐한 빈민가를 지나 빌헬름은 부상도 잊고 광장
에 도착했다. 불어닥치는 바람에는 어렴풋이 꽃의 향기가 섞여
꽃밭의 존재를 억지스럽게 의식시켰다.

　그리고 그 광장 한복판에 빨강 머리 소녀가 서 있다.

　"＿＿＿＿＿."

　그녀의 뒷모습을 목시하고 빌헬름의 발은 멈추었다.

　가슴에 치미는 복잡한 감정, 그것은 긍정적인 것과 부정적인
것 양쪽이다. 있을 거라는 확신과, 설마 정말로 있었다니 하고
놀라는 마음이 겹쳐져 가슴이 막혔다.

　동시에 우울한 감각── 평소의 대화를 목전에, 아직 겸연쩍
은 기분은 남아 있다.

　무사는 확인한 것이다. 이대로 발길을 돌려 떠날까, 그렇게 생
각한 순간이었다.

　"＿＿＿＿＿."

　이쪽의 기척을 깨닫고 테레시아가 돌아보았다. 파란 눈이 희
미하게 번쩍 뜨이고, 가늘어졌다.

　그리고 그녀의 입술이 호를 그리고 미소를 떠올렸다.

　"──빌헬름."

　직후, 친애 어린 어감으로 이름이 불려서 빌헬름의 심장이 안
도로 뛰었다.

　막바로 전까지 도망쳐 돌아갈까 하던 것도 잊고 박동은 테레시
아와 만난 것을 환희하고, 가슴속은 안도와 온기로 채워져간다.

　"──아."

그 충동의 정체를 깨달은 순간, 빌헬름의 마음은 아무런 예조도 없이 떨렸다.

그것은 정말로 갑작스러운, 기습적인, 완전히 예상 밖의, 자각의 순간이다.

——테레시아의 미소 짓는 모습에, 빌헬름은 자신이 안도했던 것을 이해했다.

그녀의 미소에, 그녀의 무사에, 그녀와의 시간을 지킬 수 있는 데에, 달성감을 느꼈다.

검으로 다른 이를 베어 쓰러뜨려 자신의 검 실력을 증명한다——. 그것 외의 형태로 그 이상의 기쁨을, 그것을 의식할 정도의 감정을, 꽃밭을 등지는 테레시아에게서 느끼고 말았다.

이해와 동시에 넘쳐오는 건 감정의 격류, 빌헬름에게 진즉 옛날에 버려두고 잊었을 터인 조류다. 그 분류에 휘말려 빌헬름은 손바닥으로 얼굴을 가렸다.

"———."

눈시울이 뜨거워지고, 코 안쪽에 시큰한 아픔이 퍼졌다. 급속하게 목이 메마르고, 피의 순환이 빨라져 머리가 무거워지는 감각. 그 자리에 무릎을 꿇어버릴 것만 같이, 영혼이 출렁였다.

그 순간에 뇌리에 떠오르는 것은 빌헬름 속에서 잊히고 있던 빛이다.

아니, 잊히고 있던 건 아니다. 빌헬름에게 그 빛은 마냥 빛바래지 않고 줄곧 마음에 아로새기고 있었다. 어느덧 빌헬름이 잊고 있던 건 그 빛의 아름다움이 아니다. 그 빛에 홀려서, 무슨 생각을 했느냐다.

그것은 빌헬름이 처음 검을 잡고, 검끝을 하늘에 비추어 그리던 날의 마음.

그 빛이 있으면, 이 빛이 진실된 것이라면, 그 빛과 진실된 것이 될 수 있으면.

──그 힘이 있으면, 모든 것을 지킬 수 있다고, 그렇게 생각한 것이다.

처음 검을 잡은, 아무것도 못하는 무력한 어린아이가 무언가를 얻고 싶다고 소원한 날에.

"빌헬름…….."

얼굴을 손바닥으로 가리고, 격정에 때려눕혀진 빌헬름에게 테레시아의 목소리가 닿았다. 바로 코앞에 선 그녀에게는 지금의 자신이 얼마나 꼴사납게 비쳤으랴.

테레시아 입장에서 보면 뭐가 뭔지 모를 상황이다. 평소처럼 지내고 있더니, 이따금 얼굴을 내미는 상대가 뜬금없이 자신 앞에서 감정을 터트리고 있으니까.

창피함, 오래도록 느끼지 못했던 창피함을 느꼈다. 몸부림칠만큼 강렬하게.

지금 당장 이 자리에서 도망치고 싶어졌다. 누구에 대해서도 창피함을 보일 수 없지만, 개중에서도 테레시아에게 이것을 보이다니 생각할 수 있는 것 중에 최악의 전개다.

그런데도 발은 움직이지 않았다. 마음이 동하지 않았다. 마치 그것을 영혼이 바라는 것처럼.

"_____."

　서로 입을 다문 채 시간이 지났다. 그때, 별안간 빌헬름은 간지럽히는 듯한, 부드러운 손끝의 감촉을 손등에 느꼈다. 그것은 테레시아가 쭈뼛쭈뼛, 얼굴을 가리고 있는 빌헬름의 손을 만지려고 손을 뻗어왔기 때문이다.

　테레시아의 가는 손가락에 닿아서, 그 열기에 빌헬름은 숨이 막혔다.

　타인의 체온은 이다지도 뜨거운 것이었던가. 건드린 손끝에 느껴지는 열에 빌헬름은 자신이 용광로에 들어간 강철이 된 듯한 착각을 맛보았다.

　용광로에 불꽃과 함께 지펴져, 강철이 테레시아의 열기를 쐬어, 그 형상이 변모한다.

　──줄곧, 자신은 여기서 연마되고 있었노라고, 이제 와서나마 깨달았다.

　광장에서 그녀와 얼굴을 맞대고, 말을 나누고, 약속도 하지 않고 헤어지기를 반복한다.

　그런 두서없는 시간 속에서 줄곧, 빌헬름이라는 검은 연마되고 있던 것이다.

　──아니, 그게 아니다. 그녀에게만이 아니라 분명 살아오는 나날 전부에서.

　테레시아에게, 그림에게, 보르도에게, 로즈월에게, 캐럴에게 피보트에게 체르게프 부대의 부대원들에게. 발가에게, 리브레에게, 스핑크스에게, 베어 쓰러뜨린 많은 적들에게.

빌헬름이라는 강철과 주고받은, 지금까지 만난 모든 것에게, 빌헬름은 연마되어왔다.

그 사실을, 지금, 간신히, 깨달았다.

"꽃은, 좋아졌어?"

입을 다문 채로, 연마되어온 자신을 자각하는 빌헬름에게 물음이 있었다.

약속이 된 그 물음은 아마 줄곧 빌헬름에게 변화를 청하고 있었다.

그리고 실제로 변해가고 있는 자신을, 빌헬름은 이제야 자각했기에.

"……싫지, 않아졌어."

그 말을 입에 담는 데에, 일절의 무리도 불안도 빌헬름에게는 없었다.

전장에서 꽃을 발견할 때, 일상에서 꽃의 옆을 지나갈 때, 광장의 꽃밭을 바라볼 때.

분명 이전과는 다른 감정이, 이 가슴속에 분명히 있다.

"왜, 검을 휘두르는 거야?"

테레시아의 물음은 이어진다.

그 물음은 줄기차게 빌헬름을 골치 썩여왔던 그것이다.

다만 지금은 겨우 기억해냈다. 맨 처음 시절의, 검을 잡은 시절의, 마음을.

"내게는 이것밖에…… 지키는 방법이 떠오르지 않았기 때문이야."

검은, 힘이다. 가장 아름답고, 갈고닦이고, 순수하게 존귀한 힘이다.

하지만 힘을 어떻게 다룰지, 수련한 힘을 무엇에 이용할지, 그것은 쓰는 인간에게 맡겨진다.

그 단초를, 빌헬름은 잊고 있었다. 하지만 겨우 기억해냈다.

가장 처음의 기억을, 떠올렸다. 가장 검을 좋아하던 시절의 마음을, 기억해냈다.

"⎯⎯⎯⎯."

얼굴을 가리고 있던 손을 치우고 빌헬름은 내밀고 있던 테레시아의 손을 잡았다. 테레시아는 자그맣게 "아." 하고 소리를 내지만 빌헬름의 손을 풀지 않았다.

맞잡는다, 라기에는 일방적인 접촉이지만, 서로의 열기는 뚜렷하게 전해졌다.

"⎯⎯⎯⎯."

서로, 그대로 아무 말도 하지 않고 그저 바라만 보았다.

무슨 말을 해야 될지 알 수 없다는 이유도 있었고, 뭔가를 말할 필요는 없다고 안다는 이유도 있다. 요컨대 검사끼리의 대치와 똑같이, 말 따위 멋없다는 그거다.

"⎯⎯⎯⎯."

그저 어렴풋이, 테레시아가 빌헬름에게 미소 보냈다. 그녀가 평소부터 꽃밭을 바라볼 때에 보이는 부드러운 웃음, 그것이 자신을 향하고 있었다.

곧바로 가슴이 벅차고, 빌헬름은 충동에 지배되었다.

말로 하기 어려운 그것을, 당장에라도 눈앞의 소녀에게 쏟아내고 싶어지지만, 자제했다.

그런데도 미처 억누르지 못한 감정의 분류, 그것은 희미하게 밖으로 흘러나와서.

이 날, 처음으로 빌헬름은 테레시아에게 진정으로 우러나온 미소를 보인 것이었다.

13

──루그니카 왕국 전토를 뒤흔든 아인족의 일제 무장봉기.

갑자기 시작된 그 반란은, 그러나 사직했을 때와 똑같이 느닷없이 가라앉았다. 원인은 그 무장봉기의 주도자, 아인족의 우두머리였던 세 대표의 죽음이다.

아인족 최강의 전사 리브레 페르미. 대참모 발가 크롬웰. 그리고 『마녀』 스핑크스. 이렇게 세 명이 싸움 도중에 인간족에게 토벌되어 무장봉기는 실패.

이로써 아인연합은 대들보를 잃고, 내전은 그대로 종식의 조짐을 보일까 여겨졌다.

하지만 그 예상은 뒤집혀 각지에서 아인족의 반항은 더욱더 열기를 더해간다. 그것은 발가가 최후에 남긴 말대로, 결코 지워지지 않는, 아인족의 분노의 불꽃이었다.

그리고 인간족은 뼈저리게 깨우치게 된다.

토벌된 세 명에게 통솔되고 있던 아인연합은, 그래도 그나마 이성적으로 저항하고 있었노라고. 브레이크를 잃은 증오가 얼마나 처참한 사태를 부르는지, 인간은 아직 진짜 의미로 아인족의 분노와 맞서지 않았노라고.

　왕국 내전 『아인전쟁』의 말기, 최종막이 여기서 열린다.

　그리고 그것은 『검귀』와 『검성』의 만남과 이별, 그 이야기이기도 했다.

『검귀연가──7막』

1

이즈음, 체르게프 부대에는 한 가지 화제가 거론되는 일이 많아졌다.

그것은 부대의 근간에 관련된 중대사이며, 소속되는 부대원 누구나 생생하게 감지할 수 있는 절대적인 변화── 그야말로 격변, 그렇게 불리는 부류의 사건이다.

"──라즐로, 물러서라."

도끼질을 검으로 막아내며, 빌헬름의 목소리가 부대원에게 그렇게 명령했다. 이름이 불린 부대원은 직전까지 적의 맹공에 백척간두까지 내몰려 있던 순간이었다. 그것을 알아챈 빌헬름이 바람처럼 되돌아와 적을 대신 막으면서 꺼낸 게 지금의 말이었다.

창졸간에 숨을 집어삼킨 부대원 앞에서, 빌헬름이 눈 깜빡할 새에 적을 되밀어쳤다. 도끼를 멘 수인(獸人)은 검귀의 기백에 밀려 몸통을 가로쳐 베여 고통의 비명을 지르면서 쓰러졌다. 당

연히 그대로 상대에게 추격을 가해 결정타를 찌를 장면이지만
──.

"손을 이리 내. 냉큼 후방으로 물러난다. 얼간아."

밀어낸 시점에서 집요하게 쫓지 않고 빌헬름은 부상 입은 부대원에게 어깨를 빌려주었다. 그대로 호리호리한 몸으로는 보이지 않는 힘으로 일으키자, 덩치 큰 부대원은 벌벌 떨면서 감사를 표했다.

"죄, 죄송합니다, 부대장님!"

"사과할 여유가 있다면 빠릿하게 단련해서 좀 더 쓸 만하게 되라고. 안 그러면 뒤쪽이 신경 쓰여서 아무리 지나도 전선에 구멍이 뚫린 채로 있을 거다."

독설 같은 대꾸를 하면서, 그러나 부상자를 옮기는 발걸음에는 배려를 볼 수 있다. 다른 부대원도 그 후송을 원호해 무사하게 부상자가 빠지자 검귀는 전장으로 되돌아갔다.

그리고 검을 가지고 막아서는 적병을 일거에 베어버리고, 길을 만들면서 외쳤다.

"어수룩하게 싸움질하지 마라, 체르게프 부대! 앞을 보고 싸워!!"

자신에게만이 아니라 주위의 아군을 고무하는 소리를 지르고 빌헬름이 달렸다.

은빛 섬광이 무수하게 난무하고 그때마다 적병이 쓰러지며 전장의 사기가 검귀를 중심으로 오른다.

『검귀』 빌헬름 트리아스의 이름은 이제 왕국군의 희망이자

아인연합의 절망── 그렇게 회자될 정도로 웅장하게 울려퍼지는 것이 되고 있었다.

"뭐지, 저 남자의 변화는……. 기분 나빠."

"그렇게 말하지 마라, 캐럴 아가씨. 빌헬름에게도 생각하는 게 있어서 그런 거야. 그렇다고는 해도 확실히, 오랜 세월 지켜본 내게도 소름 끼치는 변화다만!"

도끼창으로 정면의 무리를 격파하고 아인을 분쇄한 보르도가 캐럴의 말에 호쾌하게 웃었다. 그 웃음소리를 곁눈질하며 캐럴은 덤벼드는 적병을 장검으로 견제하면서 말을 이었다.

"과거의 저 남자를 알고 있는 처지로선, 소름이 오소소 돋는 수준이 아닙니다. 무슨 꿍꿍이로 저런 짓을…… 언제, 마각을 드러낼는지."

"────."

섬뜩한 것을 보는 눈의 캐럴에게, 곁의 그림이 항의하듯이 방패를 때려 소리를 냈다. 평소에는 온화한 그 표정에 나무라는 내색을 보고 캐럴은 목을 움츠렸다.

"미안해요, 그림. 그렇지만 역시 익숙하지 않아서……."

"지금의 저 녀석을 어떻게 생각하나, 는 부대 안에서도 의견이 갈린다만. 하지만 결론은 나와 그림, 다른 부대원도 같다. 너무 급작스러운 변화지만…… 나쁜 변화는 아니다, 라고."

"……그건, 저도 압니다."

"뭘, 『강철은 열과 망치로 날카로움을 바꾼다』라지. 모난 놈이었으니까. 의외로 계기만 있으면 변신하는 건 빨랐을지도 모른다고. 그 계기가 여자라면 재미있겠어."

"우⋯⋯."

"뭐지, 그 반응은. 설마 짐작 가는 구석이라도 있는 거냐?"

대답이 막힌 캐럴에게 보르도는 재미있는 듯 고개를 갸웃했다. 그 시선에 캐럴은 마지못해 고개를 가로젓고, 단정한 옆얼굴에 까다로운 내색을 떠올렸다.

"제 입으로는 딱히⋯⋯. 본래의 역할에 관련해서, 어려운 처지랍니다. 해량해주십시오."

"하나, 무관계하진 않다고. 오냐, 알았다. 이 이상은 파고들수 없지."

"고맙습니다. 그건 그렇고, 역시 익숙하지가 않아⋯⋯."

캐럴의 시선이 가는 쪽에서 빌헬름이 또다시 아군을 감싸고적을 쓸어베었다. 검극 중간에 부대원을 구하고, 적확한 조언을 던지는 등, 사람이 바뀐 것만 같다.

그래서 정신이 산만해져 검력이 떨어졌다면 쓸데없는 행위지만, 빌헬름의 검 솜씨는 전보다 못하지 않고── 아니, 오히려전보다 검기가 증가했다.

"⎯⎯⎯⎯."

"네, 알아요, 그림! 방심하지 말고 밀어붙이죠!"

빌헬름에게 지고 있을 수는 없다고, 말없는 그림에게 캐럴이동조했다. 둘이 나란히 전선에 가담하는 걸 지켜보고 보르도는도끼창을 두 어깨에 들쳐메었다.

"태도의 변화라면 그림과 사귀기 시작해 캐럴 아가씨도 상당히 변했다고 보지만…… 자각은 없는 거겠지. 나 원, 이놈이고 저놈이고, 젊군 젊어!"

화통하게 웃고 보르도는 동의를 바라듯이 옆을 보았다. 허나 버릇대로 돌아보는 그 위치에 낯익은 얼굴은 없어 보르도는 얼굴의 상처를 손가락으로 긁고, 목뼈를 꺾었다. 그리고.

"에잇, 너희들! 내 사냥감을 남겨라! 야만족, 모조리 분쇄다!"

왕성에서의 일전을 거쳐 맺힌 게 풀려 기량이 증가한 보르도 체르게프의 도끼창 스킬.

그 진가를 발휘하고자 보르도 또한 지휘관 스스로 전선 한복판으로 뛰어들었다.

그것이 체르게프 부대의 변화와, 변화하지 않은 부분, 뒤섞인 전장이었다.

2

방위전의 파견 기간이 끝나고 체르게프 부대는 2주 만에 왕도로 귀환했다.

어젯밤 늦게 왕도로 돌아온 부대원 태반은 휴가 첫날은 잠으로 지새우게 되리라. 하지만 부대원 중에 가장 분전했을 터인 빌헬름은 새벽에 깨어나서는 병사를 빠져 나갔다.

차갑고 맑은 공기를 쐬면서 애검을 허리에 찬 빌헬름에게 경비병이 등골을 펴며 경례를 보냈다. 그에 가볍게 손을 들어 응답해주고 성 아래로 발길을 옮겼다.

빈민가의 광장에 향할 때, 특히 날짜나 시간의 지정은 하지 않는다. 서로의 하루 예정은 파악하고 있지 않고, 빌헬름 본인은 고정된 휴일이 없기 때문이다.

따라서 도착했을 때, 상대가 있을지 없을지는 운 나름. 그리고 이 날은——.

"어머, 빌헬름. 오늘은 올 수 있었구나."

먼저 광장에 도착해 있던 테레시아가 빌헬름을 알아채고 돌아보았다. 긴 빨강 머리를 바람에 나부끼며 미소 보내는 그녀에게 빌헬름은 눈썹을 좁혔다.

의혹의 발단은 그녀의 위치다. 왠지, 그녀는 꽃밭 안에 서 있다.

"뭐 하는 거야, 이 여자……란 표정인걸."

"내 심정을 대변해서 감사한다. 뭐 하는 거야, 거기 여자."

"어머머, 고쳐 말했네. 그럼 문제입니다. 뭘 하는 걸까요—?"

시침 떼며 말하고, 테레시아가 꽃밭 안에서 살그머니 다리를 들었다. 부드럽게 올라가는 맨다리의 옷자락이 걷히고 하얀 허벅지가 드러났다. 창졸간에 빌헬름은 눈을 피했다.

"요거요거? 순정 청소년에게는 자극이 너무 셌을까냥?"

"말괄량이 짓도 어지간히 해, 바보야. 이곳은 치안이 좋지 않다고 전에도 말했잖아. 너무 빈틈투성이로 있다간 조만간 아픈 꼴 당한다."

"아, 그건 괜찮아. 왜냐면 이곳은 만날 강한 검사님이 순찰하러 와주니까. 그치?"

윙크로 대꾸를 받아 빌헬름은 끽소리도 내지 못했다. 완전히 손아귀에 놀아나는 감을 맛보는 청년은, 그을린 갈색 머리를 쥐어뜯으면서 소녀 쪽으로 걸어갔다.

"그래서, 결국 넌 뭘 하고 있는 거야. 동심으로 돌아가 맨발로 흙놀이나 할 나이도 아니잖아."

"너, 너무하네! 그리고 동심으로 돌아가는 건 내 또래의 특권이야. 아니 그보다 흙놀이도 아니랍니다! 아유, 전부 틀렸어! 옹이구멍! 무신경!"

"왜 그 지경까지 한소리 들어야 하는 거냐."

정말로 감정이 휙휙 움직이는 소녀다. 잘 웃고, 잘 화낸다.

들뜬 목소리도, 거센 목소리도, 웃음도 화내는 얼굴도, 보면서 질리지 않는다고 진심으로 여겼다.

정말이지, 구제불능한 심정이라고 스스로도 기가 막혔다.

"정답은, 새 꽃의 씨앗을 뿌리고 있다……였습니다!"

"새 씨앗?"

옆얼굴에 넋을 놓고 있으려니, 안달이 난 테레시아가 자기 입으로 답을 밝혔다. 그런 그녀의 말에 빌헬름이 갸우뚱하자, 테레시아는 꽃밭을 손으로 가리키고.

"그래, 새 씨앗. 슬슬 계절이 바뀌니, 꽃밭도 옷 갈아입을 시기가 되잖아? 꽃이 시드는 건 서운하지만, 다음 계절을 대비해 새 꽃을 키우고 있어."

"키우고 자시고, 네가 물 주는 모습이라곤 본 적 없다만."

"아, 알아서 쑥쑥 자랐지만, 처음의 계기는 나거든! 그리고 이

번은 똑바로 보살필 생각도 하고 있어. 찬물 끼얹지 말아주시겠
나요?"

쓸데없는 한마디에 대해 테레시아는 곱절은 받아치지 않으면
속이 풀리지 않는다. 마냥 듣기만 하는 빌헬름에게 구시렁구시
렁 설교하고, 불현듯 테레시아는 "그리고." 하고 꽃밭을 바라
보며.

"여기에 꽃이 피어주지 않으면, 발길을 옮길 구실이 없어져버
리니까."

"───으."

구실, 이라고 단언하는 테레시아의 발언에 빌헬름은 숨을 집
어삼켰다.

그건 이 자리에서 밀회를 반복하는 두 사람에 있어서의, 암묵
적인 양해에 들어서는 태도다.

"────────."

테레시아는 이곳에, 꽃밭의 모습을 관람하기 위해 찾아온다.
빌헬름은 이곳에, 검을 휘두를 시간을 원해 찾아온다. 하지만
지금은 그 겉치레가 반쯤 기능하지 못하고 있다.

테레시아는 몰라도 빌헬름은 완전히 당초의 목적을 잊고 있
다. 물론 검을 휘두르는 것의 존귀함이 흐려진 건 아니지만, 이
곳에 발길을 옮길 이유는 테레시아밖에 없다.

그런 건 솔직히 서로 진즉에 알고 있을 터이리라. 그런데도,
알고 있어도 말로 하지 않고 이런 형식의 밀회를 계속해온 건 아
마 변화에 겁을 먹었기 때문이다.

계속 두드려져 강철로서 변화하는 자신에게 마지막까지 깨닫지 못한 것처럼, 지금도.

"……그러고 보니, 네게도 보고해두고 싶은 사항이 있다."

"보고?"

응시 받는 데에 견디다 못해 얼굴을 돌린 빌헬름에게 테레시아가 갸우뚱했다. 그녀의 시선을 뺨에 느끼면서 빌헬름은 "아아." 하고 끄덕였다.

"전쟁질이 인정받아서 말이야. ──서훈 이야기가 나와서, 기사가 됐다."

"──────."

테레시아가 숨을 삼키는 기척. 그 반응에 빌헬름은 보이지 않게끔 주먹을 쥐었다.

기사 서훈에 이르는 결정적인 공적은, 아인의 왕성 기습을 미연에 저지한 결과다. 그 뒤의 빌헬름의 태도 변화도 합쳐 보르도와 다른 이들의 추천도 있어서 서훈 이야기가 나왔다.

전이라면 거부했을 터인 제의를, 빌헬름은 고맙게 받아들이기로 했다.

자신의 공적을 다른 이에게 인정받고, 그 증거를 받는 데에 자랑스러움이 있었다. 보르도와 다른 이들의 배려를 내치는 것도 지금은 마음이 꺼림칙한 것이다.

그리고 기사의 신분이라면 속셈에도 관록이 붙는다.

"그래, 축하해. 한 걸음, 꿈에 다가섰잖니."

"꿈?"

그런 속마음으로 있었던지라, 테레시아의 대답에 뜻밖의 것을 느껴 놀라버렸다.

눈이 동그래진 빌헬름에게 테레시아는 우습다는 듯이 입에 손을 대더니.

"지키기 위해서 검을 잡았다며? 기사는, 누군가를 지키는 사람을 말하는걸."

라고, 어딘가 새침한 얼굴로 말하고, 왠지 자랑스럽게 입술을 누그러뜨렸다.

과연, 하고 빌헬름은 납득했다. 동시에 그녀의 웃음을 눈에 아로새겼다.

──그 지켜야할 것 중에, 단단히 그녀의 존재가 남도록.

3

테레시아와의 밀회를 마치고, 빌헬름은 점심 때의 상인가로 얼굴을 내밀었다.

계속되는 내전으로 왕국이 피폐하고 있어도 드나드는 상인들의 야심에 그늘은 없다. 왕도 안에서도 상인가만은 여전한 활기가 남아 있어, 그것은 단골 식사처도 마찬가지였다.

"늘 먹는 거."

라고, 입구에서 간판소녀에게 주문하고는 빌헬름은 가게의 가장 안쪽 자리로 향했다. 그러자 그곳에는 이미 약속하고 있던 상대가 술잔을 기울이고 있는 참이었다.

"대낮부터 술이냐. 비번이라고는 해도 신분이 높으셔."

그 취객의 맞은편에 털썩 앉으며 첫 마디에 비꼬는 말을 던져주었다. 하지만 상대는 빌헬름의 말에 소리도 없이 웃고는, 이쪽에도 술병을 가볍게 기울였다.

고개를 저어 사양하자 간판소녀가 물을 서빙한다. 유리잔을 들어올리자 눈앞의 상대가 시끄럽게 술잔을 쳐들었기 때문에 얼굴을 찌푸리고 유리잔끼리 부딪쳐주었다.

『설마, 너와 이렇게 술을 마실 날이 올 줄은 몰랐어.』

맨 처음 한 모금으로 목을 축이고는, 술술 적히는 글씨가 얼굴 앞에 내밀어졌다. 요즘에는 낯익은 광경이지만 역시 불편하긴 불편하다. 빌헬름은 그 종이뭉치를 가볍게 손가락으로 튕겼다.

"나도다. 근데 난 술을 안 마셨어. 누가 좋아서 그딴 걸 마실까."

『그런 부분은 변하지 않나 보구나.』

짧은 문장으로 숨죽여 웃는 그림에게 빌헬름은 또다시 저질러버렸다고 반성했다. 금세 독설을 뱉고, 공격적으로 행동하는 자신의 나쁜 버릇이다. 고치고자 변하려고 생각해도 긴 세월 동안 기른 심성은 썩 쉽게는 변하지 않는다.

"――――."

결국 입을 다물고 침묵하는 채로 술잔을 기울이는 그림의 너그러움에 기대고 만다. 그렇게 생각하자니 지금까지 줄곧 나는 응석을 부리고 있었구나, 하고 자각할 수 있었다.

무의식중에 허리에 찬 애검을 만지고, 친숙한 감촉에 안도감을 불러 깨웠다. 그때, 불현듯 그림이 술잔을 탁자에 놓고 빈손으로 빌헬름의 가슴께를 가리켰다.

"──? 아아, 휘장 말인가. 이래 봬도 일단 기사 신분이 됐으니까."

그림의 시선이 가는 곳, 빌헬름의 왼쪽 가슴에 있는 건 용을 본뜬 왕국 기사의 휘장이다. 기사 서훈을 받아 신분의 증명으로서 하사된 용주가 박힌 일품이었다.

"평민이 일개 병졸에서 기사 서훈을 받는 건 이례적인 일인가 보지만…… 뭐, 친가가 들켜서 금방 이례적이란 평가도 없어지더라."

한때는 평민 출신의 기대주로 취급되던 빌헬름이지만, 그 출신이 루그니카 귀족에 있다고 알려진 이래로 『검귀』의 이명에는 놀라움보다 납득을 보이는 사람이 늘었다. 출생이 검재에 주는 영향 따위 사소하다고 생각하지만, 사람은 이유가 있는 쪽을 납득하는 생물이다.

"기사 서훈을 받았다고 거창하게 뭐가 바뀌는 법도 아니지. 너야말로 캐럴과 하나가 되면 명문가의 동료 입성이다. 그 길 쪽이 빠른 거 아니냐?"

질문 공격 받는 건 불리하다고, 반대로 상대의 따끔한 속을 헤집어준다. 그러자 그림은 목소리에 내지 않을지언정 얼굴을 붉히고 침묵을 고수할 작정인지 유리잔에 입을 대었다.

대략, 표정이나 몸짓으로 그림의 생각을 알 수 있게 된 것도 변화 중 하나다.

전보다 주위를 볼 수 있게 되자, 뜻밖에 인간은 말 외에도 자신의 의사라는 것을 겉으로 표현하고 있다. 여태까지는 전장에서 싸우는 데에만 향해 있던 관찰력, 그 응용이다.

『기사가 된 거, 친가에 이야기는 했어?』

"친가와 연락? 아니, 안 했다. 이제 와서 무슨 낯짝으로…… 라는 것도 있지만, 서훈이 있자마자 하는 것도 께름칙해. 하다 못해 내전이 끝난 뒤에 해야지."

서훈 관계로 빌헬름의 생가와의 관계는 확인되고 있다. 당연히 남기고 온 가족에게도 사정은 알려졌겠지만, 그렇기 때문에 책임이 필요했다.

기사로서의 서훈은 자랑할 만한 성과가 아니다. 더 확실한 이유가.

『예를 들면, 결혼할 상대를 데리고 돌아간다든지?』

"풉──."

눈앞에 내비친 글씨의 내용에 빌헬름은 마시던 물을 뿜어냈다. 갑자기 무슨 말을 꺼내느냐고 노려보니, 그림은 웃음을 참지 못하는 얼굴이었다.

완전히 아까의 복수를 당하고 말았다. 무심코 반응한 자신이 원망스럽다.

『요즘 따라 네 분위기가 퍽 바뀌었으니까. 누구의 영향일지 해서, 지금 부대는 순 그 이야기뿐이야.』

"……기왕이면, 더 영양가 있는 이야기로 신을 내시지 그래."

『당사자에게 말하는 것도 뭐하지만, 놀라고 있으니까. 도대체 어떤 상대인 거야?』

그림은 영락없이 빌헬름의 변화의 원인이 여자라고 단정짓고 있다. 그건 틀림이 없지만, 여기서 긍정할 수 있다면 테레시아 당사자에게 얼버무리지도 않는다.

 "말 같은 소릴. 그런 얼빠진 이야기가……."

 『기사 서훈이 그 아이를 위해서라면, 좋은 집안의…… 메이더스 여사는 아니겠지?』

 "웃기지 마! 프리스텔라가 물에 잠기는 한은 있어도, 그 여자와 붙을 일은 있을 수 없어!"

 『그렇게까지 부정하지 않아도 될 텐데.』

 쓴웃음 짓는 그림이지만, 빌헬름의 소름은 진짜다. 농담은 그만뒀으면 좋겠다.

 참고로 프리스텔라란 루그니카 서부에 존재하는 대도시다. 큰 강에 인접한 도시이며, 수백 년 전의 건설 당시부터 수해와 연이 없는 수문도시였다.

 "애초에 요새는 전장에서 마주치는 일도 없어. 가끔씩밖에 얼굴도 못 본다고."

 『그 가끔에서, 일부러 네 얼굴을 보러 오는 판국이니 갸륵한 것인데.』

 『마녀』 스핑크스의 토벌에 성공해 아인연합의 마법 관련의 공세는 크게 약체화했다. 그 결과, 대마법 고문이었던 로즈월의 전장 출진의 기회도 격감하고 있다.

 다만 그런데도 드물게 빌헬름에게 얼굴을 보여주러 오는 건 확실히 부지런하긴 했다.

『캐럴 씨도, 여사와 동행해서 전장에 나올 기회가 줄었으니 안심하고 있어. 나보다 강하다고 알아도 지금의 전쟁에는 별로 나오길 바라지 않아.』

"하기는."

그림의 의견에 턱을 주억이고 빌헬름은 답답한 기분으로 등받이를 삐걱거렸다.

──아인연합의 공세는 대들보였던 발가 일행을 잃어도 종식되지 않았다. 그러기는커녕 전보다 더 행동은 과격하게, 앞뒤를 따지지 않는 방향으로 변화했다.

"작전 참모란 억제 담당을 잃어서, 브레이크가 안 먹혀. 옥쇄 각오로 돌진해오는 거야 어처구니없지만, 결과적으로 피해는 가장 커져버렸어."

『물러설 때를 잃어버렸단 거겠지. 그만큼, 지독한 싸움이었는데.』

왕성에서의 혈전은 그야말로 아인연합의 주력이 사력을 다한 결과라고 할 수 있으리라.

그 큰 도박판을 넘어서서도 전화가 수그러들기는커녕 화력을 더하는 건 예측 밖── 아니, 아마도 발가만은 이 결과를 예측하고 있었다. 오히려 바라고 있던 낌새마저 있다.

"자신이 죽어서, 아인의 분노에 불이 붙으면…… 둘 다 망하는 전쟁이 될 거라 생각한 건가."

『그런데도 수적으로 밀리는 아인 쪽이 불리해. 그쯤이야 발가도 알고 있었을 텐데.』

납득이 가지 않는다, 라고 그림은 의문형이지만, 빌헬름은 알 성싶었다.

　발가 크롬웰은 세상을 멸망시키고 싶었던 것이다. 불합리를 강요하고, 부조리의 칼끝을 들이대는 세상에, 크게 기울 정도의 흉터를 남기고 싶었다.

　발가의 목적이 그것이었다면, 이 상황은 그야말로 그가 바란 줄거리 그 자체다.

　『아인족의 분노의 불길은 꺼지지 않아. 싸움을 끝낼 방법이란 게, 있을까.』

　"적이 바닥날 때까지 벤다. 나는 그렇게 대답했지만…… 아마 현실적이지 않을 거야. 가능성이 있다고 하면 더, 극단적인 답이겠지."

　『극단적?』

　"증오의 불길을 지워버릴 만한, 분노에 찬물을 끼얹는 듯한, 그런 가능성이지."

　구름을 잡는 듯한 이야기다. 원래부터 그런 가능성이 있었다면 이 『아인전쟁』 그 자체가 성대한 촌극으로 변하고 만다.

　다만 아마 진정으로 필요한 건 그런 쪽의 힘인 것이다.

　──발가가 남긴 상념과, 아인족을 몰아세우는 증오, 그것조차 웃도는 압도적인 존재.

　"그것이 있다고 하면…… 그렇지. 뭐라고 불리려나."

　"─────."

　빌헬름의 중얼거림에 그림이 생각하는 구석이 있는 듯한 얼굴로 조용해졌다. 그 뒤로 그는 뭔가 마음먹은 것처럼, 천천히 종이에 붓을 놀렸다. 그리고.

『영웅.』

그림이 적은, 불과 한 단어. 그것에 빌헬름은 끄덕였다.

──영웅. 그렇다, 영웅이다.

말장난이 아니다. 이야기처럼 나도는 듯한 진짜 영웅의 존재. 『검귀』라고 불리는 빌헬름이나, 전귀의 집단이라고 추켜세워지는 체르게프 부대. 용장무비로 알려진 근위기사단 등과 비교해도, 여전히 웃도는 힘을 가진 영웅.

그야말로 일찍이 세계를 뒤집은 공포에게 승리한 『검성』 같은──.

싸움에 끝이 온다고 하면, 그것은 그런 뜻밖의 가능성일 것이다.

4

"여어──여. 돌아오는 게 늦었는거얼──."

"────."

병사에 있는 자기 방에 돌아오자 침대 위에 우아하게 앉은 여자── 로즈월에게 마중 받았다.

말없이, 그 악의 없는 얼굴을 노려봐주자 그녀는 차라리 즐겁게 미소 지었다.

"연병장에서 땀을 흘리고 달아오른 흥분을 이성에게 발산한다……. 그런 기분?"

"자기 방에 맘대로 들어앉아 있는 상황에 익숙해질 것 같아서 기분이 더러워. 병사장은 뭘 하고 자빠졌어. 관리인이란 자각이 부족한 거 아닌가?"

"전에는 조심스럽게 배려했고, 지금은 한 식구 감각으로 배려해서…… 그으—런 느낌 아니야?"

"쓸데없는 오지랖을……."

병사의 입구에서 스쳤을 때의, 살짝 찐 병사장의 경례가 떠오른다. 체르게프 부대의 인간이나 다른 위사와 마찬가지로 병사장과의 관계도 극적으로 개선되었지만, 이건 나쁜 영향이다.

방문해오는 인간이 족족 방에 들어서서는 쉴 시간이 없어질지도 모른다.

"그래서? 굳이 찾아온 이유가 뭐야?"

"여자가 밤에 부끄럼을 숨기고, 의중의 남자의 방을 찾아올 이유라곤 하나밖에 없잖니이—. 너무 촌스러운 말을…… 얘얘, 화내지 말고 화내지 말고."

노려보는 시선에 검기를 섞자 로즈월은 즉각 요염한 분위기를 지웠다. 그 뒤로 그녀는 불만스럽게 한숨 쉬고 좌우 색이 다른 눈으로 빌헬름을 응시했다.

"이만큼 호의를 표현하고 있는데, 넌 철벽이구우—나. 여자로서 자신감을 상실하겠어."

"네 호의가 진짜라면, 나도 진심으로 응하지만…… 그렇지 않은 상대에는 건성건성일 수밖에."

"——흠."

이쪽의 대답에 한쪽 눈을 감고, 로즈월은 무슨 일인지 생각에 잠겼다. 그런 그녀를 곁눈질하며 빌헬름은 땀을 닦기 위한 준비를 시작했다. 그림과 헤어진 뒤, 연병장에서 한 땀을 흘린 참이다. 여성의 눈앞에서 옷을 갈아입기 시작하지 않을 정도의 배려는, 일단 갖추고 있다.

"그럼 진짜 호의로 얘기할까. ——안타깝게도 남녀로서가 아니라, 벗으로서지만."

별안간 목소리의 분위기가 변화해 빌헬름은 돌아보았다. 로즈월은 변함없는 자세로 이쪽을 올려다보고 있었지만, 그런 그녀의 분위기가 일변해 있었다.

그것은 전장에서 극히 드물게, 스핑크스 관련으로 보이는 적이 있던 생생한 태도.

——즉, 로즈월이 본심을 내놓은 상태다.

"너와 네 벗들의 협력으로, 나는 내 목적을 달성할 수 있었지. 이건 그 협력에 대하는, 마음뿐인 하찮은 답례라고 생각해줘도 돼."

"……계속해."

"——네 생가인 트리아스령(領)에, 내전의 전화가 옮겨 붙으려 하고 있다."

"뭣……?!"

생각지도 못한 모양새로 튀어나온 단어에 빌헬름이 눈을 부릅떴다. 경악하는 빌헬름 앞에서 로즈월은 긴 다리를 꼬고 진지한 표정인 채로 끄덕여보였다.

"이래 봬도 곳곳에 지인이 있어서 말이야. 이 방면의 이야기는 귀가 밝다고 생각해. 아마도 네게 전해지는 건 늦어질 거라 싶어 이렇게 알리러 발길을 옮겼다안— 거지."

"너, 어떻게 그런 걸…… 그리고, 그곳에는."

"물론 트리아스령을 습격할 만한 전략적 가치는 없어. 영주에게도, 왕국군에게도 아닌 밤중에 홍두깨. 그으—런데, 지금의 아인족에게 그런 논리는 통하지 않아. 알 수 있겠지?"

발가가 남긴 증오, 그 불길에 태워지는 아인족의 브레이크도 분별도 잃어버렸다. 설령 그 행위에 앞날이 없어도, 내전의 화마가 멈출 수 없듯이.

"혹은 아인족의 수괴를 처단한, 너에 대한 앙갚음일지도 모르지만. ——빌헬름 트리아스 군."

"——윽."

다른 이에게 상처를 주는 행위를 하면, 그것이 보복의 이유를 낳는다. 그야말로 내전의 시작과 계속되는 전쟁의 이유 그 자체다. 그리고 그것을 부정할 말은 빌헬름에게 없다.

"가능하다면 위쪽과 담판을 짓도록 해. 보르도 공이라면 나쁘게는 하지 않을 테에—니까. 하기야 시간은 걸릴지도 모르겠지만."

그걸로 용무는 끝났다고 말하는 양, 로즈월이 침대에서 엉덩이를 뗐다. 그대로 그녀는 뻣뻣하게 서 있는 빌헬름 옆을 지나가 방의 출구로 향했다.

"······결국, 넌 무슨 속셈으로, 어떤 위치인 거야."

그 등에, 빌헬름은 창졸간에 그렇게 물었다. 로즈월의 발이 멈추었다.

"이렇다 할 속셈은 없어. 내가 호의를 가진 인간은 드물어. 그렇기 때문에 몇 없는, 내가 호의를 품는 상대는 행복하게 되어 주어도 상관없다. ──그렇게 생각하고 있지."

돌아보지 않고, 표정을 보이지 않으며 로즈월은 그렇게 말을 맺었다. 그 말의 무게에 빌헬름이 숨을 집어삼켰다. 그러자 그녀는 별안간 어깨를 으쓱이고 고개만 뒤돌아 미소 지었다.

"어쨌든 간에 네 결단이야. 후회하지 않게끔, 잘."

그 말만 남기고 로즈월 J. 메이더스는 방을 나섰다.

멍청하게 그 모습을 배웅하다가, 빌헬름은 잠시 침묵한 다음에 정신을 차렸다. 그리고 화급하게 막 벗은 웃옷을 잡고 보르도 쪽으로 향하기 위해 방을 뛰쳐나갔다.

──복도에서는 이미 로즈월의 뒷모습을 찾아볼 수 없었다.

5

『우선, 내가 사실 관계를 확인한다. 상황 나름이긴 하지만, 부대를 소집해 출동할 일도 염두에 두고서야. ──성급해지지 마라, 빌헬름.』

로즈월에게서 전달받은, 트리아스령에 임박하는 불길한 기운 ── 사정을 빌헬름에게 들은 보르도는 평소 같지 않게 진지한 태도로 끄덕이더니, 그 말을 남기고 사령부로 향했다.

그 뒷모습을 배웅하고 나면, 빌헬름에게 할 수 있는 일은 보고를 기다릴 뿐이다. 자신의 보잘것없음에 이를 갈면서도 그것을 별수 없노라고 참을 수준의 자제심이 지금은 있다.

왼팔에는 기사의 신분을 표시하는 휘장, 전과 같은 이기적인 행동은 용납되지 않는 자각의 증거다.

『거듭 말하지만, 서두르지 마라. 웬만한 일로 서훈 받은 자격이 박탈되는 일은 없지만, 넌 이미 지위가 있는 몸이다. 더 이상 혈혈단신의 일개 검사가 아니야.』

저녁놀도 저물고 밤의 장막이 내려앉는 왕도. 그 큰 길거리에서 보르도의 말을 몇 번이고 회상한다.

자기 방에서 얌전하게 대기 같은 거나 하고 있을 수 없다. 그저 기다릴 뿐인 시간을 주체못하고, 빌헬름의 다리는 마치 유혹받듯이 천천히 빈민가의 광장으로 향하고 있었다.

테레시아와 말을 나누고 평소처럼 헤어지고 나서 몇 시간이다. 하루 동안에 두 번, 그 장소로 발길을 옮기는 건 빌헬름도 처음이었다. 그렇기에.

"──빌헬름?"

까맣게 어두워진 광장에, 빨강 머리 소녀가 지금도 머물러 있는 데에 놀라고 말았다.

바깥길과 달리, 뒷길에 인접한 광장에는 인공의 조명이 드리우지 않는다. 오늘에 한해서는 밤하늘에도 구름이 끼어 지척마저도 불안한 어스름이 주변을 지배하고 있다.

그런 곳에서 홀로, 테레시아는 꽃밭도 보이지 않을 텐데, 계속 남아 있었다.

"······무슨 일 있어? 무서운 얼굴 하고."

아연해하는 빌헬름을 보고, 테레시아는 파란 눈을 깜박였다.

"이런 시간에, 여자가 이런 곳에서 뭐하고 자빠진 거야."

"그 말투는 마치······ 아!"

시침 떼는 태도의 테레시아에게 그렇게 응수하자, 그녀는 뭔가를 깨달은 얼굴로 손뼉을 쳤다.

"음음······. ──그대로 남 말 하지 말라고 답하고 싶은데, 그런 말을 하는 건 좀 심술궂기 짝이 없지. 농담은 안 통할 것 같은 얼굴이고."

"_____."

어딘가 연극조 같은 테레시아의 표현에 빌헬름은 위화감을 느꼈다. 그리고 그 원인이 대체 뭔지 찾는 중에 이유를 짐작했다. 그리고 그녀의 기대도.

이 대화가 테레시아와 빌헬름의, 첫 만남의 재탕이노라고.

"_____."

솔직한 심정을 말하면, 지금의 빌헬름에게는 테레시아의 조촐한 장난기에 맞춰줄 여유는 없을 터였다. 다만, 빌헬름의 반응을 기다리는 테레시아의 천진한 눈초리를 보고 있으려니, 그것만으로도 독기가 꺾였다.

자연히 빌헬름은 만났을 때의, 무뢰한 그 자체일 적을 떠올리고, 따라했다.

"이 주변에는 위험한 놈들이 많아. 계집 홀로 다니는 건 칭찬 못하겠군."

"어머, 걱정해주는 거야?"

"내가 그 위험한 놈들일 가능성도 있다만."

"그럼 괜찮아. 그 복장, 성의 병사님 제복인걸. 못된 짓이라 니, 설마 그럴 리 있겠어?"

빌헬름의 가슴에 달린 휘장을 손가락으로 가리키고, 마지막 부분만은 어레인지를 덧붙여서, 테레시아는 미소 지었다. 그 말에 쓰게 웃고, 빌헬름은 그녀의 바로 옆까지 걸어갔다.

복장은 오전 중과 달라지지 않았다. 앉아 있는 위치도. 그러니까 아마──.

"계속 여기 있었던 거냐?"

"……응. 살짝, 오래 있어 버렸어."

드문 일, 이라고라도 말하고 싶은 듯 테레시아는 혀를 내밀지만, 아마도 거짓말이리라.

빌헬름과 헤어진 뒤, 그녀가 어쩌고 있는지 확인한 적은 없었지만, 필시 지금까지도 줄곧 어두워질 때까지 이러고 있었음이 틀림없다.

"반복할 마음은 없지만…… 이런 시간에 여자 혼자 다니는 건 탐탁치 않다."

"걱정해줘서 고마워. 하지만 그건 엄청 새삼스럽거든요. 그리고 혼자 다니게 되진 않으니까 괜찮아. 마중 오는 사람이 있거든."

"_____."

"상대는 여자아이니까 안심해?"

"……딱히 그런 거, 의심 안 해."

안도한 건 기분 탓이다. 그리고 마중을 나오는 사람도 여자면 밤 산책의 위험이 가시지 않았다.

"괜찮아. 무척 강한 여검사님이니까. 나보다 훨씬 더."

"그야 너와 비교하면 웬만한 검사는 훨씬 낫겠지."

누가 뭐래도 무(武)와 인연이 없는 소녀다. 비교할 상대로서 그릇되었다. 그래도 빌헬름과 테레시아가 만난 지 1년 가까이 됐다. 그동안 호위를 맡고 있으면 실적은 충분한가.

호위── 그런 게 붙어 있는 이상, 테레시아의 신분도 그만하다고 상상이 간다.

"돌아가지 않는 건, 집에 있고 싶지 않기 때문이냐?"

"거, 거침없이 묻기 어려운 걸 묻는구나, 빌헬름은."

"직업상, 품속 깊이 베고 드는 게 버릇이라서. 그래서, 대답은?"

"……그렇다고도 할 수 있고, 그렇지 않다고도 할 수 있을까. 미안, 어려워서."

사과하면서 테레시아의 눈이 어딘가 먼 곳을 응시했다. 그 눈 안쪽에 스치는 감정, 거기에 아련한 빛깔을 찾아내고 빌헬름은 자신의 무신경함에 성질이 났다.

이유도 없이, 집에 들어가지 않고 밤중에 산책을 반복하는 여자가 있을 턱이 없다.

"빌헬름은 어때?"

따라서 그 질문의 의도를 깨닫는 게 반걸음, 늦어졌다.

꽃밭 앞의 계단에 앉아 무릎을 껴안고서 테레시아는 빌헬름을 올려다보고 있다.

"친가라든가, 가족에 관해서라든가…… 물어봐도 괜찮아?"

"내, 집에 대해……."

"그래그래. 어― 응, 왜, 무관계하지 않을지도…… 모르잖니?"

쑥스럽게 웃는 테레시아에게, 평소라면 무슨 말을 꺼내느냐고 반응할 수 있었을지도 모른다. 하지만 이 순간, 가족이 언급되어 빌헬름은 말을 주저했다.

그야말로 지금, 자신의 생가인 트리아스 가문은 위난에 처해 있을지도 모른다.

"……나, 혹시 뭔가 안 좋은 거 물었어?"

말이 막힌 빌헬름을 보고, 테레시아의 표정이 별안간 어두워졌다.

미숙하다고, 또다시 자신을 매도했다. 자신의 현재 상황 따위, 테레시아에게 들려 주어도 불필요한 부담을 그녀에게 얹을 뿐이다. 왜, 평소의 무뚝뚝한 표정을 하고 있을 수 없었는가.

분하게 아래를 보는 빌헬름. 그러자, 그 눈앞에서 테레시아가 일어났다. 그리고 나약한 얼굴의 빌헬름에게 두 손을 뻗고.

"얼굴 좀 당당하게 펴, 남자잖니!"

"――윽?!"

힘차게 두 손으로 뺨을 맞아 의표를 찔린 빌헬름은 눈을 크게 떴다. 메마른 충격에 눈이 동그래지자 테레시아는 허리에 손을 얹고서 가슴을 폈다.

 "어쩐지 여러모로 복잡한 것 같은 건 알겠는데, 그래서 시무룩해지다니 안 어울려. 넌 평소처럼, 뭐랄까…… 이유도 없이, 당당하게 있으면 돼. 어린애처럼 검을 휘둘러대고, 근거도 없이 자신만만하고…… 그러면 된다고."

 "――――."

 지독한 평가였다. 그런 식으로 보고 있었느냐고, 어이가 없어 성질이 났다.

 토라진 빌헬름을 본 테레시아는 자신의 발언이 나빴다고 여겼는지, 허둥지둥 "아, 그게 아니고요. 저기 있지." 하고 당황하기 시작했다. 그 변화에 어깨에서 힘이 빠졌다.

 탄식하고, 그 뒤에 곧장 웃음이 떠오른다. 쓴웃음이 아니라 진심으로 우러나온 웃음이.

 "넌, 역시 이상한 여자로군."

 "하, 하아? 왜 그런 말 하고 그래? 나, 반듯하지는 않았지만 꽤 좋은 말 했다고 생각하고 있었는데."

 "제 입으로 말하지 마. ――그래도, 부정은 안 한다."

 불만스러운 테레시아에게 대답하고 빌헬름은 다시 깊이 숨을 내뱉었다.

 그것은 여의찮은 것이 아니라, 가슴에 턱 막히던 감정 전부를 내뱉는 것처럼.

"어린애처럼 검을 휘둘러대고……라."

검을 휘둘러대는 어린애 따위, 위태로워서 어쩔 수 없다. 그 표현이 우습다.

하지만 틀리지 않았다. 빌헬름은 검을 휘두르는 어린애였다. 어린애인 채로 시간만을 쌓아 손발은 자라고 어느덧 그 시절을 잊고 있었다.

그렇지만 지금은 어린애 주제에 검을 휘두르기 시작했던, 그런 시절의 뜻을 기억해냈으므로.

"빈민가의 출구까지 동행하지. 마중 올 사람은 밝은 길에서 기다려."

"……평소와 다른 짓하면, 반대로 일행을 놓칠 것 같지 않아?"

"그럼 어두운 곳에 너만 남기고 가라는 거냐. 그런 짓은 시키지 마라."

"그것도 그러네. 그럼 어쩔 수 없으니 남자 체면을 세워주는 여자로 있어 드리죠."

자신감 넘치게 말하고, "응." 하고 테레시아가 손을 내밀었다. 그녀의 손을 잡고 일으켜 세우고, 두 사람은 이유도 없이 그냥 손을 잡은 채로 빈민가의 출구로 걸음을 진행했다.

연결된 손끝에서 전해지는 열에, 빌헬름은 자신의 심장 고동이 빨라지는 걸 느끼고 있었다.

"여기서 기다릴게. 아마, 여기라면 엇갈리지 않을 것 같아."

좁은 골목을 여럿 나오고, 골목 바깥 부근의 가로수에서 테레시아가 발을 멈추었다. 속내를 말하자면 큰길까지 데려가고 싶지만, 아마도 마중 나온 인간과 자신을 마주치게 하고 싶지 않은 것이리라.

"밤의 골목길에 여자가 혼자. 꽃을 파는 여자로 오해받지 않게끔 해라."

"그런 빈틈은 안 보여요. ……설마, 처음 시기의 꽃녀는 그런 악담이던 게."

"그건 머릿속이 꽃밭이란 의미다. 그런 의미가 아냐."

"그것도 충분히 너무한 호칭이잖니!"

얼굴을 붉히는 테레시아에게 어깨를 얻어맞아 빌헬름은 잡은 손을 풀더니 거리를 벌렸다. 희미한 미련이 손끝에 남았지만, 사내답지 않은 기개를 내팽개치고 그녀를 쳐다보았다.

그리고 왼쪽 가슴의 휘장을 만지면서 오늘 밤의 이별을 고했다.

"모쪼록 밤길에 조심해라, 꽃녀."

"그쪽이야말로, 땡땡이도 적당히 쳐, 불량 병사."

독설을 주고받고, 바로 웃음이 치밀어올랐다. 그리고.

"나 간다, 테레시아."

"또 봐, 빌헬름."

그렇게 평소처럼 이별을 고하고, 빌헬름은 테레시아에게 등을 돌렸다.

등으로 그녀의 시선을 느끼면서 큰 길거리로 내디디고, 기척이 멀어지는 걸 몇 번쯤 확인하고 나서 왼쪽 가슴에 단 휘장을 뜯어내듯이 떼어냈다.

기사의 증표, 지금의 자신이 인정받은 증거, 가슴을 펴고 테레시아와 만날 수 있는 실적.

그 모든 의미를 가진 그것은, 빌헬름의 손아귀 속에서 둔탁하게 빛나고 있었고.

———그렇지만 어린 날에 햇빛에 드리운, 보검의 빛에는 결코 당해내지 못했다.

"그, 왕바보 자식이이!!"

이튿날, 병사에 있는 빌헬름의 개인실을 찾아간 보르도가 노성을 터트렸다.

힘으로 주먹을 내리친 책상이 분쇄되어 아무렇게나 장식해둔 훈장이 실내에 쏟아졌다. 그것은 충분히 문제행위지만, 보르도의 분노는 그걸로는 수그러들지 않았다.

"———."

미쳐 날뛰는 보르도의 옆, 말없는 그림이 파괴된 책상 잔해에 손을 뻗었다. 그리고 잔해 속에서 용을 본뜬 휘장—— 기사 서훈, 그 증표를 주워들었다.

책상에 놓여있던 휘장과, 그 휘장과 함께 남겨진 메모, 내용은 단 한마디.

『미안하다.』

간소하고, 아무 수식어도 없는, 검귀다운 무식한 내용이었다.

기사의 증표를 떼고 애검만을 안고서, 빌헬름 트리아스는 왕도를 나섰다.

그것이 머리 나쁜 검귀가 나름대로 내놓은 답이었다.

기사의 증표를 내버리는 건 빌헬름에게도 큰 결단이었다.

휘장은 빌헬름의 존재가, 왕국이라는 거대한 것에 인정받은 증거다. 단순한 악동이라고 욕먹었던 자신이, 잘못되지 않았다고 긍정된 증거이기도 하다.

왕국군의 문호를 두드리고, 오늘까지 한결같이 검을 휘둘러 왔다.

그런 나날 가운데, 검만이 있으면 좋다고 생각하던 자신에게 주어진 수많은 것.

적이 있었다. 아군이 있었다. 친구가, 호적수가, 동료가, 상사가, 원적이. 그리고——.

"——테레시아."

지금, 마음을 자각한 소녀의 이름을 중얼거리고, 빌헬름은 애검의 감촉을 확인했다.

휘장을 놔둔다는 말은 여태껏 왕도에서 얻은 모든 것을 멀리하는 행위다.

무가치하기 때문이 아니다. 가치가 있다고 믿기에 그것을 짊어진 채로는 움직일 수 없어지고 마니까, 둘도 없다고 알면서도 내버린 것이다.

미련이 있다. 꺼림칙함이 있다. 후회도, 분노도, 감정은 혼탁한 수렁 같다.

어느 쪽도 순수하게 존재하지 않았다. 검이고 싶다고 소원한 나날이 거짓말이었던 것처럼.

다만 지금은, 그 사실이 나쁘다고 생각하지 않는다.

"_____."

모든 것이 잘 정리되면, 시치미 뗀 얼굴을 하고 원래의 나날로 돌아올 수는 없을까. 그런 형편 좋은 몽상이 떠오를 정도로는, 안일한 시간에 푹 잠겨있었다.

고향을 휩싸는 전화를 큰 실수 없이 불어내고, 기사의 명예를 내놓은 건 묵인되고, 테레시아의 손을 잡고 트리아스의 가족과 그녀를 마주하게 한다. 그런, 형편 좋은 미래.

──현실에 눈을 감은 몽상은, 소란에 붉게 타오르는 고향의 광경에 불타버렸다.

"오, 오오오오오오──!!"

애검을 쳐들고, 변할 대로 변한 고향에 귀향한 검귀의 고군분투가 시작되었다.

7

『형님이 내 마음을 알 것 같아!』

그런 흔해빠진 말다툼 끝에 집을 나선 게 벌써 5년이나 전 일이다.

트리아스 가문은 루그니카 왕국 북부, 그곳에 작은 영지를 가진 몰락 귀족이었다. 옛날에는 명문 무가였던 영광도 빛을 잃은 그 집안에서, 빌헬름은 셋째 도령으로 태어났다.

위의 두 형이 후계자로서 충분한 소양이 있었던 까닭도 있어, 빌헬름은 집을 물려받는 굴레와 무관한, 자유로운 유소기를 보냈다. 그런 나날 중에 영주 업무와 무관한 소년의 마음을 끌어당긴 것이 대청에 장식된 한 자루의 보검이었다.

트리아스 가문이 무문의 사도로서 명예를 받고 있던 시대의 유일한 기념이다.

정신이 드니 빌헬름은 검에 매혹되어 아침부터 저녁까지 단련에 몰두하는 나날이 이어졌다. 처음에는 흐뭇하게 지켜보던 가족도, 그것이 6년에 이르니 웃고 있을 수는 없었다. 뭐에 씐 것처럼 검에 충성하는 막내 아들에게 맏형이 충고 같은 잔소리를 주워섬기는 건 다반사였다.

그 잔소리에 대한 반론이 백열한 말다툼이 되어, 뛰쳐나간 게 첫머리의 한마디다.

그 결과 집을 나와 왕도로 상경한 빌헬름은 왕국군에서『검귀』가 되었다.

이것만은 테레시아에게도 아무에게도 밝히지 않은, 볼썽사나운 빌헬름의 발단이다.

──그리운 트리아스령은 이미 아인족의 맹공으로 화마에 휩싸여 있었다.

낯익을 터인 경치는 붉게 물들고 십여 년을 지낸 저택도 이미 불타 허물어졌다. 습격에 아무 저항도 못했는지 유린의 흔적만이 이곳저곳에 남아 있었다.

당연하다. 싸움 같은 건 생각조차도 못할 만큼 온후한 형이고, 온건한 가족이었다. 싸우는 것 외의 방법으로 집안을 지키는, 그 일에 열심인 가족이었다.

그렇기 때문에 형들의 부족한 부분을 채우기 위해 검에 몰두한 게 발단이었다.

그러기 위한 힘이, 지금의 자신에게는 있을 터인 것이다.

"끄아아아——!!"

검풍이 미친 듯이 불고 아인의 피안개가 트리아스령을 더욱 검붉게 물들였다.

소박한 인족의 저항을 밟고 넘어서는 아인족, 그 옆구리를 한 검귀가 물어뜯었다. 혼비백산하는 목을 치고 반격하려드는 손발을 떨어뜨리고, 증오의 소리를 지르는 목을 뚫었다.

적의 피로 범벅되어 목이 찢어질 만큼 부르짖으며, 몇 억 번씩 휘두른 검격을 계속 휘둘렀다.

"검귀——! 발가와 리브레를 죽인, 검귀다!"

날뛰고 다니는 빌헬름의 내력을 알아채고 아인족이 일제히 밀어닥쳤다. 시야의 오른쪽도 왼쪽도 모조리 메우고, 파도처럼 육박하는 증오에 정면으로 덤벼들었다.

우세하게 진행할 수 있던 건 처음만의 이야기다. 검귀의 출현에 엉거주춤하던 아인연합도, 적이 빌헬름 한 명이라고 깨달으니 숫자의 유리함에 맡기고 찍어누르려 공격했다.

숫자에 장사 없음. 상처가 는다. 열 칼날로 열 목숨을 앗아가더라도, 적은 백 목숨으로 백 일격을 때려넣는다. 자연히 초수에 밀려 고립무원의 빌헬름은 열세에 빠진다.

"⎯⎯⎯⎯."

주위, 전 방위가 적으로 둘러싸여있다. 전후좌우, 모든 살의가 자신에게 향해 있었다.

돌파력이 있는 거구도, 말없이 등을 지키는 방패잡이도, 전선을 구축하는 아군도 아무도 없다.

혼자다. 혼자가 좋다고, 그렇게 생각하면서 싸우던 나날이 있었다. 하지만 그마저도 진짜 의미로 혼자가 아니었노라고, 이제 와서야 뼈저리게 깨우쳤다.

"끄어⎯⎯."

등에 상처를 입었다. 돌아서서 기습한 하수인의 심장을 찌르기로 파괴했다. 발이 멈추는 이쪽으로 공격이 육박한다. 창졸간에 뛰어 물러나려다가 발이 엉클어졌다. 부자연스러운 자세로 공격을 방어해 온몸의 뼈가 삐걱댔다. 이를 갈고 은빛 섬광이 미쳐 날뛰고, 아인의 집단이 튕겨 날아갔다.

하지만 꼴사나운 쾌진격도 거기서 끝이다. 어마어마한 적의 피에 섞여서 자신의 상처에서 흘러나오는 피의 양이 한계를 넘었다. 무릎을 꿇고 바로 그 자리에 엎어졌다.

"훅, 훅, 후우욱⎯⎯!"

호흡을 거칠게, 전의를 훤히 드러내고, 그러나 손발은 그 투지에 반응하지 않는다.

죽인 적의 주검, 그 무더기에 파묻혀 빌헬름의 손에서 마침내 애검이 미끄러졌다. 전장에서 검을 놓다니 결코 범해서는 안 되는 추태다.

　검귀가 검을 놓으면 그건 이미 귀신조차 아니라 단순한 사람──아니, 사람 미만의 찌꺼기다.

　검의 귀신이라고, 그렇게 불릴 만큼 검에 몰두시켰던 최초의 소원마저 잊고, 전부 다 텅 비운 채로 달려온 남자의 최후 따위, 이리 되는 게 당연했을지도 모른다.

　결국, 자신은 무엇을 위해서 검을 잡고, 그리고 무엇을 남긴 것일까.

　아무것도 없다. 허허벌판이고, 텅 비고, 공허한 고깃덩어리에 불과하다.

　──정녕, 아무것도 없었을까.

　"검귀, 무시무시한 고수였지만…… 명운, 여기서 다했구나!"

　옆에는 덩치가 큰 아인이 서서 반사반생의 목에 일격을 내리치려고 자세를 잡고 있다.

　그 진실된 『죽음』을 목전에 둔 빌헬름의 마음에 끓어오르는 감정이 있었다.

　"＿＿＿＿＿＿."

　뇌리에 떠오르는 무수한 그림자는 빌헬름의 인생과 교류한 사람들이다.

　부모가, 형들이, 영지 주민이, 왕국군의 동료가, 그림이, 보르도가, 로즈월이, 캐럴이 떠오르고, 마지막으로는 꽃밭을 등진 테레시아의 미소가 떠올랐다.

또 봐, 하고 헤어진 그녀의 얼굴과 목소리가, 눈꺼풀은커녕 영혼에 새겨져 떨어지지 않는다.

——아무것도 없을 터인 나날에 빛이 움트고, 그것은 어린 날에 본 검의 빛과 겹친다.

검이 되고 싶다고 소원하고, 많은 만남에 열을 내려받아, 겹친 유대에 담금질되어 사람으로 이루어졌다.

강철의 나날에도, 사람의 나날에도, 아직 미련이 있다. 남긴 마음이 있다.

"죽고 싶지, 않아……."

따라서 진정한 최후를 목전에 두고, 빌헬름의 입에서 생에 대한 집착이 넘쳐나왔다.

이만큼 많은 생명을 빼앗고, 그만큼 최후는 떳떳하겠다고 큰소리치고서, 막상 그 순간이 찾아온 순간에 빌헬름의 마음은 죽음에 겁먹고 떨었다.

사는 것의 즐거움이 보이기 시작해, 지금, 끝나는 것에 대한 공포가 마음에 금이 가게 했다.

"——————."

그런 목 쉰 목숨 구걸을, 다수의 동료가 살해당한 아인은 결코 용서하진 않는다.

무정하게도 내리친 칼날이 검귀의 명맥을 확실하게 끊어——.

——그 순간, 터져 나온 참격의 아름다움은 영겁토록 잊을 수

없으리라.

　빌헬름의 숨통을 끊으려고 한 아인의 목이 선뜻하게 날아갔다.

　상처의 단면은 날카로움이 극치에 달한 나머지 상처 자국마저 베인 것을 알아채지 못했다. 굴러떨어지는 아인의 표정은 끝까지 자신이 죽은 것마저 자각하지 못하고 있었다.

　머리 위에서 일어난 그 현상에 죽음의 순간에 있었을 빌헬름은 눈길을 빼앗겼다.

　눈길을 빼앗기고, 빼앗겼기 때문에 그 뒤의 사건에 사고마저 정지했다.

　──검풍이 휘몰아치고 무수한 은빛 섬광이 미치도록 춤추며 아인의 생명을 잇달아 끊어갔다.

　새로운 『뭔가』의 참전에 아인연합에 충격이 퍼졌다. 하지만 아무 문제도 되지 않는다. 왜냐하면 『뭔가』의 존재가 알려지는 것과 그 검섬이 닿는 건 거의 동시였기 때문이다.

　다시 말해, 죽는 걸로써 『뭔가』가 존재했음을 아인은 알게 된다.

　"──────."

　검무, 진정한 의미로 춤추듯이 『뭔가』는 참격을 펼쳐내어 죽음을 양산한다.

　그 검격이 너무나 선뜻한 나머지 빌헬름은 그곳에 사신(死神)이 있는가 착각했다. 확실하게 상대의 명맥을 끊고 죽음마저 깨닫지 못하게 하는 아름답고 정다운 사신이다.

──사신은 머리 뒤에 묶은 붉은 머리카락을 찰랑이며 하얀 장검을 손발처럼 다루고 있었다.

"붉은, 머리……?"

웅크리는 빌헬름을 지키듯이, 사신은 주위의 아인을 베어 쓰러뜨리고, 숨통을 끊었다.

참격이 한 번 내달릴 때마다, 그 모습이 시야를 스칠 때마다, 빌헬름의 마음은 어지럽혀졌다.

왜냐면, 지금, 저기 있는 건──.

"──빌헬름! 이 왕바보자식! 찾았다고!"

걸걸한 목소리가 들리는 것과 동시, 난폭하게 어깨가 틀어잡혀 일으켜세워졌다. 아연한 빌헬름의 시야에 보르도와 그림의 얼굴이 날아들었다. 그들의 배후에는 체르게프 부대의 부대원들의 모습도 있어 전원이 적의 피로 범벅된 처절한 꼬락서니였다.

"아무리 너라도 다 죽어가나! 좋은 약이다! 이 왕바보자식이! 바보가!"

"──윽!"

보르도가 노성을 터트리고 그림마저도 한소리 하고 싶은 듯 입꼬리를 일그러뜨렸다. 하지만 만신창이인 빌헬름에게 추가타를 가하는 짓은 하지 않았다. 그들은 중상인 빌헬름을 확보하자 즉각 철수하기 위해서 퇴로 확보의 지시를 내렸다. 하지만.

"그, 그만둬……. 지금, 그럴 경황이 아냐! 나는! 자고 있을 때가 아니라고!"

붙잡은 팔을 풀어내고 펼쳐지는 검극의 잔치로 발을 디디려고 한다. 그러나 들어서기 직전에 발은 멈추었다. 괴롭게 어금니를 앙다물었다.

자각이 있었다. 그 정도의, 검사로서의 최저한의 긍지가 발을 세우고 있었다.

"_____."

내달리는 은빛 섬광, 아름다운 검섬, 이 이상 없을 만큼 완성된 일섬, 그것이 사신의 검술.

단언할 수 있다. 검의 길을 살고, 검에 많은 것을 바친 빌헬름은 단언할 수 있었다.

──저 영역에는 평생, 닿지 못한다. 저건 자격 있는 자만이 다다를 수 있는 경지.

진정으로 검에 사랑 받은 존재만이 이를 수 있는, 검이라는 강철이 이르는 궁극의 정점인 것이다.

"오오우!"

이번에야말로 빌헬름의 몸은 그림에게 난폭하게 들쳐메어졌다. 저항할 기력도 없다. 체력도 바닥을 쳐서 당장에라도 의식이 꺼질 것만 같다.

그런데도 마지막까지, 허용된 한, 마음이 버틸 수 있는 한, 검무를 보고 있고 싶었다.

"──────님……!"

쳐다보니 사신의 전장을 지켜보듯이 캐럴까지도 이 자리에 끼어 있었다. 그녀는 가슴에 손을 얹고 저토록 강한 사신을 걱정하는 시늉까지 보이고 있다.

멍청해진다. 아연해진다. 캐럴은 대관절 그 눈으로 뭘 보고 있단 말인가. 대관절 저 사신의, 어디를 어떻게 보면 걱정 같은 걸 할 수 있나.

──모르는 것인가. 저 검의 가공함을. 너도 같은 검사이면서.

일초마다 검사로서의 격차를 과시당해 절망하는, 그 존재의 높이를.

"저, 사신은……."

"사신이라고? 말 같은 소리를 해라. 저건 왕국의 비장의 카드. 우리에게도 덮어두고 있던, 진짜 의미로 왕국의 검. ──『검성』이다."

전장이 멀어지고 의식마저도 뜸해져 끊어지기 직전에 그 단어가 들렸다.

『검성』, 그것은 루그니카 왕국의 역사에 새겨진, 살아 있는 전설에게 주어지는 칭호.

하지만 그 칭호는 결코, 그녀에게 어울릴 터가 없어서──.

"＿＿＿＿＿."

지금의 빌헬름에게는 그것을 전할 수단도, 소리치는 것조차도 불가능했다.

8

──트리아스령의 전역은 훗날의 루그니카사(史)에 대대적으로 기록된다.

이 전역의 무대인 트리아스령에 가치가 있었던 건 아니다. 트리아스령의 참상은 『아인전쟁』 중도에 생긴 흔해빠진 비극 중 하나로서 치부된다.

단 한 부분, 이 전투가 다른 흔해빠진 비극과 다른 점.

그것은 이 전투가, 당대 『검성』의 화려한 첫 무대로서 이름을 남겼다는 것이다.

당대의 『검성』은 이 트리아스령의 전투까지 한 번도 공식 무대에 모습을 드러내지 않았다. 존재를 의문시하는 목소리나 『검성의 가호』의 그늘을 의심하는 목소리도 있었을 정도다.

그러나 우려를 샀던 『검성』의 실력은 이 전투에서 마침내 증명되었다.

첫 출진에서, 단 홀로, 천에 이르는 아인의 생명을 앗아가다니, 검성 말고 아무도 할 수 없다.

혼미하고 수렁 상태에 빠진 『아인전쟁』을 끝낼 수 있는 구세주의 등장. 그런 풍평을 누구나 믿고, 그 새로운 『검성』의 이름을 누구나 소리 높여 칭찬했다.

트리아스령을 지키기 위해 기사의 신분을 버리고 일개 검사로 돌아와 고군분투의 활약으로 삼백의 아인을 쓰러뜨린 『검귀』, 그 이름과 실적은 고요히 묻히게 된다.

하지만 그런 건 당사자인 『검귀』에게는 아무래도 좋은 일이었다.

기록도, 훈장도, 구애받은 적이라곤 없다. 구애받은 이유도, 분명 지금은 놓아버렸다.

그렇기에 빌헬름 트리아스에게 중요한 것은——그 광장의 꽃밭에 있다.

　부상이 아물어 겨우 광장에 발길을 옮긴 것은, 그로부터 몇 주 뒤의 일이었다.

　거듭된 격전에서 혹사당해 지친 애검을 한손에 들고 이골 나게 걸은 길을 나아간다. 이 길을 걸을 때, 빌헬름은 항상 다양한 감정으로 가슴을 채우고 있었다.

　기쁨이 있고, 기대가 있고, 우울이 있고, 불안이 있고, 짜증이 있고, 선망이 있었다.

　——그리고 지금, 빌헬름의 가슴을 채우는 감정은 지금까지의 어느 것하고도 다르다.

　있을 것이다, 하고 직감이 알린다. 빌헬름은 자신의 직감을 믿고 있다. 특히 광장에서의 밀회, 그녀가 기다리고 있을지 아닐지의 적중률에는 자신이 있다.

　그것이 무엇을 요인으로 작용하는 직감력이었는지, 지금은 말로 표현할 의미가 없다.

　"＿＿＿."

　광장에 도착해 숨을 죽였다. 기척을 찾는 필요도 없다. 그녀의 존재감은 강렬하다.

　광장 안쪽의 지정석, 여느 때와 같은 계단에 앉아 시선은 계절이 지난 꽃밭을 보고 있다.

　걸어간다, 같은 쓸개 빠진 짓은 하지 않는다. 질주해 도중에 소리도 없이 검을 뽑았다. 속도 그대로 검을 내리쳐 뇌속의 참격이 그녀의 머리를 두 동강으로 쪼갠다——하지만.

"굴욕이다."

"······그래."

틀림없는 속마음이 새어나오고, 짧은 말로 잘려나간다.

빌헬름의 혼신의 참격은, 내밀어진 두 손가락 사이에 끼어져 막혔다.

돌아보지도 않으며 소비한 세월의 모든 것은, 압도적인 검재에 부정당했다.

"날, 비웃고 있었나."

"_____."

대답은 없다. 침묵. 그것이 가장 빌헬름의 마음에 상처를 준다.

지금도 그 가녀린 몸 어디서도 무(武)의 기척이라곤 느끼게 해주지 않으면서.

"대답하시지, 테레시아······. 아니, 『검성』 테레시아 반 아스트레아!!"

힘으로 검을 거두고 부르짖는 빌헬름은 다시 베었다. 하지만 머리칼 하나도 흐트러지지 않는 움직임으로 피한다. 춤추는 빨강 머리를 눈으로 좇은 직후에 다리를 걸어차여 거꾸러졌다.

검귀라고 두려움을 산 빌헬름이, 낙법도 취하지 못할 만큼 비참하게, 쉽사리.

"_____."

밀회를 반복하며 너스레를 주고받고, 남모르게 유대감이 깊어졌을 터인 소녀에게 쓰러진다.

쓰러지는 빌헬름을 내려다보고 테레시아의 파란 눈이 투명해진다. 해맑은 하늘을 비춘 청색은 구름의 존재마저 용납하지 않는 고독한 푸른 눈동자로 모습을 바꿔가고 있었다.

"오, 오오오오오——!"

그 멀어지는 등을 쫓아 매달리듯이 빌헬름은 튕겨 일어나 재공격을 시작했다.

때려넣는 검격의 날카로움은 만신창이로 내몰린 사실을 잊게할 만큼 선뜻했다. 발가를 쓰러뜨리고, 리브레와 상대하고, 검귀의 이름을 알린 수많은 싸움을 웃도는 검기.

어제까지의 자신마저 싱겁게 베어버릴 수 있을 만큼, 세련되고 연마된 검술.

아무도 없는, 둘만의 비밀 장소에서 『검귀』는 가지고 있는 검력 전부를 토해냈다.

틀림없이 빌헬름은 인생에서 최고의, 궁극의, 검을 선보였다.

"————."

그것을 모두, 검조차 쥐고 있지 않은 테레시아가 애들 장난처럼 피했다.

장난치듯이 춤추듯이, 실제로 그만한 차이가 두 사람 사이에는 존재했다.

어쩔 도리도 없는 벽, 터무니없는 벽차이, 뛰어넘을 수 없는격차, 그것은 격절(隔絕)이라고 불린다.

그것은 두 사람 사이에 엄연하게 존재했다.

"이제, 이곳에는 안 올게."

때려눕힌 빌헬름을 내려다보고, 테레시아는 조용히 이별을 선고했다.

그녀의 손에는 어느새 빌헬름의 애검이 들려있었다. 검귀는 검성에게 애검을 빼앗겨 꼴사납게도 칼날이 아니라 칼자루로 얻어맞아 쓰러져서 한 발짝도 움직이지 못하게 됐다.

멀다. 너무나도 약하다. 닿지 않는다. 모자라다.

──그래서 테레시아가, 저런 얼굴을 하게 만들었다.

"그런, 얼굴을 하고…… 검 같은 걸, 잡는 게 아냐."

철면피에도 정도가 있다. 누구의 무력함이 원인으로, 그녀가 저런 얼굴을 하고 있다는 말인가.

자신이 더 강하면, 자신에게 아득한 검재가 있으면, 저런 얼굴, 하게 두지 않고 끝났다.

"나는, 검성이니까. 그 이유를 알지 못하고 있었지만, 겨우 알았으니까."

대꾸하는 그녀의 말은 빌헬름의 말에 대답하는 것 같으면서도 대답하고 있지 않다.

그것은 테레시아의, 알기 어려운, 빌헬름에게 요구하는 『뭔가』의 신호다. 들어줬으면 할 때에, 그것을 순순히 말할 수 없는, 귀찮은 면이 있는 그녀이기에.

"이유, 라고……!"

"누군가를 지키기 위해서 검을 휘두른다. 그거, 나도 좋다고 생각해."

그것은 약속처럼 주고받아, 어느덧 확인할 필요가 없어진 물음.

──꽃을 감상하는 걸 좋아하고, 검을 휘두르는 데에 의미를 찾아내지 못하고 있던 『검성』.

테레시아 반 아스트레아에게 검을 휘두를 이유를 준, 빌헬름의 죄다.

누구보다 강하고, 누구보다 멀게 검을 닿게 할 수 있는 그녀이기에, 쓸데없이 더.

"기다려, 라, 테레시아……."

얘기할 말은 이미 다 떨어졌다고, 떠나가려는 테레시아에게 말만을 던졌다.

손발은 움직이지 않고, 얼굴마저 올라가지 않았다. 하지만 테레시아에 대한 오기와 자신에 대한 분노를 원동력으로 턱을 들어, 그녀와 같은 파란 눈으로 돌아서지 않는 등을 필사적으로 지켜보았다.

"──────."

발은 멈추지 않는다. 테레시아의 등은 멀어진다. 목소리가, 닿지 않게 된다. 그 전에──.

"내가, 네게서 검을 빼앗아주마. 주어진 가호든, 역할이든, 알 바 아냐. 검을 휘두른다는 걸…… 칼날의, 강철의 아름다움을, 얕보지 말라고, 검성……!"

등은 멀어지다가 이윽고 시야에서 사라진다. 마지막 큰소리는 과연 닿았는가.

닿았을, 터다. 닿게 했을, 터다.

검신에게 사랑 받은 검성에게, 검이라는 강철을 설파하는 검귀의, 가련하고 비참한 선전포고가.

──그 이후, 두 사람이 이 장소에서 만나는 일은 다시는 없었다.

『검귀』 빌헬름 트리아스는 이날 이래로 왕국군에서 자취를 감추게 된다.

그를 대신해 왕국군 안에서는 『검성』 테레시아 반 아스트레아의 이름이 대두된다.

그야말로 일기당천을 체현한 그녀의 활약에 끝날 일 없다고까지 여겨지던 『아인전쟁』의 형세마저 기울기 시작했다.

그것은 발가 크롬웰이 남긴 증오의 불꽃, 결코 꺼지지 않는 투쟁의 나선을 압도적인 힘으로 찍어누른다. ──그러한 영웅담이라는 하나의 답이었다.

준동하는 『검성』의 이름은 인족에게 희망을, 아인족에게 절망을, 각자 내려주게 된다.

그렇게 시간이 흘러 전화가 일소되었을 때, 이 이야기에도 끝이 다가왔다.

『아인전쟁』의 종결과, 검귀와 검성 최후의 밀회에 얽힌 노래 ──『검귀연가』가 시작된다.

『검귀연가(劍鬼戀歌)──막간』

1

　캐럴 레멘디스는 열네 살 때 처음 테레시아를 만났다.

　레멘디스 가문은 대대로 『검성』을 배출하는 아스트레아 가문을 보필하던 집안이었다. 캐럴도 철이 들 적부터 검에 정을 붙이고 친가의 가르침에 따라 사명감과 실력을 닦았다.

　『검성』 프라이벌 반 아스트레아로부터, 『검성의 가호』가 다음 대로 계승되어 새로운 검성이 탄생하고, 그 시종의 소임을 맡은 게 당시의 캐럴이었던 것이다.

　소임 첫날, 캐럴은 쓰러질 만큼 긴장한 것을 지금도 기억한다.

　당연하리라. 레멘디스 가문은 그녀 말고도 우수한 검사를 갖추고 있었다. 물론, 캐럴의 검 실력은 동년대와 비교해서 우수하긴 했지만, 단순하게 검성의 시종으로서 뒤떨어지지 않는 실력이라는 점을 중시하면 걸맞은 후보는 달리 있었을 터다.

　그럼에도 미숙한 자신이 뽑혔다는 사실에, 캐럴은 혼란마저 일으키고 있었다.

　"네가, 오늘부터 나를 따라오는 아이?"

그렇기에 만나게 된 상대가 연하의 소녀였던 사실에, 솔직하게 말해 맥이 빠졌다.

"네, 넷! 레멘디스 가문의, 캐럴 레멘디스입니다! 검사로서는 심히 미숙하긴 합니다만, 테레시아 아스트레아 님을 위해서 분골쇄신하여……."

"……그렇게 긴장하지 않아도 괜찮아. 캐럴, 이라고 불러도 될까?"

뻣뻣하게 긴장한 캐럴에게, 테레시아는 안심시키듯이 말하고 미소를 보냈다.

그 미소와 분위기에 안도하는 반면, 캐럴은 불신을 품었다. 이 소녀가 전설로 칭송받는 가호를 물려받은 당대의 『검성』이라고 믿을 수 없었기 때문이다.

──정말로 이런 계집애가, 자신조차 아득히 능가하는 검의 고수인 걸까.

검을 갈고닦은 짧지 않은 시간이 있어, 캐럴에게는 검사로서의 자부도 있었다. 그 단련의 나날이 그녀에게 『검성』의 실력을 의심하게 만든 건 무리도 아니다.

실제로 테레시아의 선 자세에서도 행동거지에도 검사나 무인의 기색은 털끝만큼도 없었다.

이런데 최강의 『검성의 가호』를 계승했다고 들어도 쉽게 수긍이 갈 수도 없다.

"테레시아 님, 괜찮으시다면 한 수, 검술 지도를 받을 수 있을까요?"

몹시 도발적인 말투였다고, 당시의 자신을 캐럴은 떠올렸다.

의심하는 속마음을 감출 작정이어도, 테레시아에게는 아마 진의를 간파되었을 터다. 고민하는 시늉으로 입술에 손가락을 얹고, 테레시아는 캐럴을 마주 쳐다보았다. 그리고.

"……미안해. 괜찮지 않으니까, 어울려드릴 수 없어요."

그렇게 말하고, 캐럴의 청을 선뜻 내친 것이었다.

그런 만남이었기에 캐럴의 테레시아에 대한 인상은 좋은 것이 아니었다.

물론 그것을 이유로 소임을 방기하는 일은 없다. 그 점에서 캐럴은 매우 성실하며, 테레시아도 그 일하는 모습에 트집을 잡는 일은 한 번도 없었다.

두 사람의 거리의 변화── 캐럴의 테레시아에 대한 의식을 바꾼 건 어느 사건이다.

캐럴과 테레시아의, 허울만 양호한 주종관계가 2개월가량 경과했을 즈음이었을까.

당시, 테레시아는 자택에서 하루를 지내는 일이 많고, 『검성』의 자각이 결여된 걸로 보이는 것이 캐럴에게는 크게 불만이었다. 각을 잡고 검의 지도를 청하면 거절된다. 그 대화가 이어져 불만이 쌓여있던 것도 이유 중 하나일지도 모른다.

"테레시아 님께 정녕 검성의 자격이 있는지, 시험해주리라."

지금 생각하면 어리석은 생각에 불과하다. 하지만 그때의 캐럴에게는 그것이 명안으로 여겨졌다.

──테레시아가 검성에 부족하다면, 자신이 단련을 시켜야만 한다.

그런 그릇된 사명감도, 캐럴의 등을 밀고 있던 건 부정할 수 없다. 그 결과, 캐럴은 사고를 가장해 테레시아의 검재를 시험하기도 했다. 다치게 할 맘도 없거니와 큰일로 벌일 작정도 없는, 그런 사소한 시련일 심산으로.

그리고 그 결과──.

"──캐럴! 캐럴! 괜찮아? 다, 다친 데는…… 다치진 않았어?!"

융단 위에 대자로 드러누운 채, 캐럴은 필사적인 테레시아의 목소리를 듣고 있었다.

무슨 일이 있었는지 정신이 어지러워서 모르겠다. 자신은 테레시아를 시험할 심산으로, 사고를 가장해 그녀의 배후에 다가붙고── 직후에, 의식이 끊어졌었다.

"테레시아, 님?"

"──윽! 괘, 괜찮아? 다친 데, 없어? 다해…… 다행……."

어안이 벙벙한 캐럴을 내려다보고 테레시아는 목이 메이고 있다. 걱정하는 목소리는 그 이상 말이 되지 못하고 얼굴을 가린 테레시아는 눈물을 뚝뚝 흘리기 시작했다.

아픈 맛을 본 것도, 나쁜 짓을 한 것도, 전부 다 캐럴 쪽이었는데.

"미안해……. 미안해, 캐럴……."

흐느끼는 테레시아를 보면서 캐럴은 뚜렷하게 이해했다.

끔찍하게 무신경하게 그녀를 상처 입힌 건, 어리석은 자신 쪽이노라고.

테레시아의 『가호』에 관한 진실을 캐럴이 안 것은 그런 사건 다음이었다.

선대 검성이자 테레시아의 숙부이기도 했던 프라이벌과 대화할 기회가 있어, 테레시아를 부탁한다고 당부를 들으면서, 캐럴은 테레시아의 타고난 가호의 이야기를 배웠다.

"테레시아는 나면서부터 『사신의 가호』를 지니고 있다."

계승한 『검성의 가호』와 별개로, 테레시아가 날 때부터 깃든 『사신의 가호』. 그것은 테레시아의 손으로 입힌 상처는 결코 낫지 않고 아물지 않는, 필살의 힘이었다.

두 가호가 깃들어 그야말로 싸움에 사랑 받은 테레시아의 존재에 캐럴은 전율했다.

동시에 이해했다. 캐럴을 던져버리고 흐느끼는 테레시아의, 그 눈물의 의미를.

"————."

돌이킬 수 없는 경거망동이었음을 자각하고, 캐럴은 후회했다.

테레시아의 거실에 발길을 옮겼지만, 반성과 후회 때문에 좀처럼 발을 내디딜 수 없었다. 그저, 시종 실격의 행위를 저지른 자신이 소임에서 쫓겨나겠거니 하는 확신만은 있었다.

"요전에는 미안해. 용서를 받을 수 없을지도 모르지만, 정말로."

그 확신도, 캐럴을 보자마자 머리를 조아린 테레시아의 태도에 산산히 부서졌다.

사과해야 할 사람은 자신일 텐데, 테레시아는 완전히 풀 죽은 얼굴을 하고 있었다. 멍해진 캐럴을 쭈뼛쭈뼛, 물끄러미 테레시아가 올려다보았다.

그런 테레시아의, 다정한 마음을 접하고 캐럴은 크게 자신을 부끄러워했다.

부끄러워하고 부끄러워해서, 그렇게 캐럴은 변했다.

"테레시아 님, 목욕 준비가 되었습니다. 함께 하지요."

"캐럴……. 왠지, 다정해졌어?"

"아니요. ──테레시아 님에게는 한참 못 미칩니다."

이후, 캐럴은 진심으로 테레시아를 주인으로서 받들게 되었다.

이 새로운 『검성』이, 주어진 힘에 반해 마음 착한 소녀라고 배운 것.

──그것이 캐럴 레멘디스를 바꾼 이유였다.

테레시아의 사정을 안 이래, 캐럴은 그녀의 좋은 이해자가 되고 있었다.

분수에 넘치는 두 가호는 싸움에 홀렸다고 여길 수밖에 않는 숙업── 하지만 다른 이를 상처 입히기를 두려워하며 꽃들을 감상하는 걸 좋아하는 마음 착한 소녀가 테레시아다.

당초에는 『검성』의 입장에 있으면서, 검을 잡으려고 하지 않는 그녀의 태도에 불만이 있었다. 그러나 테레시아의 인품을 알고 나서는 그걸로 족하다고 캐럴은 생각하고 있었다.

검의 신에게 사랑을 받으면서, 그런데도 검을 잡지 않는 삶의 방식을 택한다.

그런 테레시아를 누가 비판하더라도, 자신은 그녀의 편이리라고 캐럴은 생각했다. 그것이 과거의 자신의 어리석음을 속죄하는 것이자, 흠모하는 테레시아에게 헌신하는 법이었다.

이대로 평온하게, 테레시아가 검을 잡을 기회 따위 오지 않으면 된다.

그토록 평화로운 나날을 바라는 소원은, 그러나 조용하게 배신당했다.

──왕국 내전『아인전쟁』, 그 마수가 테레시아를 놓치려고 하지 않았기 때문이다.

2

"오라버니, 죄송해요……. 오라버니……."

"테레시아 님──."

흐느끼는 테레시아를 껴안고 캐럴은 사랑하는 주인을 필사적으로 달래려고 했다. 그러나 정작 다정한 말이 아무것도 나오질 않는다. 자신이 한심스럽고 미웠다.

──『검성』으로서의 테레시아의 첫 출진은, 왕국군에게 내전 첫 패전이 되었다.

테레시아의 힘이 미치지 못했던 것은 아니다. 그 이전의 문제다.

──테레시아는 싸울 수 없었다. 검을 잡는 것조차 할 수 없었으니까.

긴 빨강 머리를 정리하고, 경갑으로 몸을 감싸고, 『검성』만이 떠맡을 수 있는 용검 레이드를 장비하고, 자신의 장검을 메고, 왕국군의 기대를 한 몸에 짊어지고서, 테레시아는 첫 출진을 맞이했다.

그런데도 테레시아는 싸울 수 없었다. 그녀는 다른 이에게 상처를 줄 수 없었다.

대신에 희생된 것은 테레시아를 마지막까지 염려하던 그녀의 오빠다. 움직이지 못하는 테레시아를 지키는 결사대에 가담한 테레시아의 오빠는 장렬한 전사를 맞이했다.

그리고 싸울 수 없었기 때문에 오빠를 죽게 한 테레시아에게, 검은 저주가 된 것이다.

"──미안해, 캐럴."

의기소침한 얼굴의 테레시아에게 그렇게 내보내지는 게 캐럴의 일상이 되고 있었다.

첫 출진에서 싸우지 못한 사실이 왕국 상층부의 실망을 사 그 이후에 있었던 종군에도 참가하지 못하고 있는 테레시아에게, 이미 『검성』으로서의 기대는 남아 있지 않았다.

반쯤 장식으로 전락한 검성에 대한 요청을, 테레시아를 대신해 소화하고 있던 게 캐럴이다.

물론, 테레시아의 대역을 맡을 수 있다고 생각할 만큼, 캐럴은 자신을 과대평가하고 있지 않다. 그런데도 테레시아에 대한 비난이 조금이라도 누그러지기를 바라며 캐럴은 계속 헌신했다.

테레시아가 검을 휘두를 수 있으면 자신의 열 배든 백 배든 결과를 내놓는 건 알고 있다.

하지만 그런 기회는 오지 않으면 된다. 캐럴은 그렇게 소원하고 있었다.

저토록 마음씨 착한 소녀가 검을 잡는 일 따위, 없으면 되노라고 진심으로──.

내전이 시작되고 몇 년이 경과했다. 전란이 사그러들 기척이 없는 채로 시간만이 지난다.

그동안에도 싸우지 못하는 테레시아를 몰아세우는 불운은 여러 번 이어졌다.

테레시아의 둘째 오빠와 남동생이 연달아 전사하고, 급기야는 선대 검성인 프라이벌도 내전 도중에 목숨을 잃었다. 전화는 한없이 테레시아의 마음을 몰아세우고 불태운다.

"죄송해요……. 죄송해요……."

밤, 자기 방에 틀어박혀 쓰러져 우는 테레시아의 목소리를, 캐럴은 몇 번씩 듣고 있다.

그 울음 섞인 사죄를 들을 때마다 캐럴의 마음은 불합리와 부조리에 분노를 참을 수 없었다.

이제 됐다. 충분하지 않은가. 어째서 운명은 이토록 테레시아를 몰아세우는가.

"＿＿＿＿."

검신의 총애가, 저 마음 착한 소녀를 끝없이 장구하게 괴롭히고 있다.

누구든 좋다. 구원해주길 바란다. 진심으로 빈다.

자신으로는 부족하다. 자신에게는 자격이 없다. 철면피라고 매도되어도 좋다. 누가.

그 누군가가 테레시아를 발견해주기를, 캐럴은 오로지 기도하고, 소원했다.

3

——캐럴이 테레시아의 사소한 변화를 눈치챈 것은 정말로 우연이었다.

내전이 시작하고 벌써 5년. 싸우지도 못한 첫 출진 이후로 4년이 넘는 시간이 흘렀다.

이즈음, 테레시아는 자택에 틀어박히기를 그만두고 하루를 밖에서 보내는 일이 늘고 있었다.

그렇다고는 해도 놀러 다니는 건 결코 아니다. 집에 있어야 할 게 아니라고, 캐럴 쪽에서 테레시아에게 권한 것이다. 이유는 단순하고, 그렇기 때문에 구제불능이다.

──내전의 심각화에 수반해 『검성』의 지위가 몰락함을 두려워한 아스트레아 가문의 친족이, 연일 테레시아에게 종군하도록 직담판하러 방문하는 것이다. 죄책감이 있는 테레시아는 그런 그들의 무책임한 말에 계속 얻어맞고 만다. 따라서 캐럴은 테레시아에게 외출을 권했다.

"무리하지 말아주십시오. 테레시아 님은, 마음 가시는 대로 해야 마땅합니다."

주눅이 든 테레시아를 내보낼 때 던진 말은 캐럴의 거짓 없는 본심이다.

도피하는 걸로 편해지는 성품이 아니지만, 고뇌를 축적하는 건 피할 수 있다. 속이 편해지기는 무리여도 파풍이 일지 않는 잔잔한 시간을 테레시아가 보내줬으면 싶다.

저택에서 멀어진 테레시아는 빈민가의 오지로 발길을 옮기게끔 되었다. 치안이 좋은 곳은 아니지만, 혼자서 지내기에는 안성맞춤인 곳이다. 그녀가 뿌린 꽃의 씨앗이 봉오리를 틔우고 꽃밭이 될 적에는 사소한 안녕의 땅이 된다. ──그런 꿍꿍이였지만.

"테레시아 님……. 무슨 일, 있었습니까?"

밤, 광장에 테레시아를 마중하러 가자 평소에는 어딘가 울적한 테레시아의 태도가 그날은 달랐다. 웬일로 그녀가 약간 뺨을 누그러뜨리며 말한 것이다.

"엄청나게, 실례되는 검과 맞닥뜨려버렸어."

말하는 내용과 정반대로 어딘가 들뜬 투에, 캐럴은 고개를 모로 꼬았다.

　다만 그런 테레시아의 말의 진의를 캐럴은 머잖아 알게 된다.

　──그 꽃밭의 광장에서, 테레시아와 만난 상대가 빌헬름이
라고 알고 나서.

　누구든 좋으니 테레시아를 구원해줬으면 좋겠다, 그렇게 소
원한 건 틀림없이 자신이다.

　그렇기에 캐럴에게는 불평을 주워섬길 자격은 없다. 없긴 한
데, 그래도 말하고 싶다.

　왜, 빌헬름 트리아스냐고.

　인연이 있어 캐럴은 테레시아와 빌헬름이 만나기 전에 그를
알고 있었다. 테레시아의 대리로 임무에 나서는 그녀와 몇 번씩
전장에서 얼굴을 맞대는 문제 검사였기 때문이다.

　그 빌헬름의 인성과, 다정한 테레시아의 성격이 맞을 리 없다.

　피에 굶주린 짐승에게 사람 가죽을 씌워 검을 휘두르는 법을
가르친 생물이 빌헬름. 캐럴에게, 검귀에 대한 평가는 숫제 그
짝이었다.

　다른 이에게 상처를 주기를 꺼려, 자신의 지나치게 강한 힘에
겁내는 테레시아와는 정반대의 존재다.

　절대로 어우러질 턱이 없는 두 사람은, 그러나 그 꽃밭에서는
기묘하게 마음이 통하고 있었다.

　테레시아에게 미안하다고 여기면서, 두 사람의 밀회를 엿보
았던 건 한두 번이 아니다.

그때마다 무슨 일이 있으면 즉시 돌격해 베어버릴 각오로 감시하고 있는데, 결과는 허탕―― 아니, 허탕 정도가 아니었다. 왜냐면 그 꽃밭에서는 테레시아가 웃고 있으니까.

미소와 웃음 같은 건, 캐럴이 아는 테레시아는 이미 오랫동안 짓는 일이 없었다.

벌써 5년이 되는 주종관계에, 테레시아가 온화하게 지낼 수 있던 건 처음 반년 동안뿐. 그 뒤에는 『아인전쟁』이 시작되고, 첫 출진이 있어, 테레시아의 마음이 깨져 웃음은 사라졌다.

――그런 테레시아 반 아스트레아의 진짜 표정이 그곳에는 있었다.

테레시아가 인정하고 믿는다면 자신도 그렇게 한다. 마지못해 캐럴은 그렇게 생각을 고쳤다.

이즈음 캐럴도 빌헬름의 전우인 그림과 친하게 지내게끔 되었다. 그런 그도 빌헬름을 높이 평가하고 있어 검귀에 대한 인상도 변하기 시작했다.

이윽고 빌헬름은 내전에서 큰 공적을 올려 기사 서훈마저 받았다.

그것은 본래 『검성』인 테레시아에게 요구되던 역할이다. 『아인전쟁』을 종결로 이끌 만한 계기, 그런 큰 역할을 『검귀』가 대신해 이룩했다.

――테레시아의 눈은 옳았다. 그 사실에 캐럴은 감탄했다.

그 뒤, 기사의 지위를 얻은 빌헬름의, 의식과 행동거지의 변화도 지켜보았다.

상처 입은 짐승과 같은 사나움은 자취를 감추고, 주위를 배려하고, 자신에게 바라는 역할을 다하는 데에 진력한다. 그런, 마땅한 기사의 자세를 지키려 하고 있었다.

　극단적이기 짝이 없는 변화이긴 했다. 하지만 주위는 빌헬름의 노력을 인정했고, 캐럴도 그 변화에 호감을 품었다. 분하긴 하지만 인정할 수밖에 없다고.

　"──빌헬름."

　광장에서의 테레시아와 빌헬름의 밀회는 이미 얘기할 거리도 없다.

　꽃밭 앞에서 빌헬름을 기다리고 흥겨운 얼굴과 목소리로 그를 마중하는 테레시아를 보면 그녀가 검귀에게 어떤 감정을 품고 있는지, 짐작하지 못할 사람 따위 없으리라.

　두 사람이 서로에게 정을 두고, 마음이 통하고 있음은 의심할 여지도 없었다.

　그러면 된다고, 캐럴은 두 사람을 진심으로 축복하고 있었다. 하기야 테레시아의 진짜 얼굴을 끌어내는 빌헬름에게 질투를 느끼지 않았다고 하면 거짓말이 된다. 캐럴이 표면상 언제까지고 그에게 매섭게 구는 이유는 그런 내심이 있기 때문인 건 사실이다.

　그런데도 테레시아가 행복해질 수 있다면 상관없었다.

　테레시아는 이미 충분하고도 남을 만큼 상처를 받아 왔다. 상처를 받을 필요가 없는 이유로, 상처를 줄 필요가 없는 소녀가, 걸맞지 않은 운명을 받아 상처를 받으며 살았다.

그러니까 이제 행복하면 된다. 행복해지기를 바란다.

그 꽃밭에서밖에 볼 수 없는 웃음을, 빌헬름에게만 보여주는 미소를, 테레시아 반 아스트레아가 사랑받아야 할 사람이라고, 모든 사람이 알기를 바란다.

그리고 그때는 머잖아 찾아올 거라고, 캐럴은 믿고 있었다.

──하지만 검이라는 저주는, 결코 테레시아를 놓지 않았다.

4

전화에 휘말린 고향을 구원하고자, 빌헬름 트리아스가 단신으로 떠났다.

사정을 그림에게서 전해 듣고서, 상황이 얼마나 나쁜지 이해한 캐럴은 판단을 주저했다. 이 사실을 테레시아에게 전해야 할지, 전하지 말아야 할지, 그 두 가지 선택 사이에서 고민했다.

전한다고 어떻게 될 게 아니다, 라는 생각. 하지만 정인이 절망적인 전장으로 향한 사실을 알리지 않는 것, 그것도 중대한 배신이 아닌가.

흔들리고 흔들리다가, 망설이고 망설이다가, 캐럴은 테레시아에게 모든 것을 털어놓았다.

──그리고 그것이 당대 『검성』의 진정한 각성의 순간이었다.

"테레시아 님…….."

불길에 휩싸인 트리아스령에서 장검을 휘두르는 테레시아의 모습은 비장하리만큼 아름답다.

내지르는 검광이, 검극을 피하는 발놀림이, 춤추는 듯한 검무가, 그 경지를 알리고 있다.

일개 검사로서 『검성』의 검력에는 넋 놓고 바라보며 감탄할 도리밖에 없다.

하지만 테레시아의 시종, 캐럴 레멘디스로서는 고통과 슬픔을 느꼈다.

피로 범벅이 된 빌헬름을 배후에 감싸고, 테레시아는 매섭게 몰려드는 아인족을 잇달아 장사 지내고 있다. 휘몰아치는 검격은 테레시아가, 여태껏 한 번도 극복할 수 없었던 망설임 너머에 있던 것이다.

그 주저를 극복한 이유도, 극복한 결과도, 다 알고 있다.

검을 휘두르는 테레시아의 뺨은 젖어 있지 않다. 그렇지만 울고 있는 건 명백했다.

사랑한 남자 앞에서, 가족마저 죽게 한 숙업에 패배해 검무를 추는 테레시아가 눈물짓는다.

"테레시아 님——."

결국 자신은 테레이사를 울리기만 한다.

처음에 울리고 만 그때부터, 아무것도 바뀌지 않았던 것이다.

테레시아와 빌헬름의 이별을 알고, 캐럴은 그런 자신의 죄를 통감했다.

──빌헬름이 왕국군에서 자취를 감추고, 대신해서 테레시아의 이름이 대두된다.

싸우지 못한 첫 출진의 사실은 은닉되고, 트리아스령의 싸움이 검성의 『첫 출진』이 되었다. 이후의 전선에서 테레시아는 검성에게 바라는 성과 전부에 부응하고 성취했다.

사심 없는 충의로 왕국에 헌신하고, 검을 휘두르는 아름다운 검성을 누구나 칭송하며, 왕국은 옛 전설의 재래에 환호해, 테레시아 반 아스트레아는 영웅이 되어 간다.

그것을 곁에서, 이전과 다름없이 지탱하고 있는 게 캐럴의 역할이었다.

"언제나 고마워, 캐럴."

희미하게 웃으며, 테레시아는 그렇게 말해주었다.

그러나 그 웃음은 애잔하고, 결코 테레시아 본연의 웃음은 아닌 것이다.

그녀에게서 진짜 웃음을, 그 화사한 꽃들에 지지 않는 웃음을 끌어낼 수 있는 사람은, 자신도 아니거니와 왕국의 누구도 아니라, 단 한 명밖에 없다.

그런데도── 그 남자는, 검귀는, 대체 어디로 사라져 버렸다는 말인가.

어쩔 도리가 없는 초조함을 남긴 채, 이윽고 싸움에도 종결의 시간이 찾아왔다.

오래도록 이어진 왕국 내전이 테레시아의 손으로 끝났다.

　끝나고, 말았다.

　검신에게 사랑을 받고, 왕국을 위해 헌신하고, 내전을 끝내고, 테레시아는 영웅이 된다.

　전설에 이름을 남기는 영웅 중 한 사람이 되어, 미래영겁 입에서 입으로 전해지는 존재가 된다.

　그렇게 되면, 이미 테레시아는 평범한 소녀로서의 삶을 바랄 수 없으리라.

　꽃을 감상하는 것도, 사랑하는 남자 앞에서 미소를 짓는 것도, 검을 잡는 삶에 덧칠되어 지워진다.

　『검성』의 존재 방식에 순직하는 테레시아. 캐럴은 답답해서 죽을 것 같다.

　누구든 좋으니 테레시아를 구원해주길 바란다, 과거에 그렇게 빈 것은 자신이다.

　하지만 지금은, 같은 형태의 소원을, 그러나 『누구든 좋으니까』라고 생각하지 않는다.

　구원할 수 있다면 한 명밖에 없다. 그렇기에 캐럴은 그 사람에게 한결같이 소원한다.

　──소원은 이루어지지 않는다. 기도는 닿지 않는다.

　아무것도 변하지 않은 채로 테레시아가 영웅이 되는 아침이, 식전의 날이 찾아왔다.

『검귀연가(劍鬼戀歌)──종막』

1

　──2년의 세월이 흘렀다.

　많은 이들에게, 그 2년의 시작은 검성 첫 출진의 날부터 헤아린 것이다. 다만 소수의 관계자는 그 시작을 첫 출진보다 몇 주 뒤 어긋난 상태로 2년을 헤아렸다.

　『검귀』의 실종과, 맞바뀌듯이 시작되는 『검성』의 쾌진격.

　검신에게 사랑을 받은 한 소녀는 대군으로 이룩할 수 없던 결말로 왕국을 이끌었다.

　왕국군이 10년 못 미치게 소비하고 이루지 못한 『아인전쟁』의 종결, 평화를 만들어낸 것이다.

　전화의 잔불만을 원동력으로 반항을 계속하던 아인연합── 발가 크롬웰의 복수에 대한 기대마저도, 그 근본을 끊는 검성의 일섬 앞에 꺾이게 된다.

　──결국, 치켜든 주먹을 내릴 곳을 잃어버렸다는 뜻이리라.

　아인연합은 당초의 수뇌였던 자들을 잃고, 이들의 신념을 물려받는다는 타성으로 계속 저항하고 있었다. 그 타성을 계속할 이유를 검성이 끊었다. 그뿐인 이야기다.

　루그니카 국왕 지오니스 루그니카와 아인연합 대표 클라그렐과의 회담이 실현되어 9년에 걸치는 왕국 내전, 『아인전쟁』은 거짓말처럼 고요히 종언했다.

　"대단히, 아리따우십니다, 테레시아 님."

　예식복으로 갈아입은 테레시아 반 아스트레아를 앞에 두고 캐럴은 감격의 눈물을 짓고 있었다.

　허리까지 닿는 붉은 장발에, 해맑은 하늘을 비춘 파란 눈. 뽀얀 하얀 살결에, 누구나 넋 놓고 보는 일류 같은 미모—— 그게 바로 캐럴의 주군의 본디 모습이다.

　"고마워, 캐럴. 네 드레스도, 잘 어울려."

　옅게 미소 짓는 테레시아가 비슷하게 치장한 캐럴의 의상을 칭찬했다. 그 말에 황공해하면서도 캐럴의 가슴에는 주군에 대한 적막감이 거리처럼 느껴지고 있었다.

　——이 날, 테레시아를 주역으로 내전 종결을 축하하는 기념 식전이 열린다.

　끝이 없는 내전을 끝내고 인간과 아인의 다툼에 종지부를 찍은 주역. 『검성』 테레시아의 존재를 세상에 알리고, 사람들의 희망의 체현을 피로하기 위한 기회다.

　오늘을 맞이하는 데에 이르러 캐럴에게도 만감의, 복잡한 마음이 있었다.

　물론 자랑스러운 마음은 있다. 시종으로서 테레시아의 곁에 있을 수 있었던 건 더없는 영예다.

만민이 테레시아를 칭송하고, 누구나 그녀를 한 번 보고자 왕성까지 몰려든다.

그것은 캐럴의 주군이 진정한 의미로 세상에서 인정받은 증표임이 다름 아니다.

"————."

그런데도 아름답게 치장한 테레시아의 옆얼굴에는 그저 애잔함만이 있다.

이유는 알고 있다. 그렇기 때문에 캐럴의 가슴속에는 복잡한 마음이 있는 것이다.

캐럴은 테레시아가 사실은 무엇을 위해서, 누구를 위해서 싸웠는지를 알고 있다.

테레시아가 가호에 괴로워하던 나날도, 그것을 떠밀어내고 검을 잡은 각오도, 『검성』으로서 사랑하는 남자 앞에 선 결의도, 그 후의 이별로 받은 마음의 상처도 전부.

그 꽃밭에서 편안해지는 테레시아도, 사랑을 하는 그녀가 얼마나 사랑스러웠는지도.

캐럴은 전부 알고 있었다. 그렇기 때문에 통한의 심정이었다.

"난, 네가 부럽다. 트리아스."

소중한 주인의 마음에도, 정인의 마음에도, 강하고 깊게 보금자리가 있는 남자.

그런 그가 이 자리에 없는 것이 캐럴에게는 몹시 서글프게 느껴지고 있었다.

2

무심코 발이 멈춘 것은 그녀의 존재감이 너무나도 강했기 때문일까.

대기실에서 식전회장으로 이동하는 도중, 대기하고 있던 건 한 여자였다. 좌우 색이 다른 눈, 머리카락 남색인 인물이다.

발을 멈추는 테레시아 앞에서 상대는 성큼성큼 걸어와 미소 지었다.

"소문으로 듣는 내전 종결의 영웅……. 오호라, 여억―시 그림이 돼. 화려함이 있어. 다만 유감스럽게도 부족한 것도, 있는 게에― 아닐까?"

"_____."

"어어―쨌든 『검성』의 피로연이야. 그 용맹한 모습에 검은 따라붙기 마련이겠지?"

익살스런 분위기로 말하며 여자가 내민 것은 검―― 하얗게 칠한 칼집에 담긴 의전용 성검이다.

"당신은……."

"피차 이름을 밝힐 필요성을 지금은 느끼지 않는데. 일방통행이지만, 너에 대해선 자알― 알고 있다마다. 그러고서 가지고 가기를 추천할게."

"_____."

"의상과의 조화는 신경 쓰지 않아도 돼. 그보다 중요한 게 세상에는 있지. ――그리고 말이야. 너라면 어떤 복장을 하든 간에 검 쪽이 네게 맞추겠지?"

색이 다른 눈 중 한쪽만을 감고 여자는 다 안다는 얼굴로 그렇게 말했다.

테레시아는 잠시 주저하다가, 여자가 내민 성검을 받았다.

"그러면 돼. 뭘, 대수롭잖은 오지랖이다아─마다."

용무는 다했다는 양 여자는 그 말만 남기고 냉큼 회장을 뒤로 했다. 테레시아는 불러세울까 망설였지만, 결국은 그 등을 지켜보았다.

회장에는 많은 사람들이, 한 번 『검성』의 모습을 보려고 온 나라에서 밀려들었다. 자신의 사정만으로 그만큼 많은 사람들에게 민폐는 끼칠 수 없다.

"그건 미덕이지만, 나쁜 버릇이기도 해. 때로는 그이처럼, 억지에 이기적인 것도 좋아."

들리지 않아야 할 여자의 목소리가 들린 느낌이 들었지만, 테레시아는 앞으로 걸음을 내딛었다.

통로가 끝나고 회장이 보이기 시작했다. 열광이, 밀어닥친다.

"사랑 이야기에 들러리를 선다, 라. 이건 이거대로, 그가 싫어하는 얼굴이 눈에 선하안─걸."

그런, 즐거운 듯 어딘가 분한 듯한, 여자의 목소리가 들린 느낌이 들었다.

3

식전은 큰 탈도 없이, 누구나 바라는 모양새로 평화롭게 진행되었다.

맨 처음, 의전용 성검을 차고 나타난 『검성』을 보고 술렁이는 분위기도 있었지만, 회장을 스스럼 없이 걷는 테레시아의 모습에 놀라움은 떠나고, 누구나 검과 하나로 보이는 그녀의 존재 방식에 넋을 잃고 바라보았다.

그것은 관중인 국민만이 아니라, 국왕마저 예외가 아니었다. 그 호리호리한 몸에 초월자의 힘을 감춘 소녀에게 훈장을 건네는 것조차 잊고 숨을 집어삼킬 정도였다.

몸짓 하나하나에 우아함이 있어 식전이 진행됨에 따라 누구나 생각했다.

이 아름다운 소녀에게, 투박한 강철 따위 어울리지 않는다. 검 따위, 들려줘야 할 게 아니라고.

아름다운 꽃을 그저 아끼고 싶다고, 그렇게 소원하는 본능에 호소하는 애잔한 옆얼굴. 테레시아 반 아스트레아의 존재 방식에는 그렇게 생각하게 만드는 부드러움이 있었다.

"_____."

그 테레시아가 고개를 들었다.

무릎 꿇고 국왕에게 친히 훈장을 받은 소녀는, 일어나서 돌아보았다.

──회장의 열광을 끊듯이 천천히 걷는 검은 인영이 있었다.

테레시아의 시선을 좇아 그 인영을 발견하고 사람들은 말문을 잃었다. 머리부터 뒤집어쓴 진흙투성이의 갈색 웃옷과, 볼품없는 데에 박차를 가한 너저분한 행색. 물도 끼얹지 않았는지 피와 진흙이 살갗에 들러붙어 보는 이가 혐오감을 품지 않을 수 없는 외견이다.

하지만 사람들의 말을 앗은 건 그런 게 이유가 아니다.

손에 든, 칼날이 드러난 검과 현기증을 일으킬 만큼 농밀한 귀기――아니, 검기가 원인이다.

"――――."

회장의 경비를 맡고 있던 경비병들이 긴장을 내비쳤다. 그러나 그들을 말린 건 다름 아닌 테레시아. 곧게, 자신을 향해 걸어오는 인영에게, 테레시아 또한 걸어간다.

이윽고 두 사람은 회장의 안쪽, 식전의 주역에게만 허락된 단상에서 정면으로 대치했다.

"――――."

아름다운, 하얀 성검이 올라간다. 볼품없는, 녹슨 고철 검이 위치를 잡는다.

양자는 마치 미리 짠 듯이 고요히 검을 섞었다.

많은 관중들은 그 시작에 마치 두 사람의 모습이 사라진 듯한 착각을 느꼈다. 하지만 뿌려지고 겹치는 강철이 울리는 소리를 귀가 포착하니 자연히 검극에 눈길을 빼앗겼다.

일반인의 눈으로는 좇을 수 없을 터인, 압도적인 속도로 펼쳐지는 검무다.

휘황한 빛이 난무하고 함께 우는 검극은 음을 연주하는 것 같아서 어느덧 사람들은 눈물마저 흘렸다.

눈에는 보이지 않는다. 소리마저 들을 수 없다. 오로지 압도만 당한다.

그리고 조금 전의 식전 도중에 품은 감개를 누구나 부정했다.

테레시아 반 아스트레아에게 검 따위 어울리지 않는다고 그렇게 품은 감개를 부정했다.

강철의 아름다움을, 강철의 존귀함을, 강철과 함께 하는 일의 빛을, 그 검극에 사람들은 보았다.

검이란 이렇게까지, 다른 이에게 아름답다고 하는 감상을 품게 할 수 있는 존재인 것이다.

"———."

눈으로 좇는 게 고작인 관중을 대신해, 그 검극에 다가설 수 있는 이들은 경악했다.

맞부딪치고, 칼코등이가 싸움을 벌이고, 발판을 맞바꾸며 충돌하는, 두 사람의 기량과 무시무시한 솜씨에.

『검성』의 실력이라면 이해한다. 그들도 내전에 참가해 그 검술을 목격한 몸이다. 그러나 『검성』과 맞서 겨루는 쪽의, 검의 정상에 육박하는 검 실력은 무어란 말인가.

검성은 경비병에게 물러나라고 명령했다. 국왕 또한 비슷하게 지켜보라고 명령하고 있다. 그 지시에 따라 잠자코 보고 있지만, 정말로 그래도 되는 것일까.

적은 누구인가. 내전 종결에 반대하는, 아인의 과격파. 혹은 인간족 역시 반석은 아니다. 어느 쪽이든 간에 내전이 끝나는 데에 불만이 있는 적대자는 아닌가.

그렇다면 막아야만 한다. 하지만 그건 사람의 몸에 가능한 소행인가.

저 지상의 검예의 응수에, 누가 어떻게 끼어들 수 있나.

그리고, 그리고 말이다.

"_____."

잡고 있는 성검을 가차 없이 휘두르며 참격을 폭풍처럼 갈기는 『검성』의 옆얼굴이 보인다.

말하리다. 분명하게 말하리. 누가 저, 사랑하는 소녀를 말릴 수 있나.

눈이 촉촉하고, 뺨이 발그래지고, 한 합마다 행복을 곱씹으며 『검성』은 검을 휘두르고 있다.

일렁이는 불꽃 같은 머리카락을 나부끼며, 창궁을 가둬넣은 하늘색 눈으로 아름답고 다정한 검신의 총아는 기쁨에 흥겨워하고 있다. 맞상대하는 귀신 형상의 검사와의 충돌에 이 세상에서 가장 빛나는 시간을 보내듯이. 그 세계 제일, 위험하고 날카로운 밀회를 진심으로 즐기고 있다.

"_____."

그리고 『검성』을 가까이 아는 사람. 무엇보다 『검귀』를 아는 사람들은 영혼이 떨렸다.

보고 싶었던 것이, 알고 싶었던 것이, 지금 이 순간에 다 있는 것이다.

검이고자 발버둥 치고, 귀신이라 불리었던 남자가, 그 끝에서 무엇을 보았는지, 그 집대성이.

"———."

은빛 섬광이 치닫고 검광이 겹쳐지고 일섬이 극해, 세계를 팽개치고 음을 함께 연주한다.

함께 울리는 그것은, 흡사 노래와도 같다.

지상의 검예와, 극상의 강철과, 한없이 높아지는 감정이 만들어내는 검극의 노래.

관중 전부를 포로로 만들고 뭇사람들의 눈앞에서 부끄러운 기색도 없이 내놓은, 요령 없는 두 사람의 사랑의 노래.

"———."

그러나 아무리 멋진 노랫소리에도 숨 돌릴 시간이 필요한 것처럼, 끝이 온다.

영원토록 이어지는 것마저 바랄 정도의 검극에, 마침내 종국의 순간이 온다.

"———."

매서운 참격의 응수에 견디다 못해 강철이 부스러지는 소리가 회장 안에 천둥처럼 울려퍼졌다.

붉게 바랜 칼날은 중간에서 부러져 그 끄트머리는 빙글빙글 하늘을 돌며 날아갔다.

검극의 끝, 두 검사 마지막 밀회, 그리고 『검성』의 손에 들린 성검은——.

"나의."

"———."

"나의, 승리다."

소리와 함께 단상의 바닥을 미끄러진 성검은 한발 빨리 무대에서 내려갔다. 남은 것은 대치한 귀신의 손아귀에 남은, 중간에 부러지고, 자루만이 훌륭한 고철 검뿐.

　그 고철의 부러진 끄트머리가 검성의 하얀 목에 육박해 그 자리의 전원이 이해했다.

　──검성이, 패배한 것이다.

　그것은 검의 정상에서, 검성이라는 초월자가 밀려났다는 증표다.

　그리고 누구나 뒤늦게 깨달았다. 검을 놓고 그곳에 있는 것을 허락된 소녀의 모습을.

　그곳에 서 있는 게, 단순한 한 사람의, 사랑에 빠진 아름다운 소녀였던 것을.

　"나보다 약한 네가, 검을 들 이유는 더 이상 없다."

　검성에게 누가 그 말을 할 수 있나. 이 세상에서 가장 강한, 검의 정상에 선 소녀에게 누가 말했나.

　그 자격이 있는 이는 검신의 총애를 웃돌 수 있는, 사랑을 증명할 수 있는 누군가뿐이다.

　──그 자격을 얻기 위해서 대관절 어느 정도의 연마가 거기에 있던 것일까.

　"내가, 검을 들지 않는다면…… 누가."

　"네가 검을 휘두를 이유는 내가 계승한다. 너는 내가 검을 휘두를 이유가 되면 그만이야."

——몇 백, 몇 천, 몇 만, 몇 억, 얼마나 많은 갈등과 좌절이 검사 안에 있었을까.

그 단 한마디를 전하기 위해서만, 말을 얻기 위해서만, 얼마나 많은 싸움이.

서투르기 짝이 없는 남자가 뒤집어쓰고 있던 웃옷의 후드를 제꼈다.

나타난 것은 무뚝뚝한 얼굴의 청년이다. 머리카락은 부스스, 얼굴은 진흙으로 지저분하고 눈매는 사납다.

하지만 눈에는 숨기지 못하는 사랑이 있어, 테레시아는 그 시선에 사랑스럽게 고개를 저었다.

"너무한 사람. 남의 각오도 결의도 전부, 망쳐놓고."

"그 망친 것도 전부, 내가 계승하지. 넌 검을 잡고 있던 것 따위 잊고 태평하게…… 그렇지. 꽃이라도 키우면서, 내 뒤에서 평안하게 살고만 있으면 돼."

"당신의 검에, 지켜지면서?"

"그래."

"지켜줄 거야?"

"그래."

망설임 없는 단언이 그곳에 있다. 막아서는 게 검신일지언정 양보하지 않을 각오가.

그저 자신의 힘으로, 『검성』의 자리에서 한 소녀로, 사랑스러운 소녀로 되돌린 각오가.

"_____."

들이민 검에 손을 얹고, 테레시아는 한 걸음 앞으로 나섰다.

맞닿을 수 있는 거리, 숨결마저 닿는 거리에서 두 사람은 얼굴을 마주보았다.

감정의 흥분에 눈이 촉촉해지고 끝내는 터져서 미소를 타고 눈물이 흘러 떨어졌다.

그리고 눈물을 흘리고 미소 짓는 테레시아는 두 사람의 밀회의 약속을 입에 담았다.

"꽃은, 좋아해?"
"싫지 않아졌어."

그 꽃밭에 네가 있으니까. 그 꽃밭에서 너와 만났으니까.

네가 사랑하는 세계니까, 네가 아름답다고 바라는 모든 것이니까.

"왜, 검을 휘둘러?"
"널 지키기 위해서."

——그리고 너야말로 내게 있어서 세계의 시작이니까.

천천히, 서로의 얼굴이 접근하며 거리를 줄였다. 이윽고 제로가 되었다.

뜨겁게, 서로 원하는 감촉.

지근거리에서 맞닿은 입맞춤은 고집스러운 강철이 형상을 바꿀 만큼, 뜨겁게 타는 것 같았다.

"나를, 사랑해?"

"——알아서 생각해라."

입술이 떨어지고 첫 물음, 거기에는 쑥스러워서 대답할 수 없었지만.

4

검무가, 밀회가, 두 남녀의 정겨움이, 끝난다.

그 검무에 넋 놓고, 밀회를 지켜보고, 정겨움을 올려다보면서 캐럴은 눈물지었다.

캐럴이 다시는 보지 못하리라고 포기했던 테레시아의 진짜 얼굴이 거기에 있다.

봐라, 저걸 보라며, 큰 소리로 말하고 싶다. 외치고 싶다. 알리고 싶다.

자상하신 분이라고. 검을 잡으면 누구보다 강한, 그러나 마음 착한 분이라고.

좋아하는 남자 앞에서 가련하게, 사랑스럽게 미소 짓는 단순한 소녀라고, 알아주길 바란다.

"_____."

눈물을 글썽이는 캐럴 옆에 어느새 그림이 서 있다.

그 또한 얼싸안는 두 사람을 올려다보면서 눈부신 것을 보듯이 눈을 가늘게 뜨고 있었다.

——그런 그림의 옆얼굴에, 문득 캐럴의 뇌리에 소생하는 기억이 있다.

그것은 이전, 아직 목소리를 잃기 전의 그림과 주고받은 대화 중 일막이다.

어떤 가락에 저 남자의 화제가 나와 평소처럼 그를 엄격하게 비판했을 때였다.

"애초에 『검귀』라느니 하는 이명이 검사에게 불명예스러운 거야. 검사의 자세가 귀신으로 오인되다니, 본분이 일그러져있기에 때문임이 다름 아니야!"

"하하……. 가차없어라, 캐럴 씨. 그건 부정할 수 없을지도 몰라요. 하지만."

"하지만……?"

마음 약한 얼굴로 웃으면서, 그러나 그림은 캐럴의 말에 이의를 제기했다.

되묻는 그녀에게 고개를 꼬고 그림은 씁쓸한 웃음 속에 확실한 신뢰를 집어넣고.

"빌헬름을 처음에 『검귀』라며 부른 건 어쩌면 저일지도 모르거든요. 카스툴 평원에서 아인 상대로 활약하는 빌헬름을 보고 그 싸움의 무참함에 겁을 먹으면서 저는 저 녀석을 그런 식으로 불렀습니다."

"그건, 어쩔 수 없는 일이 아닌지? 전장에서의 놈의 행동거지는 그에 걸맞아……."

"뭐, 귀신 같은 얼굴을 하고 싸우긴 하죠. 그건 저도, 틀리지 않았다고 봅니다."

캐럴의 긍정에 그림은 뺨을 긁더니, "그렇지만." 하고 말을 이었다.

"귀신 같은 형상으로 싸우는 검사, 그러니까 검귀. ──하지만 그건 당연한 일이지 않을까 하고, 지금은 생각해요."

"당연한, 일?"

"진심으로 뭔가에 도전할 때, 귀신이 되어야만 하는 일이 있다 치면…… 빌헬름이 귀신처럼 보이는 건, 그저 한결같이 진심이기 때문, 이겠죠? 그 녀석만큼 귀신의 형상을 하고 싸우는 놈을, 저는 달리 모릅니다. 그만큼 진심으로, 사는 놈을 그밖에 몰라요."

목소리는 차분하게, 하지만 열기가 담겨 있어서, 캐럴은 빌헬름을 질투했다.

아아, 자신이 그 남자를 싫어하는 건 어쩌면 그게 원인이었을지도 모른다.

"검귀……. 좋은, 호칭이에요. 빌헬름은 검에 진심이고, 사는데에 진심이고, 그렇기 때문에 귀신이라고 불린다. 그리고 그건 분명──."

5

"──검귀!!『검귀』빌헬름 트리아스!!"

맹세의 말을 원하는 테레시아에게 얼굴을 돌린 순간에 이름이 불렸다.

멀리, 꽤 오랜만에 듣는 호칭에 빌헬름은 돌아보았다.

순간, 회장에 걸려있던 마법이 풀린 듯이 군중도 경비병도 제정신을 되찾았다.

"빌헬름, 이 왕바보자식이!"

"──오오!"

달려오는 경비병 속에 낯익은 거구와 청년의 모습이 있어 어깨를 으쓱였다.

저항할 생각은 없다. 그저 이 뒷일을 고려하면 그건 마냥 피곤할 것 같다.

차라리 테레시아를 납치해 도망칠까, 라는 생각이 떠오를 정도로.

"욘─석."

다만 그런 기대와는 정반대로 테레시아는 빌헬름을 잡은 채로 볼을 부풀리고 있다.

잘 웃고, 잘 화내고, 잘 토라진다. 그 꽃밭에서 보이는, 극상의 매력적인 그녀에게.

"말로 해주길 바라는 일도 있단 말이야."

"아─."

그것이, 앞선 대화의 다음을 바라는 말이라고, 빌헬름은 머리를 긁었다.

진짜 마음을 말로 하는 건 정말이지 쑥스럽다.

많은 관중 앞에서, 성대하게 정을 나눠놓고서 이제 와서 무슨 말을 하느냐고 들을지도 모르지만.

"_____."

하지만 이렇게 요구를 받았으면 어쩔 수 없나 싶어서 고개를 저었다.

빌헬름은 한숨과 함께 테레시아를 돌아보고, 그 귓전에 얼굴을 드밀었다. 테레시아의 뺨이 붉어지고 기대의 눈에 열기가 떠올랐다.

그 가련함에 숨이 막혀 목구멍까지 치솟은 말이 지워졌다.

그리고——.

"언젠가, 마음이 내킬 때에."

이렇게, 『검귀』는 그 좋은 때에 처음으로 겁을 낸 것이었다.

6

——이리하여 이 이야기의 막이 내려간다.

왕국 내전 『아인전쟁』을 계기로, 그 싸움 속에서 성장한 인연과 사랑.

한 소년이 검의 아름다움을 동경하고, 강철의 고고함을 원해서, 그 몸을 애태운 나날이 있었다.

이윽고 소년은 청년이 되고, 소녀와 만나서, 검으로는 이르지 못할 사랑을 배운다.

이 이야기는 검이기를 원해 귀신이라고 불릴 만큼 치열하게 살아, 그렇게 삶의 열기를 배워서 사람이 되고, 한 여자 앞에서 남자였던, 그런 『검귀』의 이야기.

검신의 총애를 받아 인간의 경지를 초월한 『검성』이 된 소녀를, 사랑하는 소녀를 되돌린다.

오로지 그것만을 위해서 노래한, 어리숙한 검의 귀신이 낳은 사랑의 노래.

누구나 도취하고, 속을 태울 만큼 동경하는, 남자와 여자의, 사랑 이야기.

──사람들은 이를 가리켜, 『검귀연가』라고 부른다.

그저 그뿐인, 이야기.

《끝》

후기

  네, 안녕하세요. 나가츠키 탓페이입니다. 어느 분들께는 네즈미이로네코, 또 그렇지 않은 분들께는 본명 쪽으로 늘 신세를 지고 있습니다.

  이번은 리제로 Ex 2권, 여기까지 함께해 주셔서 감사합니다.

  매번 하는 확인이기에, 아무래도 본편을 모른 채로 시리즈물 작품의 번외편을 읽으신 분은 없을 것 같지만, 좌우지간 오래도록 아껴주셔서 정말로 기쁩니다.

  이번 『검귀연가』에서 리제로 시리즈도 경사스럽게 열 권째 출간. 이렇게 계속 순조로울 수 있는 것도 여러분의 응원 덕분입니다. 앞으로도 잘 부탁드립니다.

  자, 이번 내용 말입니다만, 본편에서 등장한 인물을 주역으로 삼은 일종의 스핀오프입니다.

  Ex도 두 번째 권이라는 까닭에, 저번에도 본편의 주인공을 치워두고 이야기를 전개했습니다만, 이번에도 전례에서 벗어나지 않고 본편 주인공이 부재된 이야기를 그렸습니다.

  이야기는 본편의 약 40년 전쯤이며, 소위 과거편을 사랑하는

작가로서는 군침이 도는 소재라 즐겁게 쓸 수 있었습니다. Ex2
에서 주인공을 따낸 빌헬름은 물론, 이번 서브 캐릭터로서 차례
가 있던 사람들은 본편에서도 슬쩍슬쩍 등장하거나 이름이 나
오는 식으로 차례가 있으니, 그쪽도 즐겨주시면 고맙겠습니다.

　──사람마다 역사가 있다는 말이 있습니다.
　이번에 주인공이었던 빌헬름이라는 캐릭터가 40년 뒤의 본편
에서는 어떠한 캐릭터가 되었는지, 그때까지 무슨 일이 있었는
지.
　이렇게 작가가 그린 이야기에서 더 나아간 내용을 상상해주시
면 더욱더 이야기를 사랑하실 수 있을까 싶습니다.

　이 이야기를 엮고 여러분 덕분에 TV 애니메이션 제작 제안도
받을 수 있었습니다.
　애니메이션은 많은 분들의 협력과 진력을 받아 제작이 진행되
고 있습니다. 저도 원작자로서 협력할 수 있는 범위 내의 부분
에서 협력해서 작가 및 제작진은 물론 이 이야기를 즐겨주시는
독자 여러분께서 납득하실 수 있는 작품으로 만들고 싶습니다.
　애니메이션의 자세한 내용 및 정보는 공식 홈페이지 쪽에서
확인하시는 게 확실하지만, 이 책의 띠지 등에도 여러모로 정보
가 듬뿍 얹혀져있으니 안 보고 버리지 말고 놔두는 게 이득!

　자, 지면이 다 되었으니 상례가 됐지만 감사의 말 쪽을.

담당자 I 님, 늘 그렇지만 작가의 무리한 제안에 신속한 GO 사인 감사합니다. 전권의 할아범 표지만으로 질리지 않고 이번 권의 그 할아범을 주역으로 둔 스핀오프까지 허락해주셔서 정말로 감사합니다. 덕분에 좋은 이야기 쓸 수 있었습니다.

일러스트의 오츠카 선생님, 이번에도 미려한 일러스트 감사합니다. 캐릭터 수가 많을 뿐더러 과거편이라서 이번 권 한정인 캐릭터밖에 없는 등, 매우 어려운 내용이었지요. 그런데도 변함없이 귀신들린 캐릭터 디자인 빠르기와 정확성, 훌륭하십니다. 앞으로도 잘 부탁드립니다.

디자이너 쿠사노 선생님도, 늘 그렇지만 완성도가 훌륭합니다. 이제는 오츠카 선생님에게 표지를 받은 다음, "이번에는 어떻게 나올까!" 하고 기대할 여유가 생기기 시작했습니다. 열 권 분량의 신뢰관계를 배신하지 않는 활약, 이번에도 감사했습니다.

또, 만화판 담당 마츠세 다이치 선생님과 후게츠 마코토 선생님, 자신의 이야기에 다양한 색깔과 형상을 주고 즐겁게 그려주셔서 정말 감사합니다. 이번에는 두 분의 만화와 합쳐서 세 권 동시 출간, 무리하게 해드려 죄송합니다. 감사합니다!

그밖에도 MF 문고 J 편집부, 영업 담당님, 교열 담당님과 각 서점에 계신 분들께도 매번 변함없이 정말 신세를 지고 있습니다. 여러분의 협력이 있기에 비로소 책으로 완성됩니다.

그리고 마지막으로 따뜻한 메시지와 응원의 편지를 주시는 독자 여러분, 정말로 늘 감사합니다. 덕분에 열 권, 앞으로도 계속 잘 부탁드립니다.

그럼 이만, 다음에는 본편 8권에서 만나뵐 수 있으면 좋겠습니다.

2015년 11월 나가츠키 탓페이
《추위로 손이 곱아 벙어리장갑을 장비하면서》

빌헬름

Wilhelm

"네, 피비린내 나고, 남자 냄새 나는 본편도 끝나고, 여기서부터는 약속된 알림 코너. 자아―, 빌헬름도 무뚝뚝한 얼굴 하지 말고 웃어봐 웃어봐. 하나둘."

"……쓸데없는 잡담 할 겨를은 없잖아. 할 일 안 하다가 네 시종에게 엉덩이를 걷어차이는 건 사양이다. 이야기, 한다."

"참 내, 남 앞이면 금세 부끄럼 탄다니까……."

"너 말이다……!"

"네네, 알림 들어갑니다―. 우선 뭐니뭐니 해도 모두의 주목은 애니메이션 정보지. 이 책의 띠지에서도 알리고 있지만, 깜빡쟁이가 보지 않고 버려버릴 가능성도 있으니 똑―바로 말해놔야지."

"방송 개시는 2016년 4월, 애니화 발표 때와는 다른 디자인의 키 비주얼도 공개되고 있다. 이야기 내용을 표현한, 제법 괜찮은 완성도로 뽑혔다고."

"또 거들먹거리는 시선으로……. 애니의 스태프분들과 캐스트 여러분, 그리고 제작위원회의 이름도 공개 중. 자세하게는 공식 HP에서 확인해줘 라는 이야기인데, 이거, 왠지 엄청 힘 들어가지 않나? 나, 똑바로 말했어?"

Re: Life in a different world from zero

테레시아

Theåresia

　"약간의 실례쯤이야 용서할 도량이 있겠지. 그보다 애니 이야기만으로 끝이 아니다. 깜빡 하지 마라, 꽃녀."

　"우, 불량 병사 주제에…… 에— 에—, 물론이에요. 그밖에도, 이 책과 동시 발매로, 월간 코믹 얼라이브판과 월간 빅 간간판, 두 잡지에서 동시 연재 중인 리제로 만화도 동시에 발매하고 있어. 이 책과 함께 즐겨줘."

　"다음 본편 제8권의 발매는 3월 예정이다. 늦장 부리지 마라."

　"이걸로 끝! 자, 차 마시자. 아니면 어딘가 외출할래?"

　"너하고 함께라면 뭐든…… 아니, 잘못 말했다. 가자."

　"아, 차암! 쑥스러워하지 않아도 되는데. ……그 점이 귀엽지만."

※ 출간 및 발송 정보는 일본어판 기준입니다.

Re:제로부터 시작하는 이세계 생활 Ex 2 -검귀연가-

2016년 04월 25일 제1판 인쇄
2021년 11월 05일 제10쇄 발행

지음 나가츠키 탓페이 | **일러스트** 오츠카 신이치로

옮김 정홍식

발행 영상출판미디어(주)
등록번호 제 2002-000003호
주소 21311 인천광역시 부평구 평천로 132 (청천동)
전화 032-505-2973(代) | FAX 032-505-2982

ISBN 979-11-319-4358-8
ISBN 979-11-319-0097-0 (세트)

Re: Life in a different world from zero Ex 2
ⓒ Tappei Nagatsuki 2015
First published in Japan in 2015 by KADOKAWA CORPORATION, Tokyo.
Korean translation rights arranged with KADOKAWA CORPORATION, Tokyo.

노블엔진(NOVEL ENGINE)은 영상출판미디어(주)의 라이트노벨 및 관련서적 브랜드입니다.

나가츠키 탓페이
작품리스트

Re : 제로부터 시작하는 이세계 생활 1~7
Re : 제로부터 시작하는 이세계 생활 단편집 1
Re : 제로부터 시작하는 이세계 생활 Ex 1~2

용사(그녀)가 마왕(나)을 쓰러뜨려 주지 않아

◆

초판한정 특별부록
고급 일러스트 책갈피

고교생 무나카타 시즈야는 어느 날 이세계의——아무리 보아도 하늘을 나는 쥐가오리로밖에 보이지 않는———신에게 소환을 당한다.

'마왕이 되어주세요!'

"절대로 NO다!"

하지만 거절하여도 힘을 모두 쓴 신은 원래 세계로 돌려보낼 수 없다고 한다.

"요컨대 내가 용사에게 쓰러지면 되는 거냐?"

이렇게 시즈야는 용사인 소녀에게 쓰러지러 향하는데———

"너, 너 있지, 책임지고 나랑 결혼해!"

그렇게 만난 소녀는 시즈야에게 호감도 만땅의 바보인데!?

무적의 마왕과 연애바보 용사의 롤플레잉 & 러브코미디!

아이소라 만타 지음 | nauribon 일러스트 | 곽형준 옮김

섀터드 에이지

1

해방 이후 4개국의 분할 통치를 받게 된 대한민국. 서울은 영국, 미국, 소련(=현재 러시아), 중국이 통치권을 행사하는 4대 조계로 나뉘어졌다. 그리고 현재, 지리와 정치적 요인에 의해 서울은 세계 굴지의 범죄 도시가 되어 있었다——.

세상 물정을 모르는 아가씨 '이홍'은 동급생을 구해주려다가 영국 조계를 대표하는 범죄조직 '오르펀'에게 쫓긴다. 위기의 순간 그녀를 구해준 것은, '선비'를 자칭하는 이상한 소년이었다.

"세계의 더러움에 눈물짓는 늑대, 게오르그(界汚淚狗)라 한다."

수신제가치국평천하를 논하며 서울의 뒷골목을 걷는 소년. 마이페이스의 소녀. 짝을 찾는 암살자. 범죄의 거리를 방황하는 이들의 욕망과 비밀이 뒤엉켜 일대수라장이 펼쳐진다……!

 이준인 지음 | 새끼늑대 일러스트
청춘의 상상, 시동을 걸어라!

열세 번째의 앨리스

2

쿠죠인 앨리스의 반에 전학을 온 전학생, 리리스. 어른스러운 분위기로 일약 학급 전체의 스타이 된 그녀는 하필이면 앨리스의 약혼자인 오니유리 미츠키에게 급속도로 접근한다! 어디까지나 무관심을 가장하지만, 앨리스는 마음이 편치 않는데…….

한편, 츠키시로초에는 기묘한 2인조── 노신사 같은 말투의 청년과 유달리 식성이 좋은 메이드가 찾아왔다. 이들 또한 '조직'의 인간이지만, 두 사람의 대화는 어딘가 멍한 구석이 있는데……?

© TSUKASA FUSHIMI 2006 ILLUSTRATION : Shikorusuki
KADOKAWA CORPORATION ASCII MEDIA WORKS

후시미 츠카사 지음 | **시코르스키** 일러스트 | **도영명** 옮김
청춘의 상상, 시동을 걸어라!

하이스쿨 DxD DX.2
받들어라☆용신소녀!

초판한정 특별부록
더블 커버 +
고급 일러스트 책갈피

© Ichiei Ishibumi, Miyama-Zero 2015
KADOKAWA CORPORATION, Tokyo.

"저기, 오피스. 사당, 가지고 싶어?"
어느 날, 이야기 끝에 효도 가에 용신님이 얹혀살고 있다는 사실을 떠올린 우리들. 그리고 신이라면 당연히 사당을 지어 모셔야한다는 결론을 내렸다.
그래서 야샤카의 딸이라 이런 쪽에 대해 잘 알 것 같은 쿠노에게 오피스가 무한의 용이라는 사실을 숨긴 채 사당의 노하우에 대해 배우기로 했다.
언제 정체가 탄로 날지 몰라 조마조마하면서도 우리 그레모리 권속은 무사히 오피스를 위한 사당을 만들 수 있을 것인가?
용신소녀와 구미호 소녀의 극강 로리신 콤비 탄생……?!

초판 한정 더블 커버, 놓치지 마세요!

이시부미 이치에이 지음 | **미야마 제로** 일러스트 | **이승원** 옮김
청춘의 상상, 시동을 걸어라!

잉여가 성검을 주운 결과

3

초판한정 특별부록
고급 일러스트 책갈피

©KASAKU KUSAKABE   ILLUSTRATION : Anmi
KADOKAWA CORPORATION ASCII MEDEA WORKS

판타지 중독&안습계 미소녀 쿠르스, 일단은 리얼충인
안경 미소녀 카즈사와 셋이서 해수욕장으로 가게 된
카리바는, 그곳에서 중학교 시절 트라우마를 남긴 부
스지마 나나와 마주치는데?!
한눈에 알아채지 못할 정도의 거유 미소녀가 된 나나
로부터 천체관측 권유를 받은 카리바는 여름밤에 대
폭주! 다리 사이의 엑스칼리버를 쓸 날이 와버린 것
인가?!
——그러는 도중, 나나에게 인기 스마트폰 게임의 시
리얼 코드를 받은 마오의 스마트폰에서 괴이한 현상이
발생하는데……

여름도, 청춘도, 그리고 성검도 있는(?)
이색 리얼 판타지 제3탄!

쿠사카베 카사쿠 지음 | **Anmi 일러스트** | **MOEX 옮김**
청춘의 상상, 시동을 걸어라!